그림은 위로다

| 일러두기 |

- 작품의 원제는 가급적 원어로 밝혔으나 일부 작품의 경우 널리 쓰이는 영어 제목으로 표기했다.
- 각 그림에는 제목과 원제, 작가, 제작 연도, 제작 방법, 작품 크기(세로×가로), 소장처를 표시했다. 다만 작품 정보가 명확하지 않은 경우에는 기재하지 못했다.

그림은 위로다

아트메신저 **이소영** 지음

홍익출판 미디어그룹

Contents

PART 3 내 인생의 멘토 화가들

PART 4 명화에서 인생을 배우다

그림이
정말 위로가 될까?

《그림은 위로다》가 나온 지 5년이 되었다. 처음 이 책을 출간하기로 계약한 날을 기억한다. 4개월 이상의 미국 여행을 가야 했던 날, 공항 가는 길에 출판사에 들러 계약을 했다. 초보 저자였던 나는 미국으로 가는 비행기에서 이 책의 운명에 대해 걱정했다. 다행히도 이 책은 내 걱정과는 다르게 책 나름대로의 삶을 잘 살아갔다. 누군가를 만났고, 누군가에게 위로가 되었고, 누군가에게는 공감이 되었다. 이 책을 읽은 분들의 후기를 보면서 그 후기가 오히려 내게 위로가 된 적이 많았다.

시작부터 다시 밝히지만 이 책은 '미술 전문 서적'이 아니다. 미대를 나와 정확한 직업군도 없던 특별하지 않은 내가 매일 치열한 20대를 살아가며, 미술교육인으로 성장하고, 미술관에서 그림을 설명하는 도슨트가 되고, 기업에 미술 인문학을 전하는 강사로 지내며 하루하루 위로받은 작품들과 내 삶에 대해 솔직하게 쓴 이야기다. 나는 그래서 이 책을 '가장 평범한 보통의 사람들'이 읽기를 바랐다.

내가 처음 정한 이 책의 제목은 '명화는 위로다'였다. 지금 생각해보면, '명화는 위로다'로 책 제목이 나왔더라면 이렇게까지 사랑받지 못했을 것 같다. '명화'가 주는 친근감이 '그림'보다 멀기 때문이다.

나는 여전히 '그림이 위로가 될까?'라는 질문과 '그림은 위로가 된다'라는 확신 사이에서 살고 있다. 미술에 대해, 그림 보는 것에 대해 전혀 관심이 없는 사람들을 상대로 강의를 해야 하는 날 저녁이면 '그림이 위로가 될까?'라는 생각을 하다가도, 강의를 마치고 내가 설명한 화가들의 삶과 미술 작품 덕분에 많은 위로를 받았다고 이야기하는 사람들을 보면 '그림은 위로가 된다'라고 확신한다. 어느 날 삶에 지칠 때면 그림을 보는 일이 당장의 내 생활에 어떤 도움이 될까 싶다가도, 심리적인 고충이 마음의 절벽에 다다르면 모니터를 켜거나, 화집을 열고 한참을 그림을 보며 감정을 하고 있는 나를 발견한다.

2020년은 나에게도, 모두에게도 절망적인 한 해였다. 계획된 일을 제대로 한 사람은 그 누구도 없으며 원치 않는 휴업이나 영업 정지, 또는 퇴사, 휴직이 전 세계인들에게 반복된 한 해였다. 무계획의 계획마저도 늘어나는 코로나 확진자 수 앞에서는 누구나 무기력해졌다.

세상이 내 뜻대로 되지 않을 때, 나를 자꾸 패배자로 만들 때 우리는 어디에 기대서 이 세상을 살아가야 할까? 나는 그 답이 여전히 '예술'에 있다고 믿는다. 음악을 듣고, 미술 작품을 보고, 한 사람의 인생이 담긴 영화를 보고, 문학을 읽는 과정은 우리를 비로소 인간답게 만든다.

"그림은 인생과 타협하려는 시도이며, 그렇기 때문에 다양한 해결책이 존재한다."

미국의 화가 조지 투커George Tooker, 1920-2011가 남긴 말처럼 우리가 그림에서 찾는 위로는 삶에 대한 해답이 아니라 삶을 좀 더 잘 살아보려는 마음가짐이다. 이 책을 읽은 사람들이 이 책의 그림과 글 덕분에 각자의 삶을 조금이나마 잘 살아가고 싶은 마음이 생겼으면 좋겠다.

당신에게 그림은
어떤 의미인가요?

"너는 미술관에 있는 게 재미있어?"

"응. 나는 보고 또 봐도, 가고 또 가도 재미있어."

"나는 그림만 보면 졸린데, 넌 그렇지 않아?"

"익숙하지 않아서 그래. 마음 가는 대로 자꾸 보다 보면 재미를 느낄 수 있을 거야."

시립미술관에서 전시 해설 도슨트를 할 때 도대체 무엇을 찍은 것인지 알아보기 꽤 어려운 사진작가들의 전시를 보러 온 친구와 나의 대화이다. 친구의 말도 맞는 말이다. 미술 작품을 보는 것은 쉽지만은 않다. 삶에서 답이 있는 문제보다 답이 없는 문제들이 훨씬 어렵다. 연애, 성공, 꿈, 이런 것들은 정답이 없다. 당연히 그림에도 정답이 없기 때문에 어려울 만하다. 그런 면에서 미술 작품을 보는 일은 수수께끼 같고 탐정 놀이 같다.

대학과 대학원에서 미술교육과 미술사를 공부하고 10년 넘게 미술을 봐온 나 역시 전시회에 갔다가 아리송한 표정으로 나올 때도 많다. 꼭 작품을 다 제대로 이해해야만 그 작품을 안다고 말할 수 있는 것은 아니다. 아무리 노력해도 이해가 되지 않거나 와 닿지 않고 어려운 작품들이 분명히 존재한다. 그럴 때는 내가 보고 싶은 대로 보고, 읽고 싶은 대로 읽으면 된다. 그림을 볼 때는 누구에게나 추측이 허락되기 때문이다.

어떤 그림이든 '내 생각에는……'이라는 말을 붙이면서 자신의 마음을 그림에 빗대어 읽어나간다면 그 생각의 자유를 막을 사람은 아무도 없다. 하지만 강의를 하다 보면 부끄러워서 자신의 생각을 이야기하지 못하겠다는 사람들을 많이 만난다. 맞다. 우리는 우리의 감정, 우리의 느낌을 자신 있게 표현하는 데 서툴다. 그래서 더욱 연습이 필요하다. 명화를 통해 나의 주관적인 견해나 느낌을 이야기하는 연습을 한다면 일상생활에서 개인의 감성적인 표현력이 향상되고 더 자신감을 가질 수 있지 않을까?

물론 미술사의 사실들을 내 마음대로 바꾸어서는 안 되겠지만, 꼭 미술사를 모르더라도 그림은 누구나 보고 읽을 수 있고, 읽어봐야 한다는 것이 내 생각이다. 명화를 보는 것은 나의 사고의 한계를 확장시키고, 내가 몰랐던 나의 과거를 끌어다 주며 때로는 나의 미래를 발견하게 해주기도 한다. 그리고 다시 한 번 삶을 살아가는 마음가짐을 다잡게 해준다.

보는 데에는 큰돈이 들지 않는다. 그림 앞에 한없이 서서 바라만 봐도 되고, 전시장에 갈 여건이 되지 않으면 인터넷이나 책으로 명화를 봐도 상관없다. 어차피 우리 삶에 정확한 방법과 답이 없는 것처럼 예술을 감상하는 데에도 정답은 없으니까.

나는 매일 나의 삶의 한 부분을 일기로 기록하고, 지금처럼 책이 되는 글로도 기록한다. 가끔은 누가 내 글을 볼까 봐 부끄럽고 주저돼도 시간이 지나고 되돌아보면 그 기록이 내 삶을 풍부하게 만든다.

명화도 마찬가지다. 화가는 자신이 기록하고 싶은 것들을 그림으로 그린다. 자신이 이 세상을 떠나도 그의 그림을 우리가 기억하도록 말이다.

> 예술은 왜 우리에게 중요한가? 그가 건네주는 답은 결정적이다. 예술 덕분에 우리는 삶에서 대단히 중요한 일을 성취할 수 있다. 즉 사랑하는 대상이 떠난 후에도 계속 그 대상들을 붙잡아둘 수 있다.

작가 알랭 드 보통Alain de Botton이 《영혼의 미술관Art as Therapy》에서 우리에게 던진 말이다. 나는 이 문장을 오랜 시간 좋아해왔다. 오래전부터 희미하게 알고는 있었지만 명확하게 표현하지 못한 명화에 대한 나의 사랑을 정의해주는 문장이었다. 사랑하는 대상이 떠난 후에도 계속 그것을 붙잡아두는 것. 그 기록들을 예술이라고 한다면 우리는 화가가 자신의 인생에 있어 가장 중요한 것들을 붙잡아둔 이야기들을 보고 있는 것이다. 얼마나 대단하고 고마운 일인가? 다이어트를 해야 하는 사람에게 헬스 트레이너가 짜주는 고영양 저칼로리 식단처럼 화가들이 겪은 인생의 숱한 순간들 중 특별히 남기고 싶은 장면들을 그린 기록물들을 후세에 살고 있는 우리가 볼 수 있다는 것은 더없이 큰 행복이다.

미술사 내에도 수많은 사조가 있고 화가들이 있다. 그중 누군가는 명성을 누렸고, 누군가는 조용히 역사 속에 사라졌으며, 또 누군가는 죽은 지 한참 후에야 세상에 알려졌고, 누구는 자만으로 인해 일찍 명성이 꺾이기도 했다. 그들의 작품 중 무엇이 옳고 그른지는 존재하지 않는다. 다만 다양한 다름만 영원히 존재할 뿐이다.

예술 작품에는 이렇게 저마다 다른 개성을 지닌 작가들이 평생토록 뿜어낸 가치관이 담겨 있다. 사랑과 행복을 중요시했던 화가의 작품에는 풍요로움이, 시대를 고발하고 싶어 한 화가의 작품엔 강한 비판 의식이 담겨 있으며, 우울했던 화가의 성격은 어두운 색조로 표현된다.

화가들은 자신들의 생각을 그림이라는 매개체로 표현한다. 표현이 서툰 사람, 말수가 적은 사람, 욕심이 많은 사람 등 여러 캐릭터를 가진 화가들이 자신만의 관점을 예술로 승화시킨다.

그림을 이해한다는 것은 그 그림을 그린 화가의 심정도 이해해 보려고 노력하는 것이고, 다양한 화가를 공부하는 것은 다양한 사람을 공부하는 일이다. 결국 화가에 대한 공부는 나에게 사람에 대한 공부였고, 삶에 대한 공부였다. 그리고 그것은 다시 나를 위한 공부로 돌아왔다.

우리는 보통 자신의 경험을 과소평가하는 경향이 있다. 다른 사람의경험들을 보고서는 쉽게 교훈과 의미를 찾아내면서 말이다. 나 역시 한동안 내가 할 줄 아는 것이라고는 미술을 가르치는 일과 작품을 설명하는 일밖에 없음에 아쉬워하며 보냈다.

나는 경제 관련 이슈들을 잘 알지도 못하고, 셈에 밝은 사람도 아니어서 사업을 해나가는 동안 매일 벽에 부딪혔다. 어린 시절부터 미술 이외에는 관심을 두지 않았기 때문에 사회생활에 필요한 지식이 부족하다는 생각을 한 적도 있다. 하지만 반대로 생각해보니 나는 적어도 한 우물을 묵묵히 견고하게 파고 있는 사람이었다. 살아가면서 미술 교육 이외에는 다른 직업을 생각해본 적도 없고, 욕심내본 적도 없었기에 오히려 내가 하고 있는 이 일에 더 깊이 빠져들자고 생각했다.

화가들이 자신의 인생을 걸고 그린 작품들에는 그들의 에너지와 고민이 듬뿍 담겨 있다. 그들이 남긴 명화들에서 내가 찾아낸 숨겨진 의미들을 과소평가하고 지나가지 않고 사람들과 나누는 작업, 나는 그 작업이 앞으로의 살아갈 내 '라이프 워크life-work'라고 생각한다.

라이프 워크라는 것은 자신의 일생을 걸고 좇는 테마이며 그 테마를 자신이 좋아하는 방식으로, 좋아하는 페이스로, 자기 나름대로 찾아가는 작업을 뜻한다. 즉, 평생을 함께하고 즐길 수 있는 일, 그것이 바로 라이프 워크다. 이는 자신이 하는 일을 즐거워하고 그 안에서 매일 의미를 찾고자 하는 사람들만이 지닐 수 있는 인생의 가장 즐거운 숙제이다.

나는 그림에서 인생의 다양한 가치들을 배웠고 많은 위로를 받았다. 그렇기에 그림에서 찾은 의미를 내 경험과 연결하여 전달하는 사람이 되고 싶다. 이렇게 그림을 보고 내 방식대로 기록하는 과정을 통해 나 스스로를 위로하는 법을 더 견고하게 배워나갈 것이다.

"당신에게 그림은 어떤 의미인가요?"

누군가 묻는다면 나는 대답할 것이다.

"위로입니다."

나를 위로해 주는 작품, 나를 멈춰 서게 하고 뭉클하게 하고 때로는 숙연하게 하고 때로는 웃음 짓게 하는 작품……. 무수히 많은 명화 중 살아가면서 그런 작품을 몇 점이라도 만난다면 당신의 인생은 꽤 풍요로울 것이다. 혹시 아직 없다면 이 책 안에서 만날 수 있기를 바란다. 화가들의 작은 붓터치에 감동받고 그것들로부터 에너지를 얻길 바란다. 당신은 이미 명화로 위로받을 준비가 충분히 되어 있는 사람이다.

PART 1

누구나 그림이 필요한 순간이 온다

chapter_01

세계에서 가장 행복한 나라의 비밀

휴식은 게으름도 멈춤도 아니다.
헨리 포드(Henry Ford)

얼마 전 흥미로운 제목의 책을 한 권 읽었다. 《덴마크 사람은 왜 첫 월급으로 의자를 살까?》라는 이름의 책이었다. 이 책의 저자이자 일본의 디자인 가구 쇼핑몰 '리그나Rigna'의 대표이사 오자와 료스케小澤良介는 우연히 가구 거래처를 개척할 목적으로 덴마크에 방문한다. 2016년 UN이 발표한 〈세계 행복지수 보고서〉에 의하면 덴마크는 '세계에서 가장 행복한 나라'로 뽑혔다. 이 신기한 나라 덴마크에서 그는 흥미로운 사실 하나를 발견한다. 바로 대부분의 덴마크인들은 첫 월급을 받으면 '의자'를 비롯한 인테리어 소품이나 가구를 구입한다는 것이다.

오자와 료스케는 이 점에 대해 연구한 자신만의 의견을 한 권의 책 안에 담았다. 한국이나 일본 사람들은 돈이 생겼을 때 손목시계나 옷 등 자신을 꾸미는 물건에 투자하지만, 덴마크 사람들은

모자를 쓴 소녀 Little Girl with a Flat Cap
페테르 일스테드 | 1924 | 48.2×48.2cm
손님을 기다리며 Expecting a Guest
페테르 일스테드 | 1911 | 33.5×38.8cm

가족과 친구들과 쾌적하게 지낼 수 있는 공간에 가장 먼저 투자한다는 것이다.

그렇다면 왜 덴마크인들은 인테리어와 가구, 소품에 우리보다 더 큰 의미를 두고 돈을 투자하는 것일까? 이런 고민 중 떠오른 그림이 있다. 바로 덴마크 화가 페테르 일스테드Peter Ilsted, 1861-1933다. 그의 그림에는 다양한 의자가 등장한다. 등받이가 넓고 뚫린 의자, 흰색에 샛노란 방석으로 매칭된 의자…….

페테르 일스테드는 초기에는 장르화와 초상화 위주로 그렸지만 그의 누이인 이다Ida가 당시 덴마크의 유명한 화가 빌헬름 함메르쇠이Vilhelm Hammershøi, 1864-1916와 결혼하게 되면서 그에게서 영감을 받았다. 그는 함메르쇠이와 칼 홀소에Carl Holsøe, 1863-1935와 같은 화가들과 함께 진보적인 미술가 그룹 'The Free Exhibition'을 만든다. 이 화가들은 고요한 실내 풍경과, 빛과 공간에 대해 탐구한다. 훗날 그들은 '코펜하겐 실내파'라고 불린다.

페테르 일스테드의 그림들은 하나같이 고요한 실내에 가족들을 등장시킨다. 어두운 실내에서 그가 그린 몇 안 되는 주인공들에게는 늘 후광이 느껴진다. 하루 종일 생활 전선에서 뛰어 다니다가 집에 와서 페테르 일스테드의 그림 속 풍경을 보면 조심스럽게 저 의자에 앉아 한없이 정착하고 싶은 욕구가 든다.

이 그림 속에는 두 개의 의자가 등장한다. 앞의 그림에서도 보였던 같은 의자다. 소녀가 앉은 의자와 소녀 앞에 있는 의자는 세트로 구매한 듯하다. 자세히 보면 오랜 시간 앉고 또 앉아서 나무

놀고 있는 두 소녀 Two Little Girls Playing
페테르 일스테드 | 1911 | 47×44.5cm

창가에서 At the Window
페테르 일스테드 | 캔버스에 유채 | 58x58cm

의 결이 맨들맨들 빛이 난다. 아마도 저 의자의 시작은 소녀의 아버지, 아버지의 또 아버지부터였을지 모른다. 긴 세월 동안 소녀의 가족에게 휴식처가 되어주기도 하고, 귀한 손님의 자리가 되어줬을 것이다. 화가의 집에서도 의자는 꼭 필요한 가구였다.

북유럽은 추운 날씨 덕분에 집 안에서 보내는 시간이 다른 나라보다 길다. 그러다 보니 우리에게도 인기가 많은 북유럽의 가구들은 이런 환경적 조건에 의해 독특한 특징을 가지게 되었다. 오랫동안 집에 있어도 질리지 않는 심플한 디자인과 실용성이 다른 나라의 가구들보다 발전한 것이다. 덴마크의 의자는 장식이 많은 프랑스나 이탈리아의 의자들과는 다르다. 색 역시 긴 겨울과 긴 밤 시간을 산뜻하게 보내기 위한 파랑, 노랑, 빨강의 원색이 많다.

의자는 침대나 책상, 식탁과 같은 가구들보다 구입을 고민할 때 부담이 적고 이 공간 저 공간으로 움직이며 다양하게 쓰임이 가능하다. 인테리어는 행복과 밀접한 관계가 있다. 우리의 인생은 곧 시간이고, 그 시간을 보내는 곳이 바로 공간이다. 그러므로 공간을 꾸민다는 것은 시간을 잘 보내는 것이고 시간을 잘 보내는 사람은 더 만족스런 인생을 살게 된다.

일상이 소란스러울 때는 페테르 일스테드의 그림 속 의자들과 조용한 실내 풍경을 떠올린다. 그리고 작지만 가장 안락한 내 집으로 대피해 휴식을 누릴 시간을 꿈꾼다. 사소한 지혜로 삶의 질을 높이는 방법, 그중 하나가 내 집에 나를 위한 의자를 들여놓는 일 아닐까.

chapter_02

위로와 공감을 주는 그림

예술은 삶을 보다 견딜 만하게 만드는 아주 인간적인 방법이다.
커트 보니것(Kurt Vonnegut)

내 삶은 매일 그림과 함께한다. 하루 종일 그림을 보고, 그림으로 강의를 하고 그림에 관해 글을 쓴다. 이렇게 '해야 할 일들'에 쫓기다 보면 정작 나만을 위한 그림 한 점조차 볼 여유가 없는 날도 많다. 그런 날은 편안한 그림이 그리워서 안락의자 같은 그림을 찾아 폭삭 기대고 싶다.

살아가다 보면 이유 없이 슬픈 날이 있다. 서른이 훌쩍 넘고 나니 나니 슬픔에 꼭 이유가 있어야 하는 것은 아니란 사실을 알게 되었다. 마음이 헛헛해서다. 큰 사건이 생긴 것도 아닌데 괜히 슬퍼지는 것은 외로워서다. 그런 날에는 흘러내리는 그림을 본다. 강물이 흘러내리든가, 물감이 흘러내리든가, 눈물이 흘러내리든가, 상처가 흘러내리든가, 무엇이든 흘려보내야 하는 날, 흘려보내고 또 흘려보내서 남은 것이 없어야 개운해진다.

사업체를 운영하기엔 비교적 어린 나이인 스물여덟에 미술교육기관을 시작하면서 나에게도 많은 고비들이 찾아왔다. 왜 나한테만 이런 힘든 일이 일어날까? 세상은 왜 자꾸 나에게 어려운 시련을 주는 거지? 차라리 아무것도 시작하지 말고 가만히 집에 있을 것을……. 이런 원망들이 들며 힘든 날에는 출퇴근길 전철에서도 몇 번이나 소리 없이 울곤 했다. 〈바젤 강변의 비〉는 그런 날 만난 그림이다.

사람들이 오고가는 거리에 폭우가 쏟아진다. '왔으면 좋겠다' 싶을 땐 그렇게 바라도 안 오고, '제발 이날은 오지 마라' 싶을 땐 꼭 기다린 듯이 내리는 것이 비다. 우울하고 외로운 날이면 쏟아져 그렇게 마음을 한길로 몰아가고, 좀 답답한 날 시원하게 내렸으면 하는 바람을 가지면 눈치 없이 어설프게 찌질찌질 내리는 것이 비 아닐까? 변덕스러운 날씨 중에서도 제일 마음이 안 맞는 것이 바로 비다.

그림 속 남자 주인공은 세차게 내리는 비를 우산이라는 방패로 막아보려 한다. 얼굴을 피하면 몸이 젖고, 몸을 피하면 얼굴이 젖는다. 속수무책으로 내리는 비 속에서 이 분위기를 당당하게 느끼며 걷는 건 오직 강아지뿐이다. 저 귀여운 강아지가 말하는 듯하다.

"비 한 번 맞는다고 내 인생이 다 젖지는 않아!"

이 그림은 러시아의 화가이자 무대 예술가였던 알렉산드르 브누아Alexandre Benois, 1870-1960의 작품이다. 알렉산드르 브누아는 프랑스계 러시아인이었는데, 20세기 초 러시아의 《예술 세계Mir

바젤 강변의 비 Naberezhnaya Rei v Bazele v Dozhd'
알렉산드르 브누아 | 1896 | 종이에 과슈

Iskusstva》라는 잡지의 동인으로 다양한 활동을 했다. 때로는 화가로, 때로는 의상 디자이너로 활동했지만 그가 가장 두각을 나타낸 분야는 무대예술이었다. 그의 아버지는 마린스키 극장과 모스크바 볼쇼이 극장을 설계한 니콜라이 브누아라는 건축가이고, 어머니 역시 음악인이었다. 어린 시절부터 건축가인 아버지와 음악인인 어머니를 따라 자주 오페라와 발레 공연을 접했던 브누아에게 무대예술은 필연과도 같은 활동이었다. 그는 오스트리아, 독일, 프랑스에서 지내며 대본가, 무대감독, 화가, 디자이너, 출판인 등 종합 예술인으로 종횡무진 활약했다. 다양한 활동을 하다 보면 자연스레 경험도 많아지고, 성공만큼 실패도 많이 겪게 되는 법이다. 다양한 예술 활동을 했던 그가 그린 비 오는 날 풍경은 갑자기 삶에서 맞닥뜨리는 장애물이나 고비같이 느껴진다.

내 의지대로 바꿀 수 없는 섭리처럼 우리는 누구나 살아가다 고비를 맞이한다. 피하고 싶어도 피할 수 없는 소나기처럼 말이다. 누군가는 갑자기 생길 고비에 대비하여 철저하게 준비를 하기도 하지만 대부분의 우리는 그림 속 사람들이 세찬 비를 만난 것과 같이 당황한다. 인생의 난관이라는 것은 소나기처럼 늘 갑자기 찾아오기 때문이다.

노희경 작가의 드라마 〈그들이 사는 세상〉 속 남자 주인공의 대사 중에 아직도 기억에 강렬하게 남아 있는 말이 있다.

산다는 건 늘 뒤통수를 맞는 거라고, 인생이란 놈은 참으로 어처구니가 없어서 절대로 우리가 알게 앞통수를 치는 법이 없다고, 나만이 아니라 누구나 뒤통수 맞는 거라고, 그러니 억울해 말라고, 어머니는 또 말씀하셨다. 그러니 다 별일 아니라고, 하지만 그건 육십 인생을 산 어머니 말씀이고, 아직 너무도 어린 우리는 모든 게 다 별일이다. 젠장!

그렇다. 인생은 앞통수가 아니라 늘 뒤통수 맞는 일인 것처럼 오늘도 누군가는 갑자기 찾아온 난관에 혼란스러울 것이고, 또 누군가는 지금 이 순간 묵묵히 비를 맞듯이 고비를 맞고 있을 것이다. 이 그림을 보면서 생각했다.

'비는 한 사람의 머리 위로만 떨어지는 것이 아니다. 그러니 나만 힘들다 억울해하지 말자.'

모두가 다 같이 비를 맞는다. 나에게 우산이 없는 날도 있고, 다른 사람에게 우산이 없는 날도 있다. 그러니 '나만 힘든 것이 아니려니……' 하고 생각하면 위로가 된다.

나에게 그림을 보는 것은 스스로를 위로하는 행위이다. 열린 마음으로 그림을 본다면 우리는 그 안에 화가가 남긴, 혹은 화가 자신도 미처 의식하지 못했으나 후세 사람들이 발견하는 또 다른 의미를 느낄 수 있다. 아무리 위대한 그림이라고 해도 보는 사람이 받아들이지 않으면 낙서보다 의미가 없다. 또 평범한 그림도 열린 마음으로 대하면 배울 점을 찾아내게 된다.

우리나라의 숱한 미술대학을 졸업한 나 같은 미술 전공자들 가운데 많은 사람은 겉만 화려한 포장지 같은 삶을 보낸 시절이 있을 것이다. 사람들은 미대 출신 여자들이 왠지 멋을 더 알 것 같고 세련되어 보인다고 생각하지만, 정작 취업 전쟁에 들어서면 자신 있게 어느 분야 하나에 원서를 쓰는 미대생은 많지 않다.

젊은이들의 패기와 열정을 사겠노라 외치는 취업 사이트에 들어가 보면 경영, 사무, 연구개발, IT, 인터넷, 제조, 화학, 전자, 정보, 인사, 건설 등등 셀 수도 없는 직군이 있었다. 그러나 세상에 있는 이 많은 직종들 중 미대 나온 여자들이 도전해볼 만한 것은 많지 않았다. 심지어 가구나 디자인 회사조차 병역을 마친 미대 출신 남자 신입사원을 우대했다.

우리는 그렇게 틈새시장을 비집고 들어가 갤러리의 큐레이터로 월 100만 원도 안 되는 월급을 받으며 사회생활을 시작하거나 미술 관련 업종에 자리 잡거나 공부를 더 하기 위해 다시 대학원에 도전했다.

2000년대 초반, 인사동의 수많은 갤러리들 중 4년제 미대 졸업자에게 단돈 100만 원 넘는 '후한' 월급을 주는 곳은 별로 없었다. 대부분 3개월간 아침부터 밤늦게까지 일하면 80만 원가량의 월급을 주었고, '이제 나도 3개월이 지났으니 정직원이 되려나?' 하는 희망을 품으면 정식 계약을 해도 급여는 똑같이 유지하거나, 다시 적은 돈에도 열심히 일하는 새로운 인턴을 뽑았다. 그 사람이 아니어도 뽑아달라고 기다리는 사람들은 많았기 때문이다.

내가 취업을 하려고 했던 2000년대 초중반에는 미대를 졸업한 친구들 대부분이 그렇게 살았다. 영어 공부도 하고 자격증도 더 따고 어학연수를 다녀와도 미술과 디자인 분야의 신입 사원은 아침 9시까지 출근해 야근을 밥 먹듯이 해도 첫 연봉이 1,400만 원도 채 안 되던 시절이었다. 그렇게 치열하게 보내다 비로소 나는 내가 남들보다 잘할 것 같은 일, 혹은 비록 수입은 적어도 꾸준히 할 수 있는 일이 미술교육과 강의라는 것을 알았고, 이후 나는 10년 넘게 한국의 미술교육 현장에서 헤엄치고 있다.

세련되고 우아해 보이는 미술 전공자들은 사실 공사장 인부만큼이나 다양한 일을 해낸다. 나처럼 디자인, 공예과 출신은 용접은 물론이거니와 각종 모델링 작업을 하면서 다양한 재료의 특성을 파악하여 금속, 목재, 플라스틱을 기계로 가공할 줄 알며, 그라인더나 드릴 작업은 밥 먹는 것만큼이나 쉽다. 우리의 활동 무대는 세련된 패션쇼나 조용한 미술관이 아니라 청계천에 즐비한 각종 부자재, 금속 재료 상가였다. 전선 연결, 사포질, 퍼티질 등등 무에서 유의 형태를 창조해내는 작업이 모두 가능하다. 스케치 실력과 디자인 능력, 컴퓨터 활용법은 기본에다 덧붙여 저런 능력을 가지고 있었지만 세상 어디에도 우리를 반갑게 맞아주고 흔쾌히 정직원으로 뽑아주는 곳은 많지 않았다.

그림을 사랑하고 미술관을 좋아하는 소녀 같던 20대의 나는 갈수록 자연스레 억척스러워졌다. 사는 것에 지치다 보니 언젠가부터는 그림을 보는 것이 지적 허영심을 가진 마음 편한 자의 취미로 여겨지기까지 했다.

20대 후반, 내가 번 돈으로 나를 먹여 살리는 것이 조금 감당이 될 때쯤 나는 다시 그림들을 자세히 바라보기 시작했다. 많은 시간 동안 상처받고 닫힌 마음들이 그림을 만나면 부드러워지고 치유되었다. 특히 내 삶을 대변하는 듯한 명화를 만나는 순간에는 그림 한 점으로부터 받는 위로가 그 어떤 치료보다 강력했다. 회사와 집의 거리가 꽤 멀어 전철을 타기 전부터 시간 계산을 하고, '몇 번 플랫폼에서 타야 조금 더 빨리 앉아서 갈 수 있나?'를 고민하는 것에 에너지를 쏟는 아침마다 나는 러시아의 화가 이고르 알렉산드로비치 포포브Igor Aleksandrovich Popov, 1927-1999 그림이 떠오른다.

조금이라도 무게중심을 잃으면 옆 사람에게 쓰러질 것같이 승객으로 빽빽한 전철을 타고 출근하는 아침이다. 아직 졸린 눈으로 신문을 펼치는 사람, 오늘 하루 잘 버텨보자는 마음의 눈빛이 엿보이는 사람……. 이 그림 속 사람들은 바로 다름 아닌 우리다. 매일 힘들다고 말하지만 나만 힘든 것이 아니라는 것을 알려주고, '함께 힘내자'라는 생각이 들게 하는 그림, 이고르 포포브가 그린 이 장면은 러시아의 출근길일지라도 현대를 사는 인류의 보편적인 출근길과 다를 바가 없기에 공감이 간다.

나는 예술의 힘을 믿고 화가들이 삶의 기록으로 남긴 그림의 힘을 믿는다. 그 어떤 충고나 대화보다 가끔은 명화 한 점이 훨씬 위로가 된다는 것을 내 삶을 밀착하여 찍은 듯한 그림을 만날 때마다 느낀다.

"어떤 그림이 명화고, 어떤 그림이 명화가 아니에요?"

출근길 Pered rabotoi
이고르 알렉산드로비치 포포브 | 1966

초등학교 3학년인 한 학생이 물었다. 순간 등골이 오싹했다. 그림이 좋고 그림에 위로받는다고 생각하던 나에게 저 질문은 '명화'라는 단어를 다시 생각하게 했다.

우리가 살아가면서 명화라고 부르는 것들의 기준은 무엇인가? 유명한 화가의 작품? 미술 비평가가 칭찬한 그림? 값비싼 그림? 순간 오랜 시간 미술을 가르치고, 사람들에게 미술을 설명하며 나름 전문가라고 자부한 내가 와르르 무너졌다. 명화는 도대체 무엇인가?

사비나 미술관의 이명옥 관장은 저서 《인생, 그림 앞에 서다》에서 명화의 정의를 워싱턴 국립 미술관의 큐레이터였던 앤드루 로비슨Andrew Robison의 주장을 빌려 이렇게 이야기한다.

명화는 첫째, 보는 사람들의 눈이 즐거워야 하기에 아름다워야 한다. 둘째, 언제, 누가 만들었는지 기억할 만한 가치가 있느냐가 중요하기에 역사적이어야 한다. 셋째, 다소 불명확하지만 '힘'을 지니고 있어야 한다. 즉 보는 것만으로도 심오한 정신적 충격을 주고 마음에 변화가 일어나게 해야 한다는 것이다.

나 역시도 이 세 가지 조건에 공감한다. 여기에 한 가지 덧붙이자면 '넷째, 한 개인에게 위로가 되는 그림'이라고 말하고 싶다. 위로 역시 일종의 마음의 변화로 볼 수 있으나 위로받을 곳을 찾기 쉽지 않은 요즘 세상에 그림 한 점이 위로가 된다면 그것만으로도 명화가 될 수 있다고 생각한다. 그렇기에 나를 위로해준 모든 그림들은 나에게는 명화이다.

위로받을 사람도, 취미도 없다면 그림 보는 것을 취미로 만들어

보자. 나는 미술대학을 졸업하고 대학원까지 나왔지만 솔직하게 말하면 그림을 아주 잘 그리지는 못한다. 이렇게 말하면 어떤 사람들은 그림을 못 그리면 미대를 어떻게 갔느냐고 말할지 모른다. 하지만 고등학교 3학년 전국 연합 실기 시험에 나간 날, 나는 깨달았다.

'우리 학원에서는 내가 꽤 잘 그리는 편에 속했는데, 세상에 그림을 잘 그리는 또래들은 수천 명이나 되는구나.'

미술대학교를 다닌다고 해서 모두가 비슷하게 잘 그리는 것은 아니다. 시험에 합격할 만큼, 일반인들보다 잘 그린다는 의미일 뿐이다. 미대에 가보면 정말 특별하게 신이 주신 회화적 능력을 가진 친구들이 있는가 하면, 디자인적 능력, 즉 아이디어를 생각해내는 능력이 특출한 친구들도 있다. 천부적인 회화성을 지닌 친구들을 보았기에 나는 작가가 되는 것은 그들의 몫이라고 생각하고 미술과 관련된 다른 취미와 특기를 찾았다. 그러다 보니 실제로 그림을 그리는 것보다 그림을 감상하고 마음 가는 대로 분석하는 것이 내게는 더욱 재미있음을 알게 되었다.

내가 즐길 수 있는 취미는 바로 그림을 감상하고 공부하고 가르치는 일이었다. 나는 그림을 만나고 그 그림들을 탐구하면서 몰입하는 취미를 갖게 되었고, 더 많이 알기 위해 휴식 시간에도 그림을 찾아보며 진심으로 즐겼다.

같은 그림도 수없이 보고 또 본다. 어떤 그림은 내게 아주 큰 의미가 있었고, 어떤 그림은 아무런 작용도 하지 않은 채 지나갔다. 그렇게 고르고 남긴, 나에게 있어 보물 같았던 명화들이 이 책 안에 있다. 내가 힘들 때마다 들춰봤던 그림들을 이 책을 통해 공유하며 함께 희망을 느끼고 싶다.

나는 명화를 전달하는 사람이다. 내가 생각하는 명화는 어렵고 복잡한 것이 아니라 누군가에게 위로와 공감을 줄 수 있는 그림이다. 사람들에게 위로와 공감을 줄 수 있는 명화를 전달하는 일, 그리고 명화를 보는 것은 어려운 일이 아니라 어떻게 생각하느냐에 달려 있다는 것을 보다 많은 사람들에게 알려주는 일이라 생각하며 살고 있다. 그래서 8년째 블로그에서 내가 쓰는 닉네임은 '아트 메신저 빅쏘'이다. 온라인상에서 나는 나의 직업을 '아트 메신저'로 이름 붙였다. 이미 사람들이 알고 있는 유명한 화가의 작품부터 잘 소개되지 않은 작품들까지 삶을 명화로 기록하는 방식으로 소개하고 싶어서다.

좋은 사람은 자꾸 보고 싶고, 맛있는 음식은 늘 그리운 것처럼 좋은 그림은 계속 생각난다. 좋은 그림은 우리에게 영감을 끌어다 준다. 나만의 의지와 나만의 감성대로 그림을 보는 것은 나를 더 능동적으로 살게 해주었다. 시시때때로 뒤통수치는 일들로 괴로운 우리의 인생에 힘들 때마다 그림에 기대고, 명화라고 생각하는 작품 두서너 점쯤은 비상약처럼 지니고 살자.

chapter_03

혼자만의 장소가 있다는 것은 하나의 축복이다

강력한 이유는 강력한 행동을 낳는다.
윌리엄 셰익스피어(William Shakespeare)

'미술관에는 왜 혼자인 여자가 많을까?'

미국의 심리치료사인 플로렌스 포크Florence Falk의 책 제목이다. 이 책에서 그녀는 20년간 심리치료사로 일하는 동안 여성들의 불안과 우울증, 두려움을 상담해온 경험들을 바탕으로 여성들이 혼자 있는 것을 두려워하는 심리에 대해 분석했다. 그리고 둘이었을 때는 몰랐던 혼자 있는 시간을 자기 자신을 위한 긍정적인 시간으로 바꾸는 방법에 대해 알려주며 치유해준다.

그녀의 책을 보고 많은 생각을 했다. 우리는 대부분 혼자만의 시간을 갖기 어렵다. 그렇기에 오히려 혼자 있는 시간에 익숙해져야 하며 그 시간을 잘 활용해야 한다.

실제 미술관에서 몇 년째 작품 해설을 하는 동안 나는 의외로 미술관에 혼자 온 여자들이 많다는 것을 알게 되었다. 하루는 전시 해설을 마친 후 한 여성이 부끄러운 듯한 표정으로 내게 다가와 물었다.

“저는 어렸을 때부터 미술을 좋아해서 미대에 가고 싶었는데 부모님이 반대해서 문과에 갔어요. 나이가 들고 보니 왜 그때 좋아하는 과를 가지 않았나 후회가 되기도 하고 너무 미술사가 배우고 싶어서 이렇게 미술관에 혼자 자주 와요. 혹시 미술사를 체계적으로 배울 수 있는 곳이 있을까요?”

그 말에 나는 마음이 뭉클해져 내가 알고 있는 한 많은 정보를 주었다. 이미 직업을 가진 30대의 평범한 한 여성에게 새로운 공부를 배우고 싶다는 진심 어린 열정이 샘솟게 한 곳이 바로 미술관이었던 것이다. 회사 일에 치이고, 도시 속 생활에 치인 현대인들에게 미술관은 자연과는 또 다른 문명의 치유 공간이다.

미술관이라는 공간은 두 가지 존재 의의를 가진다. 첫째는 미술 전시품을 만나면서 내면적인 대화를 나누며 스스로 학습을 통해 새로운 자기를 창조해나가는 것이다. 둘째는 다양한 성격의 사람들, 즉 여러 부류의 방문자끼리 만나면서 서로 다양한 시각과 사고로 작품을 보고 용인하며 각자의 시각을 확대해나가는 것이다.

나 역시도 20대 초반부터 미술관에서 혼자 놀기를 좋아해서 끊임없이 미술관 문턱을 넘나들었다. 그러던 중 서울시립미술관에 도슨트 양성 프로그램이 있음을 알게 되었고, 그 프로그램에 참가하여 교육을 마치고 8년 넘게 도슨트로 활동했었다.

일반인들은 도슨트와 큐레이터의 차이를 잘 모르는 경우도 많다. 큐레이터curator는 미술관의 모든 일들을 처리하고 수행하는 사람으로 보통 학예원學藝員이라고도 불린다. '보살피다', '관리하다'라는 뜻의 라틴어 cura에서 유래한 용어이므로 '미술관 자료에 관하여 최종적으로 책임을 지는 사람'을 뜻한다.

반면 도슨트docent는 '가르치다'라는 뜻의 라틴어 docere에서 유래한 용어로 박물관과 미술관 등에서 일정한 교육을 받은 뒤 일반 관람객들에게 전시물과 작가 등에 관련된 내용을 두루 알기 쉽게 설명하는 사람이다. 규모가 작은 갤러리는 큐레이터와 도슨트를 합쳐 큐레이터라고 부르는 경우도 있다.

스물여섯 살 때 처음 도슨트가 되고 나서 나는 상당히 놀랐다. 먼저 활동을 하고 있는 선배 도슨트들이 전시가 시작되기 전이면 모든 열정을 다해 공부하는 모습을 볼 수 있었기 때문이다. 그들은 공부에는 나이도 끝도 없다는 것을 알려주었다.

어른이 되어서 하는 공부는 어린 시절과는 달리 간절하다. 강요가 아닌 스스로의 선택이기 때문이다. 나는 이것을 교육대학원에서도 느꼈다. 학부를 거치고 난 사람들이 모인 그 자리는 모두가 미술교육이라는 좀 더 구체적인 목표를 품고 온 것이기에 휴강을 하면 아쉬워할 정도로 열정적인 학생들이 많았다. 나 역시 무엇인가를 배우며 나를 채워간다는 느낌에 대학원을 다니는 내내 살아있다고 느꼈다.

한동안 SNS상에《10대, 꿈을 위해 공부에 미쳐라》,《20대, 공부에 미쳐라》,《30대, 공부에 다시 미쳐라》,《40대 공부, 다시 시작하라》,《공부하다 죽어라》 같은 책들을 모아놓은 사진이 인기였던 적이 있었다. 많은 사람들이 각 연령별로 끝없이 공부해야 하는 삶이 힘겹다며 "힘든 인생, 언제까지 공부만 하고 살아야 하나?"라고 농담을 하기도 했다.

그러나 나는 오히려 그 사진을 보고 이런 책이 많은 이유에 대해 다시 생각해보게 되었다. 어느 분야를 구체적으로 알아가고 느끼며, 끝없이 탐구하는 것이 얼마나 흥미로운 삶인지 실제 한 분야에 관심이 있는 사람은 알 것이다. 공부라는 것은 단지 대학을 가기 위해, 취업을 하기 위해 하는 것이 아니다. 때로는 내가 관심 있는 학문의 공부, 때로는 마음이나 태도처럼 내면을 바꾸는 공부, 때로는 실용적인 지식을 얻기 위해 하는 공부, 그때그때 관심 있는 것들을 모두 공부하려면 평생도 부족하다.

19세기 후반 루브르 박물관을 사랑해 매일 집처럼 드나들던 화가가 있었다. 물론 당시의 많은 화가들이 루브르에 있는 명화들을 모작하는 연습을 했다. 하지만 그는 좀 특별했다. 그는 과거의 그림을 모작하는 데 그치지 않고 자신처럼 모작을 하는 화가들의 모습과 루브르의 풍경을 함께 작품에 담았다.

그는 늘 〈모나리자Mona Lisa〉 앞에 자리를 잡고 앉았다. 신비로운 미소의 그녀와 매일 인사를 나누는 일은 그에게 필수 코스였으리라. 1911년 8월 어느 화요일 오전에도 어김없이 그는 만인의 연인인 모나리자를 보기 위해 루브르로 향했다. 하지만 늘 그를 반

루브르 박물관의 모나리자 Mona Lisa au Louvre
루이 베루 | 1911 | 캔버스에 유채 | 개인 소장
루벤스 방의 습작생 L'élève appliquée dans la salle Rubens
루이 베루 | 1902 | 캔버스에 유채 | 54×64.8cm | 뉴욕 다헤시 미술관

겨주던 신비한 미소의 그녀는 사라지고 보이지 않았다. 작품이 있어야 할 자리가 비어 있던 것이다.

그는 경비원에게 서둘러 이 사실을 알렸는데, 경비원은 아마도 사진 촬영 중일 것이라고 이야기했다. 마침 그 시기 루브르 박물관은 소장품들을 모두 사진으로 찍어 자료화하는 중이었기 때문이다. 하지만 오후가 되어도 〈모나리자〉의 행방은 알 수 없었고, 결국 루브르 박물관은 오후 3시에 문을 닫기에 이른다.

역사상 최대의 미술품 도난 사건을 가장 처음 발견한 사람. 루이 베루Louis Béroud, 1852-1930라는 이름의 이 화가는 습관화된 루브르 박물관 출석으로 역사상 가장 유명한 도난 사건의 시작을 알렸던 것이다. 그리고 그의 관찰력은 현대에 이르러 우리가 과거 루브르의 모습을 상상해볼 수 있게 해주는 징검다리가 되었다.

나는 특히 그가 그린 작품 중 여자 혼자 루브르 박물관에 와서 그림을 연습하거나 작품을 감상하는 장면을 그린 작품들을 좋아한다.

작품 속 여인은 루벤스의 방에서 열심히 모작을 하고 있다. 차분히 앉아 자신의 작품에 집중한 그녀의 모습에서 의지와 열정이 성실한 에너지로 다가온다. 그녀의 뒤로 관람객이 지나가면서 그녀의 작품을 보며 대화하고 있다. 불특정 다수가 오가는 공공장소에서 그림을 그린다는 것은 실로 용기 있는 일이다. 나의 부족한 재능까지 보여주는 일이며, 부끄러움보다 중요한 것은 내 능력의 향상이라고 생각하는 용기가 있기에 가능한 일이다. 이 그림을 보고 난 후 나는 미술관에 혼자 와 스케치 연습을 하고 있는 여자를 보면 나도 모르게 응원의 눈빛을 보내게 되었다.

여성의 바깥 활동이 남성에 비해 제한되었던 시대에도 여성들의 배우고자 하는 욕구, 보고자 하는 욕구는 존재했다. 어쩌면 루이 베루는 자신과 같은 남성들에 비해 사회적으로 제약이 많았던 여성들의 학구열을 루브르 박물관에서 직접 체감하고, 그 열정을 기록으로 남기고 싶어 화폭에 담은 것은 아닐까?

그에게 루브르 박물관에 가서 다른 화가들의 열중한 모습을 작품에 담는 일은 새로운 주제였고 또 다른 시도였다. 대가의 작품 앞에서 온종일 그림 연습을 하며 미술관에 혼자 있는 여인들의 모습이 화가 루이 베루에게는 또 다른 배움이자 자극이었을 것이다.

내가 미술관에 혼자 가는 이유 역시 배우기 위해서였고, 그녀들이 미술관에 혼자 오는 이유도 자신만의 생각과 느낌을 가지고 또 다른 배움을 얻고, 미술관이라는 공간에서 사유하기 위해서였다.

미대를 나왔다고 해서 모두 미술사를 잘 아는 것은 아니다. 미술을 전공한 친구는 많지만 그 가운데 제대로 서양 미술사를 아는 것은 특별히 그에 대해 공부를 더 열심히 한 친구들뿐이다. 오히려 관심을 갖고 물고 늘어지며 탐구하는 블로거나 일반인이 미대생보다 미술사에 빠삭한 경우도 많다.

미대는 '미술이라는 분야가 이렇게 넓고 세상에 잘 활용되고 있다'는 것을 알려주고 재료의 다양함을 바탕으로 작업할 기회와 평가를 제공할 뿐, 이론을 하나하나 짚어가며 공부하는 것은 순전히 본인의 몫이다. 나 역시 퇴근 후 집에 오면 매일 미술을 더 깊이 공부하는 시간을 잠시라도 가진다. 직업 자체가 그림에서 삶의 가치를 찾아내어 전달하는 강사이자 미술관 에듀케이터이며 전시 해설자고, 그림 연구소까지 운영하기 때문에 새로운 미술에 늘 열려 있어야 하고 매일 공부를 하지 않으면 발전할 수 없기 때문이다. 숨을 쉴 때마다 미술의 중요성을 느끼는 나지만 아직도 미술에 대해 모르는 것이 너무 많다. 바람이 있다면 죽을 때까지 조금씩 더 배워나가는 것이다.

미술관에 여자가 혼자 오는 것은 스스로 혼자가 되기를 선택하는 것이다. 스스로 선택해서 혼자가 되는 것과, 어쩔 수 없이 혼자가 된 경우는 다르다. 얼핏 비슷해 보여도 마음의 태도가 다르다.

> 혼자라는 것은 하나의 기회다. 세상과 단절되어 홀로 보내야 하는 종신형이 아니라 새로운 삶을 위한 자원과 가능성이 숨겨져 있는 기회다. 혼자 있는 기술을 계발하는 것은 하나의 예술이다.

플로렌스 포크의 말이다. 배우고 싶고 느끼고 싶고 사유하고 싶을 때는 혼자만의 장소에 가자. 미술관뿐만 아니라 누군가에게는 음악 연습실, 누군가에게는 체육관, 또 누군가에게는 도서관일 수도 있는 그런 공간이 우리 모두에게는 필요하다. 가면 행하게 되고, 행하다 보면 또 다른 길이 열린다. 배움의 시간을 보낼 장소가 하나쯤 있다는 것만으로도 축복이다.

우리 각자의 마음속에 더 나은 사람이 되고, 더 행복한 삶을 살며, 변화하고자 하는 의지가 있다면 그곳이 어디든 발걸음을 내디뎌 배움의 시간을 보내자. 나는 그것이 삶을 발전시키는 최소한의 작은 행동이라고 믿는다.

chapter_04

첫 키스같이 짜릿한 명화

> 인생은 내게 무언가 하게 만든다.
> 그래서 나는 그림을 그린다.
> **르네 마그리트**(René Magritte)

첫 사랑, 첫 키스, 첫 직장, 첫 아이, 첫 보금자리……. 세상 모든 단어 앞에 처음이라는 의미의 단어를 살짝 붙여본다. 나도 모르게 설레는 마음이 솟구친다. 처음 산 컴퓨터, 처음 뽑은 자동차, 처음 그린 그림, 처음 마셔본 소주……. 그 어떤 단어 앞에 붙여도 소중해지는 말이 '처음' 아닐까?

나의 첫 명화에 대해 떠올려본다. 나에게 있어 '첫 명화'라고 하면 내가 처음으로 생각의 전환을 하고, '명화로 글을 쓰고 싶다'는 생각을 하게 해준 그림을 의미한다.

벨기에의 초현실주의 화가 르네 마그리트René Magritte, 1898-1967의 〈빛의 제국〉이 바로 그 작품이다. 누군가 나에게 지금까지 가본 중 제일 기억에 남는 전시회가 무엇이냐고 물어본다면 난 1초의 망설임도 없이 20대의 어느 날 서울시립미술관에서 본 〈르네

빛의 제국 L'Empire des lumières
르네 마그리트 | 1953 –1954 | 캔버스에 유채 | 146×114cm | 벨기에 왕립 미술관

마그리트전〉이었다고 말하겠다. 그날 그곳에서 내가 전달받은 그의 상상력은 소화하기가 버거울 만큼 흥미로운 것들이었고 거대한 시각적인 압력이었다.

종종 쾌청한 날씨에 구름이 많은 날이 있다. 그런 날에는 밤이 되어도 신기하고 이상할 정도로 하늘이 밝을 때가 있는데, 그 밤 하늘은 내 컴퓨터 윈도98의 배경화면을 닮았었다. 그런 하늘을 볼 때면 함께 있는 사람들에게 언제나 감동을 표현하지만, 다른 사람들은 그 말에 그다지 공감하지 않는 듯했다.

마그리트의 그림 속 장면처럼 '밤이지만 아침이고 낮이지만 저녁인 듯한 하늘'은 분명히 존재한다. 사람들은 그가 초현실주의 화가이기에 개념적인 것을 상상으로 그렸다고 하지만 나는 왠지 르네 마그리트도 내가 본 그런 밤하늘을 확실히 본 것 같다는 생각이 든다.

그날 이후 나는 마그리트와 사랑에 빠졌다. 내가 본 것을 똑같이 기억하고 그린 화가 같았기 때문이다. 화가들이 그린 그림에 큰 동질감을 느낀다면 그 그림은 더 짙은 의미가 되어 남는다.

마그리트의 또 다른 그림 〈통찰력〉 역시 나에게는 짜릿한 명화 중 하나이다. 나는 이 그림을 보면서 '알을 보면서도 새를 그릴 줄 아는 시각을 가진 사람으로 살고 싶다'는 생각을 했다. 더 나아가 '알을 보고 있지만, 새보다 더 큰 또 다른 세상을 상상하는 사람이 되어야겠다'는 다짐도 했다.

'통찰력' 혹은 '예지력'이라는 견고한 제목을 가진, 마그리트의 자화상으로도 알려진 이 작품을 보면 늘 '창의력'을 떠올린다. '가까이 하고 싶지만 너무 먼 당신'이 우리에게는 '창의력' 아닐까? 누구나 창의적인 사람이 좋은 인재라는 것도 알고, 일상도 창의적으로 살고 싶어 한다. 그러나 하루하루 사는 데 급급하다 보면 창의성을 발휘하며 살기 쉽지 않은 것도 사실이다. '창의력교육, 창의적 인재'라는 단어를 하도 많이 들어 진부하게 느껴지기도 한다.

사실 마그리트 역시 처음부터 인기 있는 화가는 아니었다. 그는 벨기에의 한 미술 학교를 다니며 광고와 판촉물 디자인을 하던 무명 화가였는데, 어느 날 이탈리아의 초현실주의 화가 조르조 데 키리코Giorgio de Chirico의 작품을 본 뒤 무수한 영감을 받고 초현실주의 스타일의 그림을 그리기 시작했다.

마그리트는 매일 아침 8시가 되면 어김없이 중절모를 쓰고 양복을 차려입고 아틀리에로 갔다. 그의 아틀리에는 다름 아닌 집에 있는 주방이었다. 집 안의 작업실로 이동할 때도 나름의 자세를 갖춘 것이다. 주방에 도착하면 중절모를 벗고 회사원처럼 작품 활동을 시작한다. 열심히 그리고 또 열심히 생각하고, 저녁 6시에 다시 방으로 퇴근한다. 다음 날이 되면 또 중절모를 쓰고 양복을 입고 주방 아틀리에로 출근을 한다.

예술가들은 대개 마음 내키는 대로 시간을 쓰는 사람이라고 생각하기 쉽고, 실제로 그런 사람도 많지만 그는 그런 타입이 아니었다. 꾸준한 사고와 훈련 끝에 그만의 독특한 명화들이 탄생했다. 그는 일본의 애니메이션 대가 미야자키 하야오宮崎駿 감독의

통찰력 La Clairvoyance
르네 마그리트 | 1936 | 캔버스에 유채 | 54×65cm | 개인 소장

〈천공의 성 라퓨타天空の城ラピュタ〉에 영감을 주었고, 문학인이나 여타 다른 분야의 예술인들이 가장 좋아하는 화가로 자주 꼽히는 화가이기도 하다.

마그리트의 자유로운 발상, 상상을 뛰어넘는 창의력은 위에서 말한 것처럼 꾸준한 습관 속에 생성된 것이다. 세상의 천재들은 많은 경우 이렇게 노력과 꾸준함에 의해 만들어진다. 창의력 역시 창의적이고자 하는 사고 습관, 창의적으로 살아야겠다는 마음가짐들을 가졌을 때 작동하는 뇌 운동에 의해 만들어지는 것 아니겠는가.

많은 사람들이 마그리트를 창의력의 대가라고 말한다. 하지만 그의 그림은 너무 앞서간 나머지 이해받지 못하기도 했다. 하지만 그는 성실한 작품 활동의 시간 속에서 깊은 내공을 키웠고, 그 내공을 바탕으로 그 누구보다 창의적인 작품을 많이 창조해냈다.

그가 자주 활용한 '데페이즈망dépaysement'이라는 기법은 원래 '정든 고장을 떠나는 것'을 의미하는 말로, 초현실주의에서는 한 이미지가 본래 있던 곳에서 떨어져 나가는 것을 뜻한다. 즉, 연관성이 전혀 없는 사물이 만나 낯선 장면을 연출하는 기법이다. 어쩌면 마그리트의 창의력은 그의 그림 속 이미지들처럼 서로 다른 하나와 하나가 만나 각기 다른 둘이 아닌 또 다른 무엇인가가 창조되는 것 아닐까? 감상자와 작품이 만나 새로운 의미가 생성되듯 말이다.

몇 해 전 여름, 어느 창의력교육 프로그램에 참가하기 위해 열흘간 대구에서 지낸 적이 있다. 우리나라에서 가장 덥다는 도시

대구는 창의력 전문가가 되기 위해 온 사람들, 혹은 창의력교육에 관심을 가진 사람들로 그 열기가 더 뜨거웠다. 아침 9시부터 저녁 6시까지 진행되는 수업은 열정으로 가득 찼다.

그 수업을 통해 나는 창의력이 절대 천부적인 것이 아니며 노력하면 향상되는 재능의 한 종류이고, 창의력의 요소 중 으뜸이라는 독창성은 '유창성(많은 아이디어를 생각하는 능력)'에서 나온다는 사실을 깨달았다. 또한 사람마다 다 다른 여러 가지 창의적인 요소들을 가지고 있다는 것도 알게 되었다. 이를테면 융통성 측면의 창의력이 뛰어난 사람, 독창성이 강한 사람, 다양한 아이디어를 내는 발산적 사고가 강한 사람, 그런 아이디어들을 수렴해서 정리하는 창의성이 있는 사람, 자신의 아이디어를 세밀하게 표현하는 정교성이 풍부한 사람……. 즉, 창의력이라는 것은 뭉툭한 하나의 형태가 아니라 수없이 나눠진 여러 가지 요소로 이뤄져 있다는 것이다. 이 말은 곧, 앞에 언급한 사항들 중 단 한 가지 요소만 뛰어나도 창의력이 충분하다는 뜻이고, 나에게 다소 부족한 창의력은 훈련을 통해 보완할 수 있다는 뜻이다.

우리 모두가 하루아침에 창의적인 인재가 될 수는 없다. 하지만 가끔씩 창의성을 발휘하고 싶은 마음이 누구에게나 분명히 있다. 그럴 때엔 창의적이었던 화가들의 명화를 보라고 이야기하고 싶다. 나는 이 책이 독자들에게 '창의력 연습 창고'가 되기를 바란다. 꼭 이 책이 아니더라도 세상 어디에서건 명화를 찾아보며 자기 안에 숨어 있는 창의력을 자극하라고 하고 싶다.

처음 껌을 씹어본 어린 시절의 어느 날, 그 단물이 너무 인상 깊은 나머지 껌을 버리기 싫어서 한참을 빨고, 단물이 다 빠져 고무만 남았는데도 버리지 못해 아쉬워했다. 나에게 있어 첫 키스 같은 명화는 연인이 키스를 하거나 데이트를 하는 핑크빛 내용이 담긴 그림이 아니라, 처음 씹어본 껌의 단물 같은 그림이다. 꼭꼭 씹어 먹고 한참을 보고 있어도 보내기 아쉽고 자꾸 생각하게 되는 그림, 나에겐 마그리트의 작품들이 처음 맛본 껌이고, 첫 키스 같은 명화였다. 그의 작품은 나에게 창의성이 얼마나 짜릿하게 표현될 수 있는지 느끼게 해주었다.

"내게 있어 세상은 상식에 대한 도전이다."

르네 마그리트가 남긴 말이다. 일상에서도 충분히 상식에 대한 도전을 접할 수 있다. 좋은 영감이 떠오르지 않을 때는 근처 디자인숍에 들르거나 미술관으로 가보자. 마그리트의 그림 속 남자가 알을 보면서 새를 그려낸 것처럼 예술가들의 독특한 작품들을 만나면 새로운 아이디어들이 퐁퐁 솟아오를 것이다. 그들에게서 받은 영감을 내 일상에 적용하자. 대수롭지 않은 아이디어도 괜찮다. 상식적인 것이 아니어도 좋다.

"무엇과도 바꿀 수 없는 존재가 되려면 늘 달라야 한다"라는 샤넬의 말처럼 우리는 늘 달라져야 한다. 하루하루 급속히 변화하는 세상에 살고 있기에 창의력은 현대인이라면 반드시 갖추어야 하는 재능이다. '무'에서 '유'를 창조하는 것이 어렵다면 화가들의 명화를 통해 '유'에서 '더 나은 유'를 창조하는 데서 시작해도 충분할 것이다.

chapter_05

왜 나만
내 편이 아니었지?

스스로 존경하면 다른 사람도 당신을 존경할 것이다.
공자(孔子)

나는 사건이 터지면 늘 자신을 자책하는 데에 많은 시간을 허비하는 사람이었다. '내가 왜 그랬을까?' '나는 바보야. 나처럼 행동하는 사람은 이 세상에 없을 거야.' 이렇게 자책을 하고 나면 자존감은 바닥으로 떨어지고, 자신감마저 실종되고 만다. 알면서도 또다시 자책한다. 나를 어설프게 아는 사람들은 내가 대범하고, 쿨하고, 자신감 넘치는 사람이라고 생각하지만 나와 친한 사람들은 아주 잘 안다. 내가 얼마나 소심하고, 24시간 고민으로 가득하고, 예민한 사람인지…….

사업에 있어서도 조금만 삐끗하면 다 내 탓으로 돌렸고, 연애에서도 마찬가지였다. 나는 늘 다투고 나면 나를 달래기는커녕 '이게 다 내가 부족해서야', '나는 연애 따위는 할 자격도 없는 사람이야'라고 스스로에게 말하며 나 자신을 혼냈다. 그렇게 자책하는 날에는 잠도 잘 못 자고 입맛도 떨어진다. 내가 미워서, 나를 미워하는 마음이 너무 커서 밤새 뒤척이고, 혼자 머리를 때리고 한숨을 쉬고 후회하고, 또 후회한다. 이런 소심하고 예민한 성격이 나 역시 피곤하지만 혹부리 영감의 혹처럼 떼어낼 수 없어서 늘 지니고 살았다.

그런 나를 보고 한 친구가 말했다.

"너는 스스로를 피해자로 만들고 다른 사람들은 다 가해자로 만들어버리는 것 같아. 나는 너의 그런 면이 더 부담스러워. 싸우고 나서 늘 다 네 잘못이라고 사과하면 상대방은 순식간에 가해자가 되어버리고 너만 불쌍한 피해자가 되잖아."

생각해보니 나는 자책과 반성을 혼동했던 것 같다. 자책이 자기 자신을 원망하고 책망하는 마음이라면 반성은 자신의 잘못을 돌이켜보는 다짐이다. 나는 늘 책망만 반복했을 뿐이었지 건강한 반성을 한 것은 아니었다.

나는 늘 다른 이의 편을 들어주면서 나 자신의 편이 되는 것은 어려워했다. 남들에게 보내는 응원의 메시지를 왜 나에게는 주지 못했을까? 친구의 말을 듣고 나서 세상에 완벽한 사람도 없고 틈없는 사람도 없으니 부족한 나를 내가 더 사랑하자는 다짐을 했다. 이제는 힘든 일이 닥치거나 슬픈 일이 생기면 내 편이 되어 마음속으로 나를 위로한다.

어린아이에게 울지 말라고 하면 더 크게 운다. '나 이렇게 슬프니까 알아주세요' 하는 것이다. 슬픔을 피하지 말자. 때로는 내게 온 슬픔과 손잡고 내 슬픔을 이해하며 내 안의 나와 도란도란 이야기하자. 그 누구보다 내 슬픔은 내가 잘 안다. 다른 사람에게 위로받지 않으면 내가 나를 위로해주면 된다. 어디가 아팠는지, 어느 부분이 나를 상처 입혔는지, 오늘 왜 그렇게 억울했는지 자신에게 묻고 답하면 상처는 더 분명해지고, 어떤 약을 발라야 하는지 스스로 처방할 줄도 알게 된다.

물에 빠진 사람은 허우적대면 댈수록 더 가라앉는다. 급박한 상황 속에서도 얼른 물에 빠진 상태를 인지하고 자신의 능력을 파악하는 것이 중요하다. 그러고 나서 몸이 뜨도록 가만히 있거나 잠수를 하거나 수영을 하는 방법으로 헤쳐나가야지, 무턱대고 자신이 처한 상황을 거부하려고 허우적대면 그럴수록 지치기만 할 뿐이다.

인생에 기쁨이 반 슬픔이 반인데 우리는 늘 기쁨만 크게 인식하고 슬픔은 모른 체하곤 한다. 태어날 때부터 한 사람이 지녀야 할 슬픔에도 총량이 존재한다. 평생 기쁨만 있는 삶은 없다고 생각하면 슬픔을 무조건 부정하기보다 어떻게 받아들이고 탁탁 털어낼지 생각하는 편이 현명하다. 늘 기쁨만 예뻐하니 내 안에 있는 슬픔이 억울해서 더 자주 튀어나오려고 하는 것일지도 모른다. 슬플 때는 나를 인정해주고 나에게 말하자.

'세상에서 가장 굳건한 내 편은 나야.'

덴마크 코펜하겐 출신의 화가 빌헬름 함메르쇠이는 고독함의 정서를 지닌 대표적 작가다.

그는 동료 화가였던 페테르 일스테드의 누이와 결혼하면서 새 집으로 이사했다. 누구나 그렇겠지만 신혼집을 꾸미는 일은 가슴

스트란가데 거리의 햇빛이 바닥에 비치는 방 **Stue i Strandgade med solskin på gulvet**
빌헬름 함메르쇠이 | 1901 | 캔버스에 유채 | 46.5×52cm | 코펜하겐 국립미술관

벅찬 일이다. 새하얀 도화지에 새롭게 그림을 그리는 마음으로 그는 집의 벽과 천장을 회색으로 통일하고, 가구도 거의 없이 심플하게 꾸몄다.

그의 그림 속 집 안 풍경은 여백이 많은 그의 마음을 떠올리게 한다. 처음 그의 그림을 볼 때는 집의 풍경이 외롭고 차가워 보였다. 세상에 내 편 하나 없는 것 같은 기분을 그의 그림에서 느꼈다. 그러나 그림도 상황에 따라 달라 보인다고, 여러 가지 사건들을 겪으면서 내가 나를 사랑하자는 다짐을 하며 이 그림을 보니 그림 속 빈 공간들이 외로워 보이는 것이 아니라 포근하게 보이기 시작했다.

화가가 의도하에 남겨둔 여백은 우리에게 생각할 시간을 준다. 생각을 달리해 바라보니 비로소 무언가가 보이기 시작했다. 그것은 여백이 주는 아름다움이었다. 화가는 빈 공간을 통해 우리에게 태연하게 고독을 느끼라고 이야기한다. 고독은 부정적인 것이 아니라 긍정적인 것이고 반드시 지녀야 하는 것이라고 말한다. 그림 속 공간들을 나는 스스로 내 편이 되는 여백의 시간들이라고 생각하고 싶다.

삶에서 고독은 절대 없어지지 않는다. 그러나 고독을 다스리는 지혜는 살면서 점점 배우게 된다. 서울대학교와 MIT를 졸업한 건축가 김진애 박사는 대학을 가기 위해 독하게 모든 것을 끊고 1년을 공부했다고 한다. 그리고 그 1년 덕분에 그 후에도 독해지겠다고 마음을 먹으면 언제든 독해질 수 있다는 자신감이 생겼다고 했다. 그녀는 고독의 시간을 독해지는 계기로 삼은 것이다. 인생에서 누구나 독해져야 하는 때가 오고 그때는 반드시 내가 나의 편이 되어야 한다.

나는 재수 시절과 대학원 시절, 그리고 이 책을 쓰는 동안 독해졌다. '독해지라'는 김진애 박사의 말이 나쁘게 들리지 않았다. 남들에게 독해지는 것이 아니라 나에게 독해지는 것, 그리고 나에게 나쁘게 독해지는 것이 아니라 긍정적으로 독해지는 것이라고 생각했기 때문이다. 나에게 긍정적으로 독해지는 것은 그 누구보다 내가 나를 믿고 살아가며 내 편이 되어야 한다는 뜻이다. 내가 지금 가는 길이 얼마나 먼 길인지 스스로 알고, 힘든 일이 나타나도 내 편이 되어 스스로를 격려하다 보면 자연히 독해질 수밖에 없다.

하루아침에 성장하는 사람은 없다. 독해져야 하는 순간 불꽃을 튀겨야 발전한다. 그것은 느껴본 사람만이 안다. 그러므로 고독한 시간은 독해지기 딱 좋은 시간이고 내가 내 편이 되기 딱 좋은 시간이다.

브라질 출신의 작가 파울로 코엘료Paulo Coelho의 산문집《흐르는 강물처럼Ser como o rio que flui》에 한 할머니와 손자의 대화가 등장한다. 편지를 쓰던 할머니는 소년에게 연필 같은 사람으로 성장하면 좋겠다는 이야기를 한다.

> 가끔은 쓰던 걸 멈추고 연필을 깎아야 할 때도 있다는 사실이야. 당장은 좀 아파도 심을 더 예리하게 쓸 수 있지. 너도 그렇게 고통과 슬픔을 견뎌내는 법을 배워야 해. 그래야 더 나은 사람이 될 수 있는 게야.

우리 중 누군가는 뾰족한 연필로 멈추지 않고 인생을 적어나가고 있을 테고, 또 어떤 누군가는 쓰던 이야기를 잠시 멈추고 연필을 다시 깎아야 할 시기일지도 모른다. 하나의 연필로 삶이라는 글을 써 내려가는 동안 몇 번은 심이 부러지거나 뭉툭해지고, 유독 글이 잘 써지지 않는 날들도 분명히 온다. 그렇게 고비를 넘기며 써나가는 과정을 견디면 우리는 더 나은 사람이 될 수 있다. 그럴 때마다 나를 더 다독거리자. 세상에서 유일한 나의 이야기를 쓰는 연필은 나에게 있고, 그 연필은 나 자신이자 내 편이라는 생각으로 오늘 내 연필심이 뭉툭하다고 주눅 들지 말자. 다시 예리하게 깎아 내일을 준비하면 된다. 이제부터라도 스스로의 가장 큰 아군이 되어 살아가는 것은 어떨까.

chapter_06

휴식은
우리의 완충 지대

일과 오락이 규칙적으로 교대하면서 서로 조화가 이루어진다면
생활은 즐거울 것이다.
레프 톨스토이(Lev Tolstoy)

긴 연휴의 마지막 날은 마음이 들쑥날쑥하다. 오전만 해도 하루의 시간이 남아 있다는 사실에 여유로웠는데 저녁이 다가오면 간사하게 불안한 마음이 불쑥 입장한다. 이럴 때에는 내 마음과 몸이 컴퓨터 같으면 좋겠다는 생각을 한다. 엔터 키를 누르면 다음 행동으로 넘어가고, 스페이스 키를 누르면 한 칸의 공간이 생기는 식으로 말이다. 지금 쓰고 있는 노트북처럼 내가 나를 잘 조절하는 사람이라면 얼마나 좋을까? 하지만 사람의 몸과 마음은 컴퓨터 같은 기계처럼 입력과 결과가 바로 나타나지 않는다. 화분에 물을 주며 새싹을 키우듯 몸과 마음도 내가 키워나가야 한다.

나이를 조금씩 먹어가고 있다는 증거 하나를 얼마 전 연휴 기간에 발견했다. 어쩌면 늘 알고 있었는데 다시 확인한 것일지 모른다. 연휴 중 하루는 반드시 혼자인 날이 있어야 한다는 것, 혹은 하

루쯤은 아무것도 하지 않아야 다시 시작할 에너지가 생긴다는 것.

20대의 연휴는 홍대의 카페나 주점을 홍건히 탐방하는 날들이었다. 새벽 3시나 4시에 하루가 끝나도, 다음 날이 비어 있으니, 또 언제 시작해도 괜찮으니까 하는 마음으로 고무줄처럼 제멋대로 늘려가며 사용했다.

이제는 함부로 시간을 늘려서 쓰다가는 피로 때문에 다음 날도 망쳐버리고 만다는 것을 아는 나이가 되었다. 그래서 나는 미리 정한 시간 내에서 시간을 조절해 쓰려고 노력한다. 그리고 연휴 중 하루나 이틀은 반드시 하루 종일 집에 있으면서 완전한 휴식을 취한다.

미국 자동차 회사 포드의 창업자인 헨리 포드는 이런 말을 했다.

"휴식은 게으름도, 멈춤도 아니다. 일만 알고 휴식을 모르는 사람은 브레이크 없는 자동차와 같이 위험하다."

앞서 인생을 살아간 수많은 사람들은 휴식의 중요성을 강조하고, 제대로 된 휴식이 있어야 건강한 몸과 마음으로 다시 일을 시작할 수 있다고 말한다.

매일이 사건 사고인 우리의 삶에 잠시나마 여유를 갖게 해주는 것이 휴식이다. 하지만 우리는 휴식 시간에조차 자신도 모르게 내일 해야 할 일들을 떠올리며, 성격이 급한 사람은 이미 내일의 일을 하고 있기도 한다. 특히 나처럼 일과 놀이가 구분되어 있지 않아서 일이 놀이 같고, 놀이가 일 같은 사람은 더 그렇다. 일과 놀이의 구별이 정확하지 않은 것에는 분명 장점이 있고 더 즐겁기도 하다. 그러나 반대로 생각하면 일에서 한시도 벗어날 수 없는 종류의 일을 한다고 볼 수도 있다.

완전한 휴식이라는 것은 그야말로 아무것도 하지 않는 상태이다. 고민하지 않아도 되고 행동하지 않아도 되고 가만히 있는 상태, 시계를 보지 않아도 되고 늦게 일어나도 전혀 상관없으며, 아침 점심 저녁 정해진 시간에 반드시 식사를 하지 않아도 되는 날, 독서하고 싶을 때는 독서를 하고 음악을 듣고 싶을 때는 음악을 듣고, 낮잠도 자고 거실에 누워 있다가 멍하니 내 안에 채워진 것들을 들숨과 날숨처럼 채웠다 내보냈다 하는 날, 시간과 해야 할 일의 목록에 구애받지 않는 하루가 완전한 휴식이다.

내 경우 기업 명화 강의, 전시 해설, 명화 칼럼 연재, 교육기관 운영 등 다양한 일을 하고 있기 때문에 휴대전화에 저장되어 있는 번호가 학부모님이나 강의하는 곳의 연락처를 합치면 거의 1,400개에 이른다. 출근하지 않고 쉬는 날에도 급히 연락이 오는 상담이나 강의 문자가 적지 않기에 일부러라도 휴식 시간에는 전화기를 무음으로 해놓는 편이다. 그러지 않으면 늦은 밤이나 휴일에도 전화 소리나 문자 소리를 들어야 한다. 휴일이나 늦은 밤에도 나에게 연락하는 사람들을 거부하는 것은 아니다. 그들은 나의 도움이 필요해 급하게 전화를 하는 것이지 괴롭히려는 것이 아님을 나 역시도 잘 알고 있다. 하지만 나처럼 프리랜서 형태의 일을 하는 사람은 스스로 휴식 시간을 만들지 않으면 쉽게 지친다.

사람들은 강의를 하거나 사업을 운영하는 사람들은 시간을 융

통성 있고 여유 있게 쓸 것이라고 생각하지만 오히려 그 반대다. 어떤 경우엔 24시간 사업을 하는 기분으로 살아가기도 한다. 그러므로 퇴근 후 회사와의 연락이 완전히 차단되는 회사원이 어쩌면 완전한 휴식을 즐기기 쉬운 경우가 더 많을지도 모른다.

누가 휴식을 활용하기 더 좋은 조건인가 비교하려는 것은 아니다. 어느 쪽이든 중요한 것은 개인이 스스로 휴식 시간을 일부러라도 만들어야 한다는 점이다. 누구에게나 온전한 휴식의 날이 하루쯤 있어야 한다. 단, 연휴라고 해서 며칠 내내 이렇게 지내면 자연적으로 몸도 정신도 늘어지기 마련이다. 내 기준에서 이런 완전한 휴식의 날은 하루나 이틀 정도면 충분하다.

나는 완전한 휴식 시간을 '완충 지대'라고 부르고 싶다. 완충 지대에는 크게 두 가지 뜻이 있다. 첫째는 이해가 상반되는 국가 간의 전쟁이나 무력 충돌을 예방하기 위해서 두 나라 영토의 중간 지역에 설치되는 비무장 지대나 중립 지대라는 뜻이다. 둘째는 사회 활동에서 이해의 충돌이 생길 때 피해를 줄이기 위하여 중간에 설치하는 공간이란 뜻이다. 예를 들어 주택지 옆에 도로나 철도처럼 공해를 발생시키는 시설이 들어서게 되면 두 지역 사이에 녹지대나 차음 장치 같은 완충 지대를 설치하여 주거지를 보호한다.

집에서의 휴식은 우리의 '완충 지대'이다. 이해와 이해가 충돌하는 빡빡한 사회생활을 잠시나마 잊게 해주는 비 오는 날 처마 밑 같은 공간이며, 세상의 혼잡과 사람들의 소음으로부터 나를 보호해주는 시간이기도 하다. 우연히 마주친 이 작품, 〈초록 소파〉는

초록 소파 The Green Sofa
존 레이버리 | 1903 | 캔버스에 유채 | 65.4×92.4cm

나에게 휴식의 중요성을 다시 한 번 확인하게 했다.

이 그림을 그린 존 레이버리John Lavery, 1856-1941는 북아일랜드의 수도인 벨파스트에서 태어났다. 10대 시절 글래스고와 런던의 미술 학교에서 미술을 배우기 시작해 1881년 파리로 건너가 쥘리앙 아카데미에서 공부를 한다. 1885년 글래스고로 다시 돌아오는데 서른두 살인1888년에 글래스고 국제 전시회에 참석하는 빅토리아 여왕을 그려달라는 주문이 들어와 250명이 넘는 인물들이 등장하는 작품을 완성한 후 이른바 스타 화가가 되었다.

그는 1차 세계대전 당시 해군 종군 화가로 활동했고 전쟁을 마치고는 작위를 받을 만큼 세속적인 명성을 쌓았지만 내면에는 상처가 많은 사람이었다. 어릴 적 아버지와 어머니가 모두 돌아가셔서 외로운 삶을 살았고, 결혼한 지 2년 만에 부인과 사별하는 아픔을 겪기도 했다. 다행히 다시 만난 두 번째 부인 헤이즐Hazel과는 해로하여 아내를 모델로 삼아 400여 점이 넘는 작품을 그린다. 그가 그린 아내의 초상은 1928년부터 2002년까지 아일랜드 화폐의 도안으로 사용되기도 하였다. 그는 꽤나 많은 여행을 다니며 모로코, 아프리카, 이탈리아 등 세계 각지의 풍경을 남기기도 했다.

여든다섯이라는 삶의 시간 동안 부모님과 첫 아내의 죽음을 마주하며 겪은 많은 우여곡절을 그림으로 승화시킨 존 레이버리에게도 결국 가장 좋은 휴식은 집에서 몸과 마음을 내려놓고 푹 쉬는 것 아니었을까. 그가 그린 그림처럼 말이다.

다른 사람들보다 특별히 더 많이 일하지 않음에도 늘 피곤함을 느끼는 사람이라면 휴식 시간을 다시 한 번 점검해볼 필요가 있다. 같은 시간 동안 일을 하더라도 효율적으로 일할 수 있듯이 같은 시간 동안 휴식을 취하더라도 더 효율적으로 쉬는 것이 현명하다. 나는 둘 중 어떤 사람인가?

chapter_07

아무도 내게 청혼하지 않았다

중요한 것은 사랑을 받는 것이 아니라 사랑을 하는 것이었다.
서머싯 몸(Somerset Maugham)

서른한 살 때 떠난 미국 캘리포니아 여행 중 오랜 시간 특별한 감정 없이 지내던 아는 친구네 집에서 신세를 졌다. 두 가지 이유가 있었다. 한 가지는 숙소비를 아끼려는 심산, 또 한 가지는 그 친구에게 차를 좀 얻어 타려는 심보. 누군가가 자신의 집에서 열흘 넘게 먹고 자는 것도 불편한데, 로스앤젤레스에서 6시간이나 운전을 해야 도착하는 샌프란시스코에 가고 싶다고 자꾸 이야기하는 별로 친하지도 않은 여자애를 보면 얼마나 알미울까? 역시나 그는 내가 무척이나 알미웠다고 한다. 하지만 자신의 집에 온 손님이고 또 자신의 아주 친한 친구가 아끼는 동생이었기에 표현도 못 한 채 꾸역꾸역 6시간을 운전해서 샌프란시스코에 날 데려다 주었다.

"왜 프러포즈는 늘 남자가 먼저 여자에게 해야 해? 왜 여자는 늘 프러포즈를 기다리지? 나는 내가 할 거야. 먼저 멋지게 내가 그에게 할 거라고!"

눈물이 날 만큼 멋진 금문교에서 샌프란시스코 전경을 내려다 보며 내가 한 말이다. 진심이었다. 오래된 연인과 헤어진 채 먹먹한 마음을 풀 곳 없이 살아가던 나는 결심했었다.

'다음번에 사랑하는 남자를 만나면 꼭 내가 먼저 청혼해야지!'

그 남자가 미국 여행에서 신세진 집주인이 될 것이라는 생각은 단 1초도 해본 적이 없었지만 말이다. 함께 샌프란시스코 여행을 했던 형제 같던 친구는 지금 내 남편이 되었다. 그는 내가 시크한 척 프러포즈를 먼저 하는 여자가 될 것이라는 이야기에 '참 멋진 여자'라고 생각했다고 했다.

어찌됐건 우리는 미국 여행 이후로 6개월간 불같은 연애를 했고, 이듬해 결혼했다. 청혼은 진짜로 내가 먼저 했느냐고? 결론부터 말하자면 '아니다'. 나는 내가 먼저 청혼하리라는 목표를 이루지 못했다.

서른한 살 아직 추웠던 봄 어느 날, 나는 프러포즈를 받았다. 결국 나는 내 인생에서 남자에게 먼저 청혼하지 못했다. 조금 후회도 들지만 똑같은 상황이 와도 나라는 여자는 먼저 청혼을 할 용기는 부족할지 모른다.

결혼 전 내 연애는 도마뱀 꼬리 같았다.

"헤어지자. 난 이제 그만할래. 나 혼자만 너를 사랑하는 것 같아."

그렇게 말하며 헤어졌던 여러 번의 연애 과정에서 상대방은 왜 나에게 그렇게 말하지 않았을까? 어쩌면 나는 상대방이 그 이야기를 하기 전에 그런 이야기를 듣는 것이 두려워 먼저 사랑을 끝내고 도망가지 않았을까? 꼬리를 자르고 도망가버리는 도마뱀처럼 아무도 나에게 청혼하지 않은 이유는 내가 늘 먼저 도망가서였던 것 같다는 생각을 한다. 청혼이라는 것은 성숙한 사랑의 결말 즈음에 서로가 서로의 인생을 결혼이라는 제도로 다시 한 번 확실히 시작하자는 것인데, 나는 늘 사랑이 성숙되기도 전에, 진심 어린 대화를 하기도 전에 내가 상처받을까 봐 도망치기 바빴다.

사랑을 늘 확인하려는 사람의 공통점은 상대방이 아닌 자신의 마음을 못 믿기 때문이다.

'이 남자는 변했구나. 나를 이제 사랑하지 않는구나. 내 연애는 끝났구나.'

혼자 자주 그렇게 생각했다. 그에게 속 시원하게 묻기에도 자존심 상하고 그렇게 끙끙대다 혼자 미리 예상 시나리오를 다 짜놓고 이별 장면도 상상하고, 그러면서 질질 눈물도 흘리고, 이미 그렇게 끝냈다. 그것이 나라는 여자의 연애였다. 과거로 돌아가고 싶지는 않지만, 만약 돌아간다면 제대로 물어보고 싶다.

"우리의 연애는 끝난 거니? 너는 나를 이제 사랑하지 않는 거니?"

왜 그땐 이렇게 솔직한 질문을 한 번도 하지 못했을까?

같은 사랑에 관한 두 가지 기억을 경험한 적이 있다. 나는 그를 차가운 남자로, 그는 나를 귀찮은 여자로 기억했다. 우리가 헤어지는 이유는 단별 신사보다 더 단출했다. 사랑했던 이유보다 헤어진 이유가 별로 없을 때 비참하다. 이별에 있어 도망치기 선수 같은 내가 5년간 사귄 연인에게 내가 먼저 헤어지자고 하고서는 몇 번이고 그를 찾아갔다. 그는 나를 만나주지 않았다. 이별을 인정하지 못하고 자꾸 그를 찾아가는 구질구질한 내가 너무 싫었다. 그를 만나지 못할 땐 한참을 걸었다. 매일 밤 퇴근하고 대치동에서 삼성역을 지나 청담역을 지나 영동대교까지 더 이상 길을 몰라 갈 수가 없을 때가 돼서야 깨달았다.

'내가 걷던 거리, 세 시간. 이것이 우리가 지금까지 만들어 온 사랑의 길이구나.'

나는 더 이상 갈 수도 갈 곳도 없었다. 그날 이후로 힘든 일이 생기면 걷는 습관이 생겼다. 걷고 또 걷고 한참을 걷다가 더 이상 갈 수 없을 때 다시 돌아온다. 길을 잃기 전에 돌아올 수 있는 만큼만 걷는다. 뒤늦게 알고 보니 나는 그의 상황을 잘 몰랐고, 사랑하는 사람을 지키는 법에 대해 몰랐다. 나만 힘들다고 징징댔지 그 사람이 왜 그렇게 힘든지, 누가 그를 힘들게 하는지, 무엇이 그를 얼마나 절망적으로 만드는지, 그를 안아주는 법도 다독여주는 법도 몰랐다. 그때 나는 어렸고, 두려움 많은 사랑 속에 있었다.

모든 사랑은 비현실적이다. 세상에 완벽한 사랑 어디 있을까?

'영원히 너만 사랑해'라든가 '단 한순간도 너를 사랑하지 않은 적이 없다'는 말을 믿어본 사람은 안다. 그 말이 얼마나 유리같이 잘 깨지는지, 사랑은 예상하지도 못한 순간에 산산조각 나고 만다. 꼬리를 자르고 도망가는 도마뱀 같은 연애법밖에 몰랐기에 나는 늘 상대방의 청혼을 기다렸다. 청혼을 하면 결혼을 하고, 그렇게 되면 우리의 사랑이 안정권에 접어드는 결론이 나는 것이라고 생각했다.

기다려도 또 기다려도 청혼하지 않는 그를 멍한 눈으로 자주 바라보았다. 연애의 결론과 답을 모조리 그에게 맡긴 것이다.

그러다가 나는 어느 날 나에게 느닷없이 '넌 나랑 반드시, 기필코 결혼하게 될 거야!'라고 사귀기도 전에 강력하게 주장하는 남자와 결혼을 했다. 도마뱀 같은 나에게 꼬리를 다시 가져다 붙여 주는 남자였다.

미쳤냐고 반문하는 내게 그는 말했다.

"두 사람 중 한 사람이라도 결혼을 해야겠다고 확신을 하고 밀고 나가야 결혼이 성사되지, 둘 다 머뭇거리다가는 평생을 못 한다고."

그의 말이 맞았다. 나는 자신 있게 밀어붙이는 그를 믿고 결혼했다. '아무도 내게 청혼하지 않았다'라는 것은 나 역시 '아무도 완벽히 끝까지 사랑하지 않았다'라는 말과 같다. 나는 결국 상대가 힘들건, 상황이 좋지 않건 간에 상황이나 이유를 핑계 삼지 않고 끝까지 사랑했던 사람과 결혼했다.

내가 세상에서 제일 좋아하는 영화감독 팀 버튼Tim Burton의 영화 〈빅 피쉬Big Fish〉(2003)에는 이런 멋진 대사가 나온다.

"살면서 그 물고기처럼 손에 넣기 힘든 여자를 얻는 방법은 단 하나. 그녀에게 결혼반지를 주는 거야."

〈축복받는 젊은 부부〉라는 제목의 그림 속 부부를 물끄러미 바

축복받는 젊은 부부 **Bénédiction des jeunes mariés**
파스칼 다냥 부브레 | 1880-1881 | 캔버스에 유채 | 99×143cm | 모스크바 푸시킨 미술관

라본다. 신랑 신부가 사람들이 모인 자리에서 경건하게 결혼식을 진행하고 있다. 나란히 무릎을 꿇고 앉아 미래를 약속하는 그들의 모습에서 나의 결혼식 날을 떠올렸다. 결국 결혼이라는 것은 그림 속 두 사람이 나란히 같은 곳을 향해 앉아 있는 것처럼 매일 다른 생각을 하더라도 궁극적으로는 같은 꿈을 바라보는 사이가 되는 것이 아닐까? 때로는 평행선처럼 떨어져 있다가도 길목에서 만나 다시 한곳을 바라보는, 영원히 의절하지 않는 친구처럼.

부모의 발 앞에 무릎을 꿇은 이 작품은 화가 파스칼 다냥 부브레 Pascal Dagnan-Bouveret, 1852-1929의 아내가 직접 모델이 되어준 그림이다. 파스칼 다냥 부브레는 친구였던 크루트의 사촌인 마리와 결혼하게 되었는데 그의 작품 세계에서 아내는 큰 부분을 차지했다. 아내로 인해 그는 종교적인 그림을 그리기도 했으며 그녀 역시 화가인 남편을 위해 서슴지 않고 모델이 되어주었다. 많은 화가의 부인들이 헌신적이었지만 이렇게 기록으로 남은 화가의 부인을 만나는 것은 고마운 일이다.

〈사진관에서의 결혼 파티〉에서는 결혼을 한 커플이 스튜디오에서 웨딩 촬영을 하고 있다. 예나 지금이나 결혼식 날은 신부의 정신이 밖으로 외출 나가는 날이다. 뾰족한 구두를 신고, 무거운 웨딩드레스를 입은 채 허리를 꼿꼿하게 세우며 사람들과 끝없이 인사를 하고 웃는다. 세상에서 가장 아름답고 행복하게 웃어야 하는데 그 웃음 덕분에 얼굴 근육이 마비된 경험이 있는 사람이 나 말고도 많지 않았을까?

사진관에서의 결혼 파티 Une noce chez le photographe
파스칼 다냥 부브레 | 1879 | 캔버스에 유채 | 85×122cm | 리옹 미술관

친척으로 보이는 지인들이 커플을 둘러싸고 있다. 큰조카로 보이는 꼬마는 가장 예쁜 옷을 차려입고 나왔다. 음악이 흐르고, 사람들이 많으니 더 흥분했으리라. 공주같이 예쁜 드레스를 입은 이모를 보고 신기해서 한참을 구경하고 까르르 웃다가 숨기를 여러 번 하는 지칠 줄 모르는 꼬마의 장난 덕분에 신부는 한시름 놓고 긴장을 풀었을 것이다. 그보다 더 어린 조카는 오늘의 행사가 끝나기 전에 이미 지쳐버렸다. 아빠한테 기대서 징징 엄살을 부린다. 집에도 가고 싶고, 졸리기도 한데 아무리 해도 오늘의 잔치는 끝날 기미를 보이지 않는다. 마치 결혼식 날의 나와 우리 가족을 보는 것 같은 그림이다.

현대의 결혼식에 비해 조용하고 소박하지만 신부와 신랑의 꼭 잡은 팔에서 온기가 느껴진다. 부인은 신랑의 팔을 꽉 붙잡고 서 있다. 앞으로의 인생을 이 사람과 함께 살아가야 한다는 마음과, 하이힐로 인한 당장의 피로함을 이 남자에게 기대어 내 체중을 덜고 싶은 마음. 여자는 늘 이렇게 두 마음으로 살아간다. 낭만적으로 인생을 내다보는 마음, 그리고 오늘 당장의 현실을 계산하는 마음.

이 그림을 그린 프랑스의 자연주의, 사실주의 화가였던 파스칼 다냥 부브레는 어린 나이에 어머니가 돌아가시고, 청소년 시기에 아버지가 브라질로 이민을 가게 되었다. 그는 그때부터 가족과 떨어져 외조부모와 살면서 외가에서 지냈다. 다행히 그가 화가로 성장하도록 후원해준 외할아버지 덕분에 그는 꾸준히 그림을 그릴 수 있었고, 프랑스의 국립 미술학교인 에콜 데 보자르Ecole des

Beaux-Arts에서 공부했다. 처음엔 카바넬Alexandre Cabanel의 화실에서 그림을 배우다가 이후 당대의 대표적인 화가였던 장 레옹 제롬Jean-Léon Gérôme의 화실에서 사진을 활용하여 그림 그리는 법을 배웠다. 이미 22세 때부터 그림이 판매되었으며 살롱에 전시하기 시작했으니 그는 다른 화가들에 비해 비교적 이른 나이부터 인정을 받은 셈이다.

사람은 살아가면서 여러 가지 선택의 기로에 놓이게 되는데, 그가 아버지를 따라 가지 않고 예술의 도시인 프랑스에 남았던 것이 그의 인생에서 결정적 순간이었다는 생각이 든다. 그가 만약 아버지를 따라 이민을 갔더라면 그의 화풍은 전혀 다른 느낌으로 발전했을 수도 있고, 어쩌면 화가가 되지 않았을지도 모른다. 그의 아버지가 그를 남겨두고 떠났다는 기록도 있으나 이유야 어찌되었건 부모 없이 홀로 프랑스에 남아 그림에 전념했던 그에게 외조부모는 고마운 은인이었다. 훗날 그는 자신의 외할아버지의 성인 '부브레'를 자신의 이름에 덧붙였는데 자신을 키워준 외조부모님을 향한 고마움의 표현으로 보인다.

그의 작품 중 아내가 모델이 되었던 그림들을 보면, 한 사람의 예술가가 작품을 창조할 때 배우자의 역할이 화가가 지닌 미술 재료들보다 중요하게 느껴진다. 손에 잡히고, 눈에 보이는 재료보다 더 큰 힘은 화가를 믿어주는 부인의 사랑과 신뢰였으리라.

끝까지 성숙해지려고 노력하는 사랑이 우리를 결혼이라는 문에 입장하게 만든다. 흔한 얘기지만 결혼은 연애의 결말이 아니라, 성숙한 사랑의 또 다른 시작이라는 것을 나는 요즘 자주 느낀다.

결혼을 원하거나 결혼할 나이인 것 같은데 제대로 된 짝을 아직 만나지 못했다거나 하는 과거의 나와 같은 사람들에게 이야기하고 싶다. 나처럼 도마뱀 꼬리 같은 연애만은 제발 하지 말라고. 끝까지 가보지도 않고 도망가지 말라고. 사랑하기에도 시간이 부족한 인생, 사랑하는 누군가를 만났다면 후회 없이 사랑하고, 표현하라고…….

시간이 흘러 돌이켜 보면 그래도 최선을 다했던 연애에 있어서만큼은 미련도 후회도 덜 남는 법이다. 그러니 언제 올지 모르는 로또 복권 같은 청혼만을 기다리지 말고 지금 내 사랑에 진심으로 충실할 것.

chapter_08

명화에게 방향을 묻다

현재 위치가 소중한 것이 아니라 가고자 하는 방향이 소중하다.
올리버 웬델 홈스(Oliver Wendell Holmes)

"언니, 저는 지금 다니는 회사를 그만두고 더 공부하기 위해 대학원을 가야 하나 고민이에요."

"아! 그래 좋은 생각이다. 한 가지 분야를 깊이 공부하는 과정은 분명히 삶에 있어 중요하고 자기 인생에 대한 만족감도 높여준다고 생각해. 그러니 나는 네가 대학원에 가는 것 찬성이야."

"하지만 언니, 지금 다니는 회사도 나쁘지는 않고, 저는 이미 한 달에 받는 월급만큼 돈을 쓰는 생활에 익숙해졌는데 대학원에 다니다가 후회하면 어쩌죠?"

"그래, 나 같아도 그런 걱정을 할 것 같아. 그럼 회사를 다니면서 대학원을 다니거나, 대학원을 다니면서 과외나 또 다른 일로 수입을 만들어보는 건 어때?"

작년에 한 동생이 커피를 마시며 내게 한 상담이다. 그 후 1년이라는 시간이 지났고, 여전히 그 동생은 내가 아닌 나의 또 다른 친구들에게 몇 개월마다 한 번씩 저 질문을 했다고 한다. 너무 익숙한 이야기라고? 맞다. 나도 꽤 자주 그런다. 3년 전에 고민했던 것이 잊혔다가 다시 생각나 지금 고민하기도 하고, 지난주에 고민했던 것을 오늘 다시 고민하기도 한다. 그 과정에서 나 역시도 선배나 가족, 친구들에게 조언을 듣는다.

살아가다 보면 꽤 많은 사람들로부터 조언을 들을 기회가 온다. 친구나 직장 동료, 선배나 어른, 때로는 동생으로부터도 나는 조언을 듣는다. 하지만 어느 날은 내 마음과 전혀 다른 조언 때문에 기분이 상한 적도 있고, 듣고 싶지 않지만 들어야 하는 경우도 있으며, 정말 그 조언대로 안 하면 큰일 날 것 같을 때도 있다.

묻고 싶다. 당신은 조언을 들으면 그대로 실행하는가? 아니면 하고 싶은 대로 하는가?

무척 어려운 질문이다. 조언이라는 것은 해주는 사람 입장에서는 시간을 내서 신경 써주는 것인데 막상 듣는 사람이 자기 하고 싶은 대로 해버리면 허탈하기도 하다. 반대로 조언을 열심히 듣고 실행에 옮겼는데 의외의 나쁜 상황이 닥치는 경우도 있다. 조언이라는 것은 개인의 상황과 가치에 따라 늘 다르게 작용되기 때문에 그때그때 다르게 수용해야 한다.

그리스 로마 신화 중 다이달로스와 이카로스 이야기는 꽤 유명하다. 다이달로스는 왕의 명으로 황소 머리를 가진 괴물 미노타우로스를 잡아놓기 위해 미궁迷宮을 만들지만, 왕의 노여움을 사 자기 손으로 만든 미궁에 아들 이카로스와 함께 갇히게 된다. 부자는 궁리 끝에 날아가는 새의 깃털을 모아 밀랍으로 이어 가짜 날개를 만든다. 두 쌍의 날개를 모두 만든 후 다이달로스는 아들에게 당부한다.

"너무 높게 날면 태양열에 의해 밀랍이 녹으니 조심하고, 너무 낮게 날면 바다의 습기 때문에 날개가 무거워져 추락하니 조심해라."

그들은 인류 최초로 신의 도움 없이 하늘을 난다. 하지만 하늘을 난다는 희열에 흥분한 이카로스는 더 높이 날고 싶은 나머지 그만 태양에 가까이 가버린다. 아버지가 경고해도 듣지 않고 더 높이 날아오르던 그는 태양에 밀랍 날개가 타버려 추락한다. 이카로스가 추락한 사모스 섬 부근의 바다는 그 후 그의 이름을 따서 이카로스 해라고 불리게 되었다.

누군가의 진심 어린 조언을 듣지 않고 너무 많은 욕심을 부리다가 날개가 타버릴 수도 있고, 야망도 꿈도 없이 안전하게 낮게만 날다가 바다의 습기에 젖어 추락해버릴 수도 있었던 이카로스의 날개를 생각하면 그들을 그림으로 담아낸 두 명의 화가가 떠오른다.

그 두 화가가 그린 이카로스를 살펴보자. 피터르 브뤼헐Pieter Bruegel, 1525-1569의 이카로스, 앙리 마티스Henri Matisse, 1869-1954의 이카로스가 바로 그 작품들이다.

너무 평온한 분위기의 그림이라 추락하는 이카로스가 잘 보이지 않는다. 누군가는 이 그림이 '주인공 없는 그림'이라고 했다. 하

이카로스의 추락
De val van Icarus
피터르 브뤼헐 | 1558년경 | 캔버스에 유채 |
73.5×112cm | 벨기에 왕립 미술관
이카로스의 추락(부분)

지만 자세히 보면 주인공이 없는 것이 아니라 사라져버린 것이다. 이카로스는 이미 바다에 빠져 허우적대고 있다.

나는 이 작품을 보면서 마음이 먹먹했다. 한 소년이 하늘에서 추락해 바다에 빠진 상황인데도 모든 세상은 평안해 보이고 사람들은 그저 자기 일을 할 뿐이다. 물에 빠진 소년에게 아무도 신경 쓰지 않는 이 작품을 보며 모든 선택이나 상처는 결국 혼자 감당해야 하는 것이라는 생각이 들었다. 나를 위해 그 누가 최고의 조언을 해준다고 해도 선택도 나의 몫, 그로 인한 실패나 고난도 나의 몫이다.

두 번째 작품은 말년에 관절염으로 붓을 잡기가 어려워지자 시작한 마티스의 색종이 작업 작품이다. 마티스가 표현한 이카로스는 어쩐지 안타까워 보이지 않는다. 오히려 푸른 바탕에 유유히 떠 있는 모습이 자유로워 보이기까지 한다. 갈망하던 것에 다가가다 죽었기에 아쉬움이 없었던 것일까? 날고 싶은 욕망도 있었고, 태양에 가까이 가보고 싶은 호기심도 있었던 그는 원하는 것을 하다 추락한 죽음에는 후회가 없었다고 우리에게 이야기하는 듯하다. 작품 속 검은 이카로스의 심장 부근에 위치한 작지만 새빨간 원이 그의 열정을 증명하는 것 같다. 이카로스에 대해 조금 다른 시각에서 생각해보게 하는 그림이다.

그래도 아버지의 충고를 무시한 채 계속되었던 무모한 도전은 그를 죽음으로 내몰았기에 조언을 듣는 열린 귀를 가지는 것은 중요하다. 또한 적절한 고도를 지키면서 평정심을 잃지 않은 채 날아야 한다.

이카로스 Icare
앙리 마티스 | 1943 | 색종이

나는 조언을 구할 때 나름의 규칙이 있다. 우선 아무에게나 조언을 청하지는 않는다. 괜히 듣는 사람도 고민에 빠뜨리고 부담스럽게 할 수 있기 때문이다. 단, 조언을 구할 때는 내 상황과 감정을 모두 솔직하게 그대로 이야기하고 그 사람이 내 처지에서 생각할 수 있도록 최대한 객관적으로 상황을 설명한다. 물론 쉽지 않은 일이다. 하지만 어설픈 자존심 때문에 사실을 조금 숨기면서 조언을 구했다가는 안 하느니만 못한 결과를 낳기 쉽다. 그런 경우엔 조언을 해주는 사람 역시 별로 감정 이입이 되지 않는다. 조언은 나 스스로에게 솔직해져야 하고 조언을 듣고자 하는 사람에게 솔직해져야 하는 과정이다.

또 이왕이면 나와 비슷한 일을 겪어봤거나, 세상의 여러 가지 상황을 겪어본 경험 많은 이를 찾는다. 그렇게 찾다 보면 대개 또래 친구들보다는 선배나 윗사람, 가족 중에서도 부모님이나 친척 어른 중 상담할 만한 사람이 남는다. 또래 친구들을 배제하는 것은 아니지만, 살아가면서 쌓인 연륜은 결코 간과할 수 없기 때문이다.

이때 한 가지 주의할 점은 조언을 들은 후의 처신이다. 만약 진지하게 조언을 해준 사람의 이야기와 전혀 다른 방향으로 행동하기로 결정할 경우 조언을 해준 사람에게 솔직하게 이야기해야 한다. 나는 이 부분이 가장 어려웠다. 기껏 에너지를 쏟아 온갖 조언을 해줬는데, 시간만 잔뜩 뺏어놓고 은근슬쩍 자신의 조언과는 반대로 행동한 것을 알게 되면 사람은 허무해지기 마련이다. 그러고 나면 다시는 그 사람에게 조언을 해주고 싶어지지 않을 것이다.

그러므로 솔직하고 정중하게 진심으로 고마웠다고 이야기할 필요가 있다.

“어느 항로로 방향키를 돌려야 하는지 모른다면, 그 어떤 바람도 도움이 되지 않는다.”

고대 로마의 철학자 세네카Lucius Annaeus Seneca의 말이다. 자신만의 가치나 주관이 없다면 여러 사람에게 조언을 들어봤자 그 어떤 말도 나에게 체화되지 않는다. 다른 사람의 조언에 귀 기울이되, 팔랑귀처럼 말 한마디에 이랬다저랬다 해서는 좋은 결과를 얻을 수 없다.

삶은 늘 고민의 연속이고 선택을 해야만 앞으로 나아가거나 방향을 잡는다. 선택해야 할 순간에 선택하지 못하면 마음도 행동도 정체된다. 나는 해답이 나오지 않거나 마음이 답답할 때는 화가들의 그림을 본다. 특히 같은 신화나 설화도 저마다의 시각으로 그린 화가들의 그림을 보면 같은 상황도 다르게 받아들이고 처리해 나가는 문제 해결 능력과 시각을 배울 수 있다.

인생의 갈림길에서 어느 길을 가야 할지 몰라 답답할 때는 잠시 고민을 멈추고 명화에게 넌지시 물어보자. 그림을 보는 것이 조금 어렵게 느껴지더라도 한번 시도해보자. 보고 싶은 방향으로 그림을 보면 된다. 보고 싶은 대로 보고, 읽고 싶은 대로 읽다 보면 내가 어떻게 살고 싶은지 방향이 잡히기도 한다. 그래서 나는 명화를 삶의 나침반이라고 부른다.

chapter_09

명화에
마음을 내려놓다

> 언젠가는 내 그림이 내 생활비와 물감 값보다
> 더 가치 있음을 알아줄 때가 올 것이다.
> **빈센트 반 고흐**

나는 하루에도 수십 번씩 명화를 보는 직업을 가지고 살아간다. 그러다 보니 자연스럽게 이런 기분에는 이런 그림이 떠오르고 이런 날씨엔 누구의 그림이 떠오르는 것이 습관이 되었다. 그 과정에서 나 자신이 그림으로 위안받기에 나 역시 누군가에게 그림으로 위안을 주는 사람이 되고 싶다는 생각을 자주 한다.

세상에 수많은 명화들이 있지만, 나에게 유독 착 달라붙어 와 닿았던 명화는 무엇이었을까? 요즘 글을 쓰면서 자주 떠올리는 생각이다. 지금까지 많은 시간을 아이들에게 보여주기 좋은 미술 작품을 고르고 일반인들에게 어떻게 하면 재미있는 명화 이야기를 들려줄까 고민했다면, 이제는 나를 위로해준 명화가 무엇이었는지 정리해보고 싶어졌다.

계절에 상관없이 자주 마음을 스치는 명화가 있다. 빈센트 반 고흐Vincent van Gogh, 1853-1890의 〈꽃피는 아몬드 나무〉다.

전 세계에 고흐만큼이나 유명하고, 고흐만큼이나 사연 많은 삶을 살았던 화가가 또 있을까? 나는 대학 시절 도서관 구석에 꽂혀 있던 오래된 고흐의 화집에서 이 그림을 처음 만났다. 고흐 하면 〈해바라기〉, 〈별이 빛나는 밤〉, 〈고흐의 방〉 정도만 아는 신입생이었던 나는 이 작품을 보고 한동안 가슴이 뭉클해서 '아름답다는 말은 이럴 때 쓰는 것이구나' 하고 생각했다. 이전엔 아몬드 나무가 있는지도, 어떻게 생겼는지도 몰랐다. 하지만 이 그림을 통해 '아몬드 나무에도 꽃이 피는구나, 아몬드 나무에 꽃이 피면 이렇게 예쁘구나, 꽃 그림이 푸른색을 만나면 이렇게나 애잔하구나' 생각했다.

고흐는 젊은 나이에 스스로에게 총을 겨눠 자살이라는 극단적인 선택을 했지만, 그마저 자신의 뜻대로 쉽게 되지 않았고, 결국 얼마간의 기간을 병상에 누워 있다가 세상을 떠난다. 그도 한때는 열렬히 사랑했던 여자가 있었고 그 누구보다 유명한 화가가 되기를 간절히 소망했다. 그러나 고흐의 작품은 그가 살아 있는 동안에는 사람들로부터 철저히 외면당했다. '악플보다 잔인한 것은 무플'이라는 말처럼, 그가 활동하던 시기에 고흐는 비판조차 고마울 정도로 아무런 관심을 끌지 못했다. 그래서 죽을 때 즈음과 죽고 나서야 비로소 세상에 알려진 그의 인생을 사람들은 모두 비참하다고 말한다. 하지만 적어도 이 그림에서만큼은 그 누구보다 평온했던 고흐를 떠올릴 수 있다.

이 그림은 고흐가 조카의 탄생을 축하하며 동생 테오 부부를 위

꽃피는 아몬드 나무 Almond Blossom
빈센트 반 고흐 | 1890 | 캔버스에 유채 | 73.5×92.4cm | 암스테르담 반 고흐 미술관

해 그린 작품이다. 테오는 고흐의 유일한 지원군이자 그가 화가 생활에 집중할 수 있도록 늘 응원해준 소중한 존재였다. 그런 테오의 아기가 태어났을 때 그 탄생을 축복하기 위해 그린 그림이었기에 〈별이 빛나는 밤〉과 같은 그의 다른 작품들에서 보이는 역동적이고 휘몰아치는 듯한 붓 터치는 찾아볼 수 없다. 오히려 차분하고 정적인 터치들이 캔버스를 가득 채우고 있다.

봄의 도착과 조카의 탄생이라는 기쁜 소식 속에서 새로운 생명에게 활짝 핀 꽃나무라는 희망적인 메시지를 준 고흐는 이 그림을 그린 후 얼마 지나지 않아 세상을 떠난다. 그리고 눈이 파란 아기에게 테오는 형의 이름을 따서 '빈센트'라는 이름을 붙여준다.

아름답고 평온한 하늘빛 배경 속에서 꿈틀거리면서도 튼튼하게 자라나는 아몬드 나무를 그리며 어쩌면 고흐는 자신에게는 영원히 다가오지 않는 푸른빛 미래를 갈망했을지도 모른다. 몸은 아프지만 힘든 마음을 다스리며 조카를 위해 이 아름다운 그림을 그렸을 것이다. 고흐가 죽고 1년 뒤 테오마저 세상을 떠나자 테오의 부인 요한나는 테오를 형의 무덤 옆에 묻어준다. 훗날 조카 빈센트는 엄마와 함께 삼촌인 화가 '고흐'를 알리기 위해 노력한다. 암스테르담에 있는 반 고흐 미술관 역시 그들이 만든 것이다.

봄은 봄일 때도 좋지만, 한 해가 기울어가는 가을 즈음이 되면 유난히 봄이 더 그리워진다. 지나간 봄은 돌아오지 못하니 흘러버린 시간들이 안타까워 그런 것일 수도 있겠다. 다가오는 가을은 더 열심히 살아야겠다. 겨울이 올 때쯤엔 가을을 아쉬워하지 않도록.

우리는 매일매일 고민하고 못생긴 마음과 다투며 살아간다. 때로는 친구와 비교하고, 때로는 잘 모르는 대단한 사람과 비교하며 나 자신을 깎아내리기도 한다. 고지서가 날아드는 매월 말이 되면 나는 꼭 뾰족해진다. 한 달간 누리고 산 것들에 대해 감사하기는 커녕, 모두 다 세상이 나에게 준 빚인 양 공과금 용지며 각종 청구서를 들고서 한숨을 쉬며 괜한 짜증을 낸다.

이렇게 물질 속에서 허우적대는 나의 모습을 발견했을 때도 잠시 명화에 마음을 내려놓아 본다. 내려놓는다는 것은 세상이 어떻든 신경 쓰지 않고 내버려둔다는 뜻이 아니라, 잠시 흐름에 맡겨본다는 의미다.

휴대전화도 하루가 다르게 더 빠른 인터넷 속도를 자랑하는 새로운 기종이 출시되고, 기차도 비행기도 서로가 더 빨리 간다고 아우성인 세상에 잠시 멈추고 내려놓는 것은 나를 나만의 속도로 평온하게 만드는 방법이다. 내가 잠시 발걸음을 늦춰도 세상은 잘 돌아가니 걱정할 필요는 없다.

나도 참 바쁘게 사는 편에 속한다. 하지만 생각해보면 마음이 몸보다 바쁜 날엔 사실 그리 많이 움직이지 않았는데도 피곤하고 지치지만, 몸이 아무리 바빠도 마음이 편한 날엔 바빠도 바쁜 것 같지 않고 즐거워서 리드미컬하다. 그러니 마음만 바쁘고 공격적인 못난 일상으로부터 조금 멀어지자. 가끔씩 힘들 때는 내가 아무리 비참한들 고흐만 하겠냐는 얄궂은 생각으로 고흐의 아몬드 나무를 생각하며 평온한 시간을 가져보는 것은 어떨까? 고흐가 아니더라도, 비겁한 마음이지만 힘들게 살다 간 화가의 그림들을 볼 때는 그들의 처절했던 삶에 비하면 내 삶은 매우 감사하다는 생각이 든다.

오늘 하루가 너무 바빴던 것 같다면 종일 수고한 나를 인정해주고 토닥거려주며 격앙된 에너지를 차분히 내려놓고 고흐가 그린 아몬드 나무 같은 평온한 명화를 바라보자. 그러면 마음도 금세 평온하고 풍요로워진다.

chapter_10

고민은 사람을 성장시킨다

방황과 변화를 사랑한다는 것은 살아 있다는 증거이다.
리하르트 바그너(Richard Wagner)

신은 우리에게 숙제를 준다.

"너는 무엇을 하며 이 세상을 살아갈래? 어떤 일을 하면서 행복해지고 싶니? 세상에 도움이 되는 일을 하고 있니?"

그 숙제에는 정해진 주제도, 양도, 끝도 없다. 모두 우리 스스로가 정할 뿐이다. 우리가 알고 있는 훌륭한 인물들은 모두 자신에게 주어진 숙제를 묵묵히 해낸 사람들이다.

올림픽과 같은 스포츠 잔치가 끝나면 기록에 도전하기 위해 노력했던 선수들의 피와 땀 이야기가 한동안 수면 위로 떠오른다. 피겨 불모지에서 점프에 성공하기 위해 수만 번 엉덩방아를 찧고 다리가 붓고 허리가 아파도 다시 일어서 피겨 여왕의 자리에 오른 김연아 선수, 가난한 환경 때문에 라면으로 배를 채우고 비닐하우스 집에서 살았지만 굴하지 않고 피나는 노력으로 2012 런던 올림픽에서 한국 체조 사상 최초로 금메달을 따낸 양학선 선수가 대표적인 예이다.

그런가 하면 건강하지 않은 몸임에도 숙제를 열심히 하여 세상에 자신을 알린 사람들도 있다. 대학에서 전기공학과를 졸업하고 전기 기사로 일하던 중 감전 사고로 두 팔을 잃었지만, 그림을 그려달라는 어린 아들의 말에 의수로 붓을 잡기 시작한 석창우 화백. 그는 화가로서 치명적일 수 있는 장애를 이겨내고 수묵 크로키의 대가가 되어 2014 소치 동계 장애인 올림픽 폐막식에서 다섯 종목의 그림을 그리는 멋진 퍼포먼스를 선보였다.

또 선천적으로 종아리뼈 없이 태어나 두 다리를 절단했음에도 명랑함과 의지를 잃지 않고 육상 대회에 출전하여 세계 신기록을 세우고, 각종 패션쇼의 모델로 서기도 한 미국의 에이미 멀린스 Aimee Mullins도 빼놓을 수 없다.

"결함으로 여겨지는 것들과 우리의 위대한 창조적 능력은 동반관계에 있다. 역경을 부정하고 피하고 숨기는 데에 급급하기보다 그 안에 감춰진 기회를 찾는 데 공을 들여라."

에이미 멀린스의 말이다. 다행히도 우리에게는 '어떻게 살아야 할까'라는 질문에 우리보다 먼저 실천하여 행동으로 옮긴 사람들이 있다. 그들의 인생을 보며 앞으로 펼쳐질 나의 삶을 투영해보기도 하고, 때로는 나보다 가진 것이 부족하고 힘든 상황에서도 신이 주신 숙제를 즐겁고 열정적으로 하는 사람들을 보면서 어리광 피우는 마음을 다잡기도 한다.

학창 시절 이적과 김동률의 프로젝트 앨범 카니발의 〈그땐 그랬지〉라는 신나는 노래를 좋아했었는데, 문득 스물아홉에 그 노래를 다시 듣고 한참 울적해진 적이 있다.

"시린 겨울 맘 졸이던 합격자 발표 날에 부둥켜안고서 이제는 고생 끝 행복이다, 내 세상이 왔다 그땐 그랬지. 참 세상이란 만만치 않더군. 사는 건 하루하루가 전쟁이더군."

고등학생 때는 흥얼거리며 신나게 불렀던 이 노래가 새삼 슬프게 느껴졌던 것은 내 삶과 닮아서였다. 고등학교 3학년 수험생 시절 1년 내내 죽을 것처럼 공부해서 수능 시험을 보고 나니 미대 실기라는 높은 장벽이 남아 있어 다시또 아침부터 밤까지 그림을 그렸고, 대학에 가서 행복해질 줄 알았더니 재수생의 신분으로 돌아가 한 번 더 입시를 치러야 했고, 대학을 졸업하고 나서는 취업이라는 또 하나의 벽이 눈앞에 서 있었다. 취업만 하면 끝인가 했는데 회사 사정이 힘들어지거나 월급이 오르지 않거나 혹은 다른 일을 다시 찾아야 하는 상황이 끝없이 펼쳐지는 우리의 고달픈 인생의 순환이 저 노래 안에 있었다.

고생이 끝났다고 생각하는 시점에 또 다른 시련이 시작되는 것은 변함없는 세상의 진리다. 삶이라는 것은 매일 작은 사건 사고들이 돌고 도는 이어달리기 같기 때문이다. 고난 없고 방황 없는 삶은 없기에 고난이 닥쳐와 갈 길을 잃을 때마다 슬기롭게 이겨내는 자신만의 방법이 필요하다. 그런 방법들과 함께 삶이 준 숙제를 해나간다면 고비를 이겨내며 조금씩 올라갈 수 있다.

벤쿠버와 소치, 두 개의 동계 올림픽에서 연속으로 금메달을 획득한 스피드스케이팅의 이상화 선수는 올림픽과 올림픽 사이 4년간 더욱더 피나는 노력을 했다고 한다. 한 번의 금메달이 부담으로 다가왔고, 반드시 기대에 부응하는 성과를 내야 한다는 굳은 의지가 있었기 때문이다.

이상화 선수는 자동차 타이어를 매달고 자전거를 타며 산을 오르고 역기를 수없이 들고 내리면서 허벅지 힘을 단련했다고 한다. 힘든 훈련 속에서 쌓이는 스트레스를 극복하는 그녀만의 방법은 네일아트였다. 딱 달라붙는 유니폼으로 온몸을 감싸야 하는 스케이트 선수들의 신체 가운데 얼굴 외에 거의 유일하게 눈에 띄는 부분이 손이다. 그녀는 바로 그곳에 멋을 냄으로써 나름대로 미에 대한 욕구를 분출할 출구를 찾은 것이다.

당신은 삶의 숙제를 헤쳐나가는 과정에서 고비가 올 때 스트레스를 해소하는 자신만의 방법이 있는가? 나에게는 그것이 미술관에 가거나 명화를 보는 일이다. 사람들과의 관계에 치여 집에 돌아왔을 때는 정물화를 본다. 그러면서 사물과 대화를 하거나 물건에 대고 내 마음을 토로하기도 한다. 도시에서의 생활로 마음이 답답할 때는 풍경화를 본다. 풍경화 속 자연들에서 안정감을 찾고 눈의 피로를 덜어낸다.

10대 때 읽는 세계 문학 전집은 사실 읽자마자 바로 속뜻을 알기엔 살짝 버거운 경우가 많다. 수준도 맞지 않는데 추천 도서라고 해서 무작정 읽은 책이 가슴 깊이 남기는 어렵다. 마찬가지로 나에게 너무 심오하고 어려운 명화는 좋은 그림이 아니다. 진정한 명화는 내게 유독 착 달라붙는 그림, 그리고 사람들이 설명해주거나 책에서 명화라고 하지 않아도 이유 없이 좋은 그림, 그런 그림들이다. 아직 자신의 삶에 스트레스 해소법이 없다면, 명화를 바라보는 일을 그 방편으로 삼아도 좋다.

어린이나 청소년기에는 후안 미로Joan Miró나 파울 클레Paul Klee, 1879-1940 같은 작가들의 추상화를 보면 상상력이 증진되고, 20대는 사회생활을 준비하고 시작하는 시기이니 경제사나 역사가 담긴 역사화를 보면 다양한 지식을 쌓을 수 있다.

여덟 살 된 어린이에게 클레의 〈남쪽 정원〉을 보여주었다. 어떤 장소인 것 같으냐는 짧은 질문에 아이는 그림을 잠시 보더니 술술 이야기를 만들어나갔다.

"신기하고 예쁜 사막 같아요. 왜냐하면 중간에 꽂혀 있는 이 빨강, 초록 풀들이 선인장처럼 보여서요. 그런데 좀 슬픈 것은 바닥이에요. 말라서 갈라졌어요. 가뭄이 왔잖아요. 그래서 가난한 마을 같아 보이기도 해요. 물이 필요한데 이 검정 구멍에서 물이 나올 것 같아요. 이 구멍이 커져서 오아시스가 될 것 같아요. 그러면 사람들이 마실 수 있고 선인장도 더 많이 자랄 수 있을 거예요."

그림 하나가 이렇게 아이에게 꼬리에 꼬리를 물고 사고의 물꼬를 트게 해준다. 아이와 나눈 몇 분도 되지 않는 자연스러운 대화였지만 이미 이 아이는 자신도 모르는 사이에 창의성 계발 기법 중 하나인 PMI 기법을 활용하고 있었다. PMI 기법은 한 가지 상

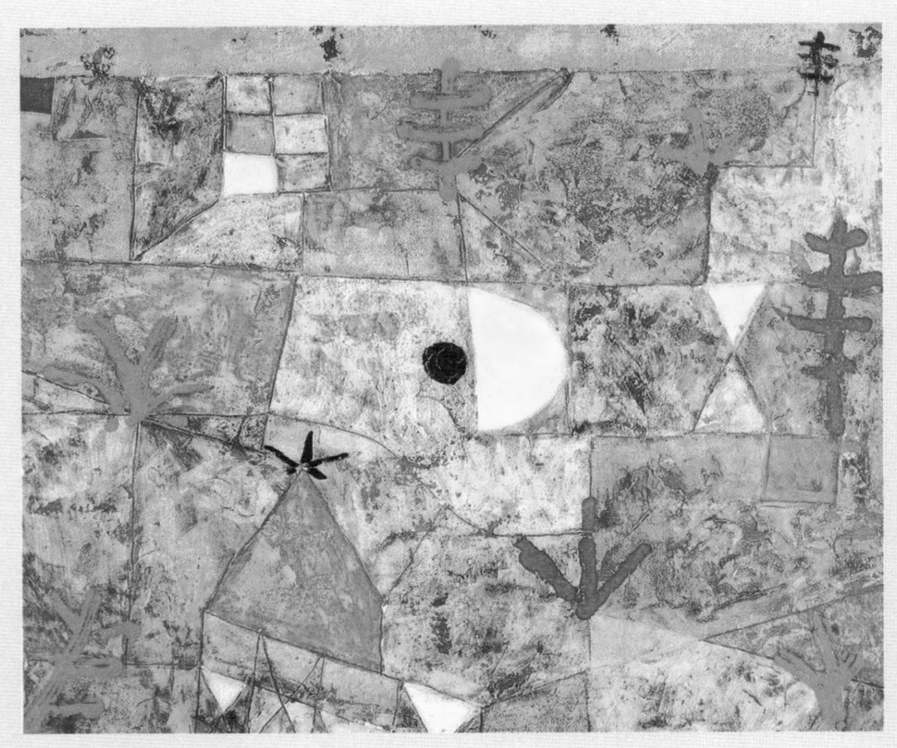

남쪽 정원 Sudliche Garten
파울 클레 | 1921 | 종이에 유채 | 노먼 컬렉션

황 안에서 Plus(좋은 점), Minus(나쁜 점), Interesting(흥미로운 점)을 찾아내는 사고 기법이다. 어떤 상황을 놓고 거기서 느껴지는 긍정적인 측면, 부정적인 측면, 재미있는 측면을 골고루 찾아내다 보면 다양한 사고에 도달하게 된다.

이렇게 꼬리에 꼬리를 무는 이야기가 아이에게만 있으란 법은 없다. 한 가지 명화를 보며 저 아이와 같이 사고해본다면 처음에는 아무 생각이 떠오르지 않을 것 같던 어른들도 점차 다양한 이야깃거리들이 샘솟는 경험을 하게 될 것이다. 그래서 그림을 보고 읽어나가는 일은 마르지 않는 샘물에서 수십 종류의 음료수를 만들어내는 일과 같다.

나와 같은 30대의 사람들에게는 화가들의 자화상을 자주 보는 것을 추천한다. 생활에 이리저리 쫓기며 살다 보면 어느 순간 내가 어떻게 살아가고 있는지 잊어버리게 된다. 그럴 때 반 고흐나 렘브란트의 자화상을 보자. 허겁지겁 달리느라 미처 돌아보지 못했던 나 자신을 탐구하고 깊어지게 해줄 것이다.

서양 미술에서 자화상은 15세기 이전까지는 서명의 역할로 표현되다가 화가의 지위가 향상되고 인간에 대한 존엄성이 중시되던 르네상스 시대에 이르러서 보다 제대로 된 형식을 갖춘다. 특히 르네상스 자화상의 대표 화가로 불리는 뒤러Albrecht Dürer는 화가로서의 자존심이 표현된 자화상을 그린 것으로 유명하다.

하지만 서양 미술사를 통틀어 내면을 가장 잘 표현한 자화상의 대가는 렘브란트Rembrandt van Rijn, 1606-1669라고 해도 이의를 제

자화상 **Self-portrait**
렘브란트 판 레인 | 1669 | 캔버스에 유채 | 80×70.5cm | 런던 내셔널 갤러리

기하는 사람이 없을 것이다. 그는 일생 동안 드로잉과 유화, 에칭화로 100여 점에 가까운 자화상을 남겼고 나이별로 자신의 처지와 감정을 자화상에 진솔하게 담았다.

대부분의 화가는 나이 들수록 부와 명성을 쌓아가기 마련인데, 렘브란트는 오히려 그 반대였다. 젊은 시기에는 아름답고 부유한 부인을 만나 행복하게 살았고 작품 의뢰도 많이 들어왔으나, 부인이 죽고 가세가 기울자 파산 선고까지 받았고 그 후에는 가난한 화가로서의 삶을 살았다. 그가 죽은 해에 그린 자화상을 보면 인생의 흥망성쇠를 오롯이 체감하고 떠나는 한 사람이 지닐 수 있는 가장 노련하고 처연한 눈빛을 찾을 수 있다.

"알고 있는 작은 것부터 시작하라. 그러면 모르는 것까지도 알게 될 것이다."

그가 남긴 말은 나에게 명화를 보는 시작점과 기준이 되었다. 알고 있는 작은 것부터 바라보기 시작하면 모르는 부분까지 서서히 물들어가며 앎이 차츰차츰 넓어진다.

자화상은 그 화가를 알 수 있는 작은 첫걸음이다. 화가들의 자화상을 보고 있으면 그들 삶의 궤적을 퍼즐처럼 찾아 맞추고 싶어지고, 그들의 성격을 상상 속에서 그리게 된다. 그러다 보면 다시 나에게로 돌아와 나 자신의 모습이 궁금해지기 시작하고, 나도 모르는 나의 내면까지 고민하게 된다. 생각해보면 자화상은 이 세상 그림들 중 가장 솔직하고 용감한 장르이며 만날 수 없는 화가와 대화할 수 있는 비밀의 문이다.

40대나 50대의 연륜이 있는 직장인들에게는 풍경화가 도움이 된다. 눈꺼풀을 감았다 뜨면 순식간에 내가 자연 속으로 이동해 있는 기분을 들게 해주는 풍경화로는 카미유 코로Jean-Baptiste Camille Corot, 1796-1875나, 한국의 이대원 같은 작가들의 작품이 있다. 그 외의 어느 화가도 좋다. 마음에 드는 작가들의 풍경화를 보는 시간만큼은 자신의 숙제를 더 잘하게 해주는 재충전의 시간이 될 수 있다. 눈의 피로가 풀리고, 교양이 쌓이거나 세상일이 궁금해지기도 하며, 자기 자신에 대해 더 알게 된다.

우리는 누구나 방황을 한다. 방황한다는 것은 내가 살아 있다는 증거다. 화가들도 방황을 한다. 처음부터 자신의 화풍을 확립해 평생 지켜나가는 화가는 거의 없다. 오래 담금질을 한 쇠가 더 좋은 칼로 태어나는 것처럼 방황하는 시간은 화가를 견고하게 만들어주기도 한다. 방황하고 고민하면서 자신만의 스타일을 찾고, 그 스타일을 유지하다가 매너리즘에 빠지면 또 새로운 길을 찾는다. 몬드리안도 칸딘스키도 피카소도 모두 그랬다.

고민으로 흔들리는 시간들은 대부분 그 사람을 성장시킨다. 무수히 많은 작은 고민들을 만나고 해결하면서 자아를 확립해가는 과정이 평범한 우리의 삶이다. 물론 큰 고민거리도 많다. 세계 평화, 환경 문제, 기아 구제……. 하지만 그 전에 우리는 먼저 자기 자신을 구제해야 한다. 당장 내 앞에 닥친 문제들이 훨씬 무겁다. 각자의 삶이 벽을 만났다고 생각되는 순간이 오면 스트레스 해소법을 활용하자. 혹시 그것이 없는 사람이라면 나처럼 명화를 보자.

방황하던 청춘의 끝에서 나 역시도 한참을 신이 주신 숙제에 허덕이며 나의 일을 해나갔고, 미술교육 현장이나 기업의 강의 후 지쳐 돌아오면 늘 그 스트레스를 명화로 풀었다. 나는 오늘도 명화를 바라본다. 앞으로 남은 내 시간 속에서 더 열정적으로 살기 위해서.

PART 2

나는 오늘도 앤디 워홀의 구두를 신는다

chapter_01

인생에도 신호등이 있으면 좋겠다

> 슬픔 속에 연금술이 있다.
> 슬픔은 지혜로 변해 기쁨 또한 가져다줄 수 있다.
> **펄 벅**(Pearl S. Buck)

삶이라는 달리기를 하다 보면, 제일 힘들었다고 생각한 일도 지나간 뒤에는 아무것도 아닐 때가 많다. 그러다가 생각지도 못한 기쁨들이 사뿐히 다가오기도 하고, 또 그것에 취해 있다 보면 다시 예상치 못한 일들이 일어나 뒤통수를 치기도 한다.

나는 씩씩하고, 좋아하는 일을 즐겁게 하는 열정적인 사람이다. 일에 있어서도 비교적 내가 하고 싶은 대로 이뤄왔고, 하고 싶은 만큼 즐거움을 얻는 행복한 사람이었다. 그런데 결혼을 하고 나이가 들어가면서 어느 날 내 삶에도 내가 어찌할 수 없는 힘든 일이 다가오기 시작했다. 그중에서도 가장 힘든 일은 사랑하는 가족에게 예상하지 못한 큰 병이 찾아온 것이었다. 나와 가장 가까운 사람의 일이지만 내가 어찌할 수도 피할 수도 없는 일, 아무리 힘들어도 내가 지고 가야 할 일이었다. 나는 그 고통을 그저 바라볼 수밖에 없었다. 친한 친구는 다른 사람들이라면 40대쯤은 지나서 닥칠 사건을 먼저 겪는 내가 안쓰럽지만, 모두가 언젠가는 마주해야 하는 일 아니겠냐며 위로해주었다.

어느 날 저녁 퇴근길에 무심코 신호등을 바라보았다. 운전을 하다 보면 하루에도 수도 없이 만나는 그 녀석이 그날따라 왜 그리 평상시와 다르게 애잔하게 다가왔는지. 아마 그때 내게 위로가 필요했었던 것 같다.

'그래. 네가 하라는 대로 할게. 초록불일 때는 앞을 보며 가고, 빨간불일 때는 멈춰 주변에 시선을 주기도 하고. 내 인생엔 매뉴얼이 없어서 결정하는 것이 힘든 날도 많은데 너라도 나에게 결정을 미루지 않으니 참 고맙다. 나는 지금만큼은 네가 하라는 대로 하면 되니까.'

사람의 마음은 이렇게나 얇아 때로는 작은 감정 한 방울에도 습자지처럼 젖어들고, 미미한 사물 하나에 불현듯 치유되기도 한다는 것을 그때 깨달았다.

'사물에게서도 위로를 받는 것이 사람이구나.'

우습지만 그날 나는 도로의 신호등을 보며 많은 위로를 받았다. 평소에는 너무 많아 짜증나기도 했던 신호등들이 그날은 모두 나에게 고마운 존재였다.

인생도 신호등 같다는 생각을 한다. 때로는 가기 싫어도 가야 하는 신호가 있고 보내기 싫어도 먼저 보내야 하는 신호들이 존재한다. 인정하기 싫어도 인정해야 하는 순간들, 그것은 운명이 아닐까? 운명을 믿지 않는 사람들에게도 때로는 운명을 믿는 것이 편한 날이 있다. 신호등 하나에도 위로받는 내 운명은 그래도 비교적 긍정적인 운명이고, 다시 힘을 낼 수 있는 운명이라 생각한다.

인생이 신호등만 보며 운전하면 되는 도로 같았으면 좋겠다. 멈춰야 할 때를 빨간불로 알려주고, 가야 할 때를 초록불로 알려주고, 위험할 때는 노란불로 경고하면서 그렇게 정답을 확실히 알려주는……. 하지만 이것은 이상적인 도로다. 인생은 현실의 도로와 더 가깝다. 때로는 커다란 차가 위협적으로 끼어들기도 하고, 아무리 조심해도 피할 수 없는 사고가 나기도 한다.

그렇게 마음이 힘든 시기, 한동안은 내 글들이 재미있거나 즐거운 이야기가 아니라서 혹시 읽는 이들을 우울하게 만들지나 않을지 걱정스럽기도 했다. 글을 쓰려고 하면 힘든 일, 슬픈 일, 괴로웠던 일들만 자꾸 떠올랐다. 점점 글쓰기가 머뭇거려지기 시작했다. 어느 날 동갑내기지만 어른스러워서 늘 좋은 조언을 해주는 한 친구를 만나 고민을 토로했다.

"나는 요즘 내 글들이 싫어. 내 글들은 희망을 이야기하는 척하지만 사실은 우울한 것 같아. 페이스북엔 온통 행복한 사람들뿐인데, 나는 사실 모든 순간이 행복하지만은 않고 어떤 때는 너무 고민이 많은 내가 버겁기도 해."

시인인 그 친구는 내 말에 이렇게 이야기해주었다.

"너만 그런 게 아니야. 나도 그래. 그리고 대부분의 사람들이 그래. 살아가며 기쁜 일만 표현하는 글쓰기는 건강하지 않아. 힘든 일, 고통스러운 일도 써 내려가는 것이 진짜 건강한 거야. 간혹 사람들은 기쁨만 글로 내놓아야 한다고 생각하는데, 슬픔도 반드시 표현해야 해. 그래야 삶을 이겨낼 수 있어. 기쁨도 슬픔도 모두 출력되는 것이 건강한 글쓰기야."

나는 그날 그 말을 믿고 다시 태어난 사람처럼 글쓰기를 했다. 모두에게는 저마다의 고민이 있다. 누군가는 취업에 대한 고민, 누군가는 사랑에 대한 고민, 누군가는 가족에 대한 고민……. 그 중 어떤 고민의 무게가 더 가볍고 무겁다고 평가할 수는 없지만 한 가지는 확실하다. 각자의 행복과 불행의 총량은 모두 비슷하다는 것이다. 모든 사람에게는 인생이라는 주머니가 있는데 그 안에 행복돌과 불행돌이 비슷한 개수로 있다고 한다. 주머니에서 돌멩이들을 하나씩 꺼내면 계속해서 불행돌만 나오는 법도 없고 반대로 계속해서 행복돌만 나오는 법도 없다.

그러므로 지금 다른 사람이 나보다 행복하다고 부러워하지 말고, 내가 더 불행하다고 너무 슬퍼하지 말 것. 나에게 남겨진 돌들이 행복 돌멩이들일 수도 있고, 언젠가 그 누군가에게고 불행 돌멩이가 등장할 수 있기에.

우리에게는 오늘도 무수히 많은 인생의 신호등이 등장한다. 그 신호등의 지시에 따라 때로는 가고 싶은데 멈춰야 하고, 때로는 멈추고 싶은데 가야 한다. 모든 것을 내 마음대로 했다가는 인생이라는 도로가 뒤죽박죽이 될 테니까. 가끔은 인생의 신호등을 믿고 기다려보기도, 멈춰보기도 하는 것은 어떨까?

매디슨 스퀘어 파크 Madison Square Park
찰스 호프바우어 | 1906 | 캔버스에 유채 | 50.8×40.6cm

이 그림을 그린 찰스 호프바우어Charles Hoffbauer, 1875-1957는 1875년 파리에서 태어났다. 에콜 데 보자르에서 귀스타브 모로Gustave Moreau로부터 사사했고 앙리 마티스, 조르주 루오Georges Rouault와 같은 시대에 활동했다. 1900년 파리 만국 박람회에서 동메달을 수상하고 프랑스 정부에서 장학금을 받아 이탈리아를 여행하며 작품에 담기도 했다. 그는 귀족들의 파티나 도시의 풍경을 담은 작품도 많이 남겼는데, 그가 그린 도시의 촉촉한 이미지들을 보면 다양한 감정들이 떠오른다.

파리 출신의 그에게 이 그림, 〈메디슨 스퀘어 파크〉는 더욱 특별하다. 그는 프랑스 예술인의 영예라는 '레종 도뇌르' 훈장을 받은 후 후원금으로 뉴욕에서 개인전을 열었다. 제1차 세계대전 이후 미국으로 건너가 남은 인생은 미국 시민으로 살았다. 그가 그린 1900년대 초반의 뉴욕 풍경은 제2의 고향을 그린 셈이다.

그림 속 풍경은 촉촉이 젖어 있다. 비가 오는데도 자동차와 사람 모두 저마다의 갈 길을 간다. 얼핏 번잡해 보이지만 이상하게 마음이 따뜻해지는 풍경이다. 호프바우어는 살아가는 동안 만나는 소나기까지도 인생의 쉼표로 여겼던 것이 아닐까? 그의 그림 속 도로 안에서 그들만의 신호를 찾아본다. 누군가는 걷고, 누군가는 멈추고, 또 누군가는 정주행을 하며 저마다 인생이라는 도로에서 신호등을 지켜나가고 있다.

명화 이야기로 인터넷에 글을 쓰기 시작한 이후 나는 많이 변했다. 첫째, 혼자서만 쓰던 일기를 공유하는 자신감이 생겼고, 둘째로 모르는 사람들도 믿고 의지할 수 있다는 마음이 생겼다. 마지막으로, 세상 사람들이 모두 날 좋아할 수만은 없다는 것을 깨달았다.

나의 명화 일기를 보러 와주는 사람들은 내가 마음을 열어 보이는 친구들이다. 그들은 내가 잘 모르는 사람들이지만 나를 잘 아는 사람이기도 하다. 그래서 나는 매일 명화에 내 마음을 담은 글을 쓰는 따뜻한 작가가 되고 싶다.

인생의 길에서 어떤 선택을 해야 할지 몰라 방황하고, 나만의 길을 찾지 못해 헤매는 사람들에게 마음이 복잡할 때는 글을 쓰거나 그림을 그리거나 명화를 보라고 말하고 싶다. 글을 쓰면 자신에 대해 더 잘 알고 지금 처한 고민들을 똑바로 바라볼 수 있다. 또 명화를 그리는 과정은 나의 감정을 기록하고 표출하는 일이다. 그리는 것이 어렵다면 그냥 좋은 그림을 보기만 해도 좋다. 그림을 보며 나의 감정을 화가들의 그림에 옮기거나 그림에서 영감을 얻을 수도 있기 때문이다.

결국 글쓰기와 그림 그리기는 감정을 기록한다는 측면에서, 그림을 보는 활동은 나의 감정은 전이시킨다는 측면에서 우리의 인생을 안내하는 신호등이 될 수 있다.

어디로 가야 할지 모르겠다면, 스스로 멈춰 서야 할 때를 알아차리기가 어렵다면, 어떤 방식이건 내 인생의 신호등이 되는 활동을 해보자. 화가들이 남긴 그림이 그들의 일기가 되었듯이 내가 남긴 글이나 그림은 나의 내일을 안내해주는 이정표가 되기도 한다.

chapter_02

두근두근 내 취향

그림은 그 자체로도 충분한 하나의 작은 세계다.

피에르 보나르

계절이 바뀌고, 공기가 변하면 잠자고 있던 쇼핑 욕구가 올라온다. 더위가 한풀 꺾이고 날씨가 선선해지던 어느 날 들른 한 의류 매장에서 급히 친구를 붙잡고 외쳤다.

"야! 이건 사야 해."

신이 나서 새 옷을 사서 집으로 가지고 온 내게 남편이 말했다.

"작년 가을에 산 옷이랑 너무 비슷해. 아니, 도대체 왜 이렇게 매번 같은 옷만 사는 거야?"

나는 자신 있게 이야기한다.

"체크무늬의 간격이 다르잖아! 칼라 부분 다른 것 보이지? 소매에 덧대어진 이 디테일, 이거 안 보여? 이번에 산 옷은 무늬가 굵어서 중후한 맛이 있어."

내 옷장은 매해 가을이 되면 비슷한 체크무늬 남방, 팔꿈치가 덧대어진 니트, 빛바랜 맨투맨으로 어김없이 또 채워진다. 다른 사람 눈엔 전부 비슷한 옷처럼 보인다는 것을 나도 알고 있다. 누군가는 내가 옷을 별로 사지 않는 사람이라고 오해할 수도 있겠다.

취향이라는 것은 숨길 수가 없어서 나도 모르게 늘 같은 스타일, 같은 질감의 옷을 선호한다. 늘 새롭게 도전하자고 말하며 '창의적인 것이 좋은 것이에요 여러분'이라며 아이들과 어른들에게 창의력으로 가득한 명화를 보여주는 나지만, 옷 취향에서는 늘 비슷한 스타일을 고수하게 된다.

스타일에 있어서만큼은 변신이 어렵고, 도전이 머쓱하다. 나이 서른이 넘은 여자는 자신의 얼굴이나 체형의 단점을 속속들이 잘 알기에 교묘히 장점은 드러내고 단점은 가리는 기술을 터득한다. 그래서 비슷한 스타일의 머리 모양을 유지하고, 비슷한 스타일의 옷만 사는 것이다. 친구도 내 단점은 감싸주고, 장점은 살려주는 오래된 친구들이 편한 것처럼.

언젠가 어느 배우가 이런 이야기를 한 적이 있다. 몇 년간 같은 향수를 썼더니, 그 향이 자기 몸에 배어 어느 하루는 깜빡 잊고 뿌리지 않았는데도 향기가 나는 것을 느꼈다고 말이다. 좋아하는 것만 꾸준히 좋아하는 나의 취향이 오래될수록 견고해져서 나만이 지닌 좋은 향이 나면 좋겠다는 욕심을 부려본다. 이를테면 나를 아는 누군가가 찢어진 청바지나 체크무늬 남방을 보면 '이소영'을 떠올렸으면 좋겠다.

나라는 사람이 좋아하는 옷의 취향은 이제 확실해졌기에 옷을

커피 Le Café
피에르 보나르 | 1915 | 캔버스에 유채 | 73×106.4cm | 런던 테이트 미술관

고르는 과정에서 거의 실패하지 않는다. 내가 왜 이렇게 체크무늬를 사랑하는지는 모르겠지만 어찌됐건 나는 늘 체크 아이템에 열광한다. 내 옷장에는 체크무늬 남방, 체크무늬 재킷, 체크무늬 코트, 체크무늬 머플러가 가득하다. 심지어 이불이나 시계에도 체크가 들어가 있다면 꼭 사고야 만다.

피에르 보나르Pierre Bonnard, 1867-1947의 그림에서 내가 사랑하는 체크무늬를 발견한 다음부터 나는 그와 내가 긴밀히 연결된 것 같은 야릇한 기분을 느낀다. 그의 그림에서 체크무늬는 식탁보나 여인의 옷으로 자주 그려지는데, 반듯반듯하고 규칙적인 무늬지만 결코 답답해 보이지 않는다. 얽히고설켜 있지만 멀리서 볼 때는 규칙적인 체크무늬들은 매일 부딪히고 방황하지만 자신만의 질서를 가진 채 살아가는 인생 같다. 보나르가 그린 그림에도 그만의 질서가 있기에 꽉 차 보이고 어딘가 불규칙적으로 잘려 있어도 답답하지 않고 조화로워 보이는 것이다.

피에르 보나르가 살던 당시에는 일본 판화 우키요에浮世繪가 유럽의 화가들 사이에서 인기였다. 우리는 그의 그림에서도 우키요에를 좋아했던 취향을 찾아볼 수 있다.

우키요에는 17~18세기 지금의 도쿄인 에도를 중심으로 발달했다. 일본 전통 연극의 장면이나 기녀들을 묘사한 그림으로 '흘러가는 물 같은 세상을 들뜬 기분으로 마음 편하게 살자'라는 개념을 바탕에 두고 있다. 이러한 우키요에는 목판화로 발달하여, 하

체크무늬 옷을 입은 여인 Femme à la robe quadrillée

피에르 보나르 | 1891 | 캔버스에 유채 | 162×48cm | 파리 오르세 미술관 | 정원의 여인들 Femmes au jardin 연작 중

나의 원판에서 같은 그림을 대량 생산했다. 이 그림들이 우연한 기회에 서양으로 보내는 물건의 포장지로 활용되면서, 당시 유럽의 인상파 화가들을 비롯한 새로운 것에 목말랐던 화가들에게 큰 영감을 주었다.

보나르가 그린 그림 중 세로로 긴 형태는 우키요에의 영향을 받은 흔적이다. 보나르는 일본의 미술이 그에게 어떤 영향을 주었느냐는 물음에 '작은 바둑무늬'라고 대답할 정도로 체크무늬에 애정이 있었다. 사람들은 일본의 목판화를 사랑했던 그를 일본이라는 말과 보나르의 이름을 합친 '자포나르'라는 별명으로 부르기도 했다.

보나르가 일본 판화에 매혹된 것은 그 화려한 색과 비대칭의 구도에 끌렸기 때문일 것이다. 후세 사람들로부터 '색채의 마술사'라는 칭호를 얻을 정도의 그였기에 새로운 문물에서 자신만의 감각을 찾아낼 수 있었다. 우리가 아는 유명한 화가들은 모두 자신만의 취향이 있었다. 취향이 있다는 것은 무엇인가를 유난히 좋아하는 것을 뜻하기도 하고, 무엇에 있어서만큼은 확고한 주관이 있다는 것을 의미한다.

나만의 취향은 나를 좀 더 쉽게 행복에 가까워지게 만든다. 취향을 찾느라 드는 돈이 생활에 타격을 입힐 만큼 커지면 문제가 되겠지만, 적어도 좋아하는 운동화 스타일이 있다거나, 손목시계를 살 때마다 설렌다거나, 네일아트를 받을 때 행복 지수가 높아진다거나, 또는 여행 갈 때마다 와인 잔을 직접 챙겨 간다거나 하는 것들은 삶에 작은 설렘으로 삼기에 충분한 것들이다.

나는 이런 사람들이 매우 좋은 자신만의 취향을 가졌다고 생각한다. 사치와 취향은 종이 한 장 차이이다. 내가 열심히 번 돈을 나만의 취향을 위해 쓰는 것이 행복하고 설렌다면 그것은 사치가 아니라 인생을 풍요롭게 하는 또 하나의 요소이다. 다만 물질만으로 인생을 채우는 것이 아니라, 그 물질을 대하는 설렘이 우리의 마음을 풍요롭게 만든다는 것을 잊어서는 안 된다.

오늘부터 나만의 취향에 대해 조금 더 깊이 생각해보는 것은 어떨까? 내가 가진 취향이 언젠가는 세상에 가치 있게 쓰일지도 모를 일이고, 나를 행복의 문으로 인도하는 지름길이 될지도 모른다.

chapter_03

친구는 나의 또 다른 자화상

친구는 제2의 자신이다.
아리스토텔레스(Aristoteles)

프랑스의 댄스홀 물랭루주의 풍경들을 화폭에 담은 척추 장애인 화가 툴루즈 로트레크Henri de Toulouse-Lautrec, 1864-1901의 이야기를 아는 사람이 많을 것이다. 우리나라에도 척추 장애를 가진 화가가 있었다. 그의 이름은 구본웅1906-1953. 엉뚱하지만, 프랑스의 화가 로트레크가 죽고 몇 년 후에 한국에서 구본웅으로 환생한 게 아닐까 생각한 적이 있다. 같은 기구한 운명으로 또 살아가는 것이 슬프지만 말이다.

로트레크가 귀족 가문에서 태어났던 것처럼 한국 화가 구본웅 역시 부유한 집안에서 태어났다. 그의 아버지는 출판사 사장이었다. 어머니는 그를 낳은 후 산후 후유증으로 4개월 만에 세상을 떠났고 그때부터 그의 불행이 시작되었다. 그는 동네를 돌아다니며 젖동냥으로 자라느라 영양이 부실할 수밖에 없었고, 세 살 때는 하녀의 등에서 떨어져 척추를 다치는 사고를 당하고 만다.

이후 그는 평생을 척추 장애를 안고 살아간다. 아버지가 재혼을 해 새어머니가 생기긴 했지만 이미 마음에 생긴 상처와 외로움은 그를 더 조용하고 어두운 아이로 만든다. 몸이 아파 학업을 자주 중단했던 그는 인왕산 근처인 신명보통학교에서 한 친구를 만난다. 그의 이름은 김해경1910-1937. 훗날 시인이 된 이상의 본명이다. 이상은 자신보다 네 살이나 많은 구본웅을 잘 따랐다. 그리고 척추 장애인이라는 콤플렉스로 인해 또래 친구들로부터 소외된 구본웅을 늘 잘 챙겨주었다. 그들은 청소년기를 함께 보내며 서로의 꿈을 공유하며 우정을 쌓았다.

이상李箱이라는 필명도 김해경이 대학에 입학한 기념으로 구본웅이 화구 박스를 선물하며 나눈 둘 사이의 대화에서 생긴 이름이라는 설이 있다.

내 기준에 화가 구본웅과 시인 이상은 둘도 없는 '꿈 친구'였다. 나는 서로의 꿈을 이해하고 격려해주는 친구를 더 특별하게 '꿈 친구'라고 부른다. 살아가면서 늘어나거나 바뀌거나 추가된 꿈들에 대해 서로를 이해해주는 친구와 이야기하는 시간은 우리의 삶을 보다 풍요롭게 만든다. 꿈 친구들은 다른 꿈을 꾸더라도 서로의 꿈을 알고 있기에 더 잘 이해할 수 있고 상대방이 노력하는 시간을 인정하고 응원해준다.

구본웅은 새어머니의 의붓동생인 18세의 변동림(후에 김향안으로 개명, 1916-2004)을 시인 이상에게 소개해준다(즉, 변동림은 구본웅보다 나이 어린 이모였다). 변동림은 경기여고와 이화여전 영문과 출신의 신여성으로, 문학에 열정이 많던 그녀는 곧 이상에게 푹 빠졌다.

이상은 연이은 다방 경영의 실패로 빈털터리였고 폐병을 앓고 있었다. 변동림은 언니 변동숙의 만류에도 불구하고 "폐병이면 어때, 좋은 사람이라면……"이라며 이상과 결혼한다. 그러나 이상은 변동림과 결혼한 지 4개월 만에 일본으로 유학을 떠나고, 얼마 지나지 않아 도쿄 거리를 초췌한 모습으로 돌아다니다가 거동 수상자로 체포되어 구치소에 수감된다. 그러잖아도 건강이 좋지 않았던 이상은 구치소 생활 중 병이 악화돼 결국 27세의 젊은 나이에 숨을 거둔다.

후에 구본웅은 한국 최초의 표현파적인 화가라는 평가를 받았고, 이상 역시 한국 근대 문학의 지평을 연 선구자로 인정받게 된다.

이상은 구본웅에게 시를 써주고 구본웅은 친구의 초상을 그려준다. 이상 역시 그림에 소질이 있어 1931년 조선미술전람회에서 〈자화상〉이라는 작품으로 수상하기도 한다.

이상이 글에서 구본웅을 표현한 것을 보면 구본웅을 존경하는 마음을 엿볼 수 있다.

> 작은 키에 둥근 안경을 끼고 땅에 끌리는 커다란 외투를 입고 영국 신사들이나 쓰는 중산모를 쓴 본웅이 우스꽝스러워 보이기도 했다. 그래서 좋았다. 낙타처럼 툭 튀어나온 등의 혹은 내 폐에서 자라고 있는 폐균 덩

어리 같다는 생각이 들었다. 그의 외형적인 불구나 내 속의 병이나 다를 바가 없다는 느낌, 동병상련의 정에 이끌렸다. 그렇지만 그는 전혀 불구를 부끄러워하지 않았다. 불구가 아니었으면 화가가 되지 못했을 거라는 그의 말은 나를 부끄럽게 했다. 불구이기 때문에 세상의 강요를 받지 않아 자유롭다는 그는 그림 속에서 자유를 만끽했다.

당시 이상이 차린 종로의 제비다방에는 구본웅의 〈나부와 정물〉과 〈친구의 초상〉, 이상의 〈자화상〉이 나란히 걸려 있었다고 한다.

가끔은 나조차도 모르는 내 모습을 옆에 있는 친구가 더 잘 알 때가 있다. 어쩌면 구본웅이 그린 친구 이상의 모습이 가장 이상다운 모습이 아니었을까? '친구는 두 개의 몸에 깃든 하나의 영혼이다'라는 아리스토텔레스의 말처럼 구본웅이 그린 이상의 초상은 곧 구본웅 자기 인생의 또 다른 표현이라는 생각을 한다.

폐병으로 인해 창백한 얼굴, 세상에서 가장 뾰족할 것 같은 턱수염, 파이프 담배를 문 모습(실제로 이상보다 구본웅이 파이프를 더 좋아했다고 한다). 비스듬히 쓴 모자와 살짝 치켜뜬 눈매, 앞을 직시하는 눈동자는 반항적인 성격을 상상하게 한다.

평생을 척추 장애인으로 살다 간 화가 구본웅, 젊은 나이에 요절한 '박제가 되어버린 천재' 작가 이상. 그림에 대한 재능과 흥미가 있었지만 선을 넘지 않았던 이상과 글에 대한 재능과 애정이 있었지만 그림을 더 사랑한 구본웅은 짧은 생이지만 얼마나 깊은 대화들을 나눴을까? 각자가 지닌 것과 좋아하는 것이 다르기에

친구의 초상
구본웅 | 1935 | 캔버스에 유채 | 62×50cm | 국립현대미술관

나부와 정물
구본웅 | 1937 | 캔버스에 유채 | 69×87.5cm | 호암미술관

더욱 가까워진 친구가 내게도 여럿 존재한다.

한 사람의 인생은 누구를 만나느냐에 따라 달라진다. 내 인생의 흐름은 내가 만난 친구들의 영향을 받아 움직였다. 내가 만나는 내 친구에게 나는 진심을 다하고 있는지, 나는 누군가의 흐름을 좋게 바꿔주는 역할을 하고 있는지 다시 한 번 생각해본다.

세상에는 많은 사람들이 있다. 나만 잘되길 바라는 사람, 같이 잘되길 바라는 사람, 남이 잘되면 배 아파하는 사람, 남이 잘되면 더 응원해주는 사람.

성공하는 사람은 같이 잘되길 바라는 사람, 남이 잘되면 응원해주는 사람이다. 함께 성공하려면 친구의 꿈이 같이 잘되길 바라고, 응원해주어야 한다. 단지 지금 내 지인이 나보다 잘나간다고 샘내지 말자. 언젠가 그가 나를 더 멋진 곳으로 이끌어줄지 모른다. 또한 나만 누군가보다 안 풀린다고 기죽지 말자. 그럴수록 더 뒤처질 뿐이니까. 아프리카의 옛 속담에 '빨리 갈 거면 혼자 가고 멀리 갈 거면 함께 가라'라는 말이 있다. 기나긴 인생을 함께 걸어갈 나의 자화상 같은 친구는 누구고, 나를 자신의 자화상이라고 생각하는 '꿈 친구'는 누가 있을지 생각해보는 것은 어떨까?

chapter_04

우리는 모두 멀티 플레이어다

사람들은 시간이 모든 것을 바꾼다고 말하지만,
실제로 당신 자신이 모든 것을 바꾸어야 한다.
앤디 워홀

'당신의 주말은 몇 개입니까?'

일본 작가 에쿠니 가오리江國香織의 책 제목이기도 한 이 말이 최근 머릿속에 자주 떠오른다. 녹초가 되어 돌아온 어느 저녁, 아직 결혼을 하지 않은 친구들이 불타는 금요일을 보낸다며 다들 가로수길로, 맥줏집으로 모인다고 나오라는데 그날만큼은 '불금'이라는 단어가 멀게만 느껴졌다. 사실은 요가도 가고 싶었고, 러닝머신도 좀 뛰고 싶었고, 집에 돌아오면 책이라도 읽을 수 있으려나 했건만 주말을 맞이하는 일하는 주부에게는 할 일이 참 많았다.

당장 내일 친구의 결혼식장에 남편이 입고 가야 할 정장을 다리고, 와이셔츠를 옥시크린에 담갔다 뺐다를 수십 번 하면서 세탁이 끝났다는 세탁기의 알림 소리에 귀를 쫑긋 세우며 빨래를 한다. 빨래가 끝나면 옷을 건조대에 널어야 하고 다 마르면 고이 접어 정리해야 한다. 옥시크린과 기싸움을 하고 스팀다리미와 사투를 벌이다가 정신을 차려보면 자정이 훌쩍 넘어 있다.

결혼 전과 후, 여자에게 가장 달라지는 것은 주말의 일상이다. 결혼 전에 나에게 주말은 오로지 쉬고 노는 시간이었다. 결혼 전 1년 동안 혼자 살았는데, 그 기간을 빼고는 30년을 어머니 아버지와 살았으니, 솔직히 모든 집안일은 부모님이 거의 다 해주셨다. 차려주시는 밥을 먹고 학교 가고 자고 출근하는 것도 힘들다 엄살 부리던 삶이었다. 그런데 집안일만 몇 시간을 해도 끝이 안 나는 현실이 나의 오늘이라고 생각하니 웃음이 나왔다.

인생을 살다 보면 우리는 참 많은 역할을 등에 얹고 살아간다. 특히나 일하는 주부는 멀티플레이어가 되기를 요구받는다. 골키퍼만 빼고 모든 포지션을 다 소화했다던 네덜란드의 축구 선수 필립 코쿠Phillip Cocu처럼 여러 역할을 자유자재로 넘나들며 많은 포지션을 소화할 수 있어야 한다.

우리는 모두 멀티 플레이어다. 나 같은 경우 사적으로는 부모님에게 효도해야 하는 자식, 믿음직스러운 언니이자 한 남자의 아내, 늘 살가워야 하는 며느리이다. 그뿐인가, 집 밖으로 나가면 사업에 책임을 져야 하는 사장이자 동시에 비전을 제시해야 하는 리더이고, 관리 아저씨에게는 늘 택배를 제일 늦게 찾아가는 새댁, 모르는 것이 없어야 하는 선생님, 졸리는 강의는 절대 해선 안 되는 강사, 밤이 되면 작가, 미술관에서는 전시 해설자, 신문에 명화 칼럼을 쓰는 칼럼니스트, 나만의 블로그를 운영하는 블로거, 그리고 사람들에게 명화를 전달하는 메신저 등 셀 수 없는 역할을 담당하고 있다.

나라는 사람이 주부 이외에 가지고 있는 역할들이다. 세상에 단 한 가지의 역할만 하는 사람이 얼마나 있을까. 특히 결혼과 동시에 나는 멀티 플레이어가 되어야 함을 매 순간 느꼈다. 각각의 직업과 역할의 성격이 같으면 일관성 있고 편할 텐데, 사람들은 모든 자리마다 다른 것을 요구하고 상상한다. 각각의 역할을 제대로 수행하기 위해서는 그때그때 변신하여 자기의 맡은 바를 소화하는 재능을 키워야 한다. 선택과 집중을 반복하면서 때와 장소에 따라 역할을 이행해야 멀티 플레이어로 살아갈 수가 있다.

미술사에는 비참한 삶을 살았던 예술가들도 많지만 살아 있는 동안에 부와 명성을 얻은 화가들도 많다. 자세히 보면 그들은 대부분 멀티 플레이어인 경우가 많았다. 즉, 그림이라는 분야 이외에 다른 예술 활동들을 함께 해냈다는 것이다.

대표적 예로 파블로 피카소Pablo Picasso가 있다. 피카소가 유명한 이유는 그림을 잘 그려서만이 아니라 그가 현대 미술의 모든 장르를 다 소화해냈기 때문이기도 하다. 그가 20세기 최고의 화가로 평가받는 데는 입체주의의 역할이 컸지만, 사실 그는 시기별로 고전주의, 사실주의, 입체주의, 추상주의 등 다양한 그림을 그렸고, 시대에 따라 새로운 화풍을 개척했다. 또 회화에 한정되지 않고 도예나 조각까지 범위를 넓힌 전방위적 작가였다.

스페인의 살바도르 달리Salvador Dali 역시 마찬가지이다. 그는 그림뿐 아니라 사진 작업도 했고, 서른일곱 살에 그만의 상상력과 현실이 결합된 독특한 자서전을 썼으며, 배우도 아닌데 초콜릿 광고를 찍는가 하면, 우리가 모두 알고 있는 막대 사탕 추파춥스의 심벌인 꽃모양 디자인을 한 장본인이다.

멀티 플레이어라면 빠질 수 없는 또 한 사람이 바로 앤디 워홀Andy Warhol, 1928-1987이다. 그는 살아 있는 동안 부와 명성을 누린 예술가이자 멀티 플레이어 중의 멀티 플레이어였다. 워홀은 원래 상업 디자이너로 활약하다 팝 아티스트가 된 인물이다. 그러나 그는 그림에 머물지 않고 책을 쓰고 출판업을 했으며 영화와 음반을 제작하기도 했다.

앤디 워홀의 작품 중 유명한 바나나 그림은 실제 그가 1967년 프로듀서를 맡은 록 밴드 벨벳 언더그라운드The Velvet Underground의 〈The Velvet Underground & Nico〉 앨범 재킷에 쓰인 것이었다. '바나나 앨범'이라고도 불린 이 앨범은 출시 당시엔 성공하지 못했지만 이후 재평가를 받으며 록 음악의 고전이 되었다. 경제적으로 힘들었던 가난한 뮤지션들을 위해 앤디 워홀이 그려준 바나나 앨범 재킷은, 시간이 흐른 지금은 컬렉터들 사이에서 비싼 값에 거래된다.

어느 날 미술관에서 본 워홀의 구두 일러스트는 나로 하여금 그를 세계에서 가장 세련된 멀티 플레이어로 기억하게 했다.

그의 구두 그림들은 그가 그린 여느 작품들과는 느낌이 달랐다. 오히려 복고풍에 가까웠고, 선의 강약 조절과 아기자기한 색감들로 사탕 가게에 온 기분이 들게 했다. 앤디 워홀의 서명을 가리고

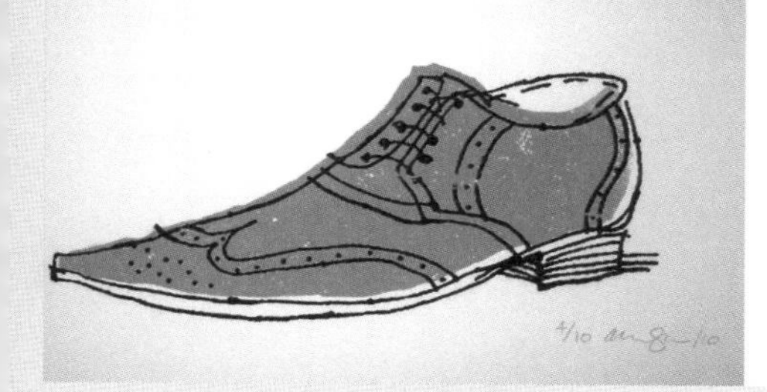

구두 드로잉 Drawing of Shoes
앤디 워홀 | 종이에 펜과 잉크

누구의 그림인지 물어본다면 대다수의 사람들은 맞히지 못할 것이다. 한 사람이 이렇게 다른 분위기의 작품을 창조해냈다는 것은 그가 뛰어난 멀티 플레이어라는 증거다.

워홀은 자신감이 넘치면서도 끊임없이 자기를 돌아봤고, 확신에 차 있다가도 금세 부끄러워하기도 하고, 세상의 주목을 즐기면서도 언론과 멀어지고 싶어 했다. 어떻게 보면 이미지 측면에서도 다양하게 자신을 메이킹한 멀티 플레이어라고 볼 수 있다.

사람들은 그가 상업적이고 돈을 좋아한다고 비판하기도 했다. 그러나 그는 화가라고 해서 가난하기만 해서는 안 되며 보통 사람들도 누구나 다 15분 동안은 유명해질 수 있다고 맞받아쳤다. 그는 조수들을 고용해 실크스크린을 대량으로 제작한 작가로 유명하다. 그러나 그의 전시회에 가서 그가 그린 다양한 작풍의 그림들을 보았을 때 나는 숙연해졌다. 그는 그 누구보다 노력한 예술가였다. 코카콜라나 메릴린 먼로 같은 대중적 이미지를 찍어내는 판화 작업을 하면서도 꾸준히 손 그림을 놓지 않았다. 그가 그린 다양한 일러스트들을 나는 한참을 숨죽이고 바라보았다.

앤디 워홀은 구두 디자이너로 일했어도 결국 성공했을 것이다. 그는 상업 디자이너로서도 인정을 받았기 때문이다. 그럼 지금쯤 우리는 '지미 추'나 '마놀로 블라닉'이 아닌 '앤디 워홀 팩토리'라는 구두 브랜드에 열광하고 있을지도 모를 일이다.

한 가지에 분야에서 성공한 사람은 성공으로 가는 습관을 가지고 있기에 또다시 성공하는 경우가 많다. 그 중심에는 변화에 대

처하는 능력과 호기심, 무서운 집중력이 존재한다. 앤디 워홀 역시 시대가 요구하는 미술을 읽어내려고 했고, 대중이 알아보기 쉬운 미술을 시작함으로써 전통 미술과 이별을 고했다. 세상을 바라보는 끝없는 호기심이 그를 음반 제작자로, 작가로, 구두 디자이너로 살아가게 했다. 그리고 한번 그 분야에 빠지면 끝까지 최선을 다해 이슈를 만들어내는 집중력도 그러한 그의 성공에 한몫했다.

궁금한 것이 많고 하고 싶은 것이 많은 사람들은 그만큼 멀티 플레이어가 될 가능성이 높다. 나 역시 궁금한 것이 많고 호기심이 생기면 참지 못하는 성격이다. 언제 어디서건 질문이 있으면 물어보고 책을 읽다 감동받으면 저자에게 메일을 쓰기도 하며 드라마를 보다 의견이 생기면 시청자 게시판도 들어가 본다. 의문만 갖기보다 스스로 찾아보며 궁금증을 풀고, 미스터리한 문제들을 적극적으로 환영한다. 이런 나의 성격을 누군가는 산만하다고 할 수도 있겠지만, 순간적으로 빠져드는 집중력만큼은 누구에게도 뒤지지 않기에 나는 이런 나의 성격이 마음에 든다.

세상은 빠르게 돌아가고 그 가운데서도 자신의 관심사를 놓치지 않고 재능과 아이디어로 바꾼 많은 사람들이 존재한다. 그들은 대부분 한 가지 일에만 국한되지 않고 다양한 영역에서 활동하는 멀티 플레이어들이다. 한 가지만 좋아한다고 해서 성공하라는 법은 없다. 하고 싶은 일을 다 하면서도 즐거운 삶, 나는 그런 삶이 행복한 삶이라고 생각한다. 나는 오늘도 워홀의 구두를 신고 그를 떠올린다. 일상의 신나는 멀티 플레이어가 되기 위해서.

chapter_05

가장 중요한 것은 눈에 보이지 않는다

> 가족을 빼고는 쓸 만한 소재를 생각할 수 없다.
> 가족은 다른 모든 사회 영역의 상징이다.
> **애너 퀸들런**(Anna Quindlen)

어느 날 엄마가 내 앞에서 서럽게 울었다. 결혼 전 부모님 댁에서 살 때였다. 나는 일을 마치고 집에 오면 피곤하다며 방문을 닫아 버리고, 동생은 전화만 하면 무뚝뚝하게 대답하고 끊는다고, 아침에 다가와 딸이랑 이야기 좀 하려고 하면 늦잠 자는데 왜 안 깨웠냐며 화만 버럭 내고 후다닥 뛰어나가 버린다고, 딸이랑 함께 살 날도 얼마 남지 않았고 시집가면 남의 집 사람이 된다는데 엄마를 홀대하는 것 같다며 굵은 눈물을 뚝뚝 흘리셨다.

평생을 열심히 최선을 다해 키운 세상에 둘밖에 없는 딸인데 엄마는 얼마나 허무하고 외로웠을까? 나이 좀 들고 머리가 커졌다고 늘 따박따박 따지기만 하고, 엄마 아빠는 모른다며 부모님이 이야기를 좀 할라치면 말을 잘라먹고……. 우리 집에서 흔히 볼 수 있었던 내 모습이었다.

정작 내가 잘해야 할 소중한 사람은 내 앞에 있는 부모님이고 내 가족인데, 나는 집 밖에 나가면 친절해지고 집 안에 들어오면 뾰족해지곤 했다. 주변 사람들에게는 "미안하다, 고맙다"라는 말을 스스럼없이 하는데 이상하게 유독 부모님한테는 잘하지 못했다. 부끄럽기도 하고 머쓱하기도 하고, 늘 당연한 듯 살아왔기 때문에 그런 말을 꺼낼 타이밍을 못 찾기 때문이다. 북한산 진달래꽃도 봄이 되면 저절로 피는 것이 아니라 햇빛과 바람, 비와 흙 덕분에 자라는데, 나는 33년을 혼자서 컸다고 착각한 채 살았다.

결혼 전 엄마는 나의 연애 상담사이자 제2의 나였다. 때로는 딸의 사랑에 기뻐하고 슬퍼하느라 당신의 감정까지 모조리 닳아버려 앓아눕기도 했다. 이별을 하면 엄마 앞에서 펑펑 울면서 다시 내 사랑을 연결해달라고, 엄마가 그 사람한테 연락을 좀 해보라며 말도 안 되는 억지를 쓴 적도 있었다. 그럴 때마다 엄마는 단 한 번도 그냥 넘어간 적이 없다. 엄마는 그 누구보다 나에게 공감해주고 내 슬픔을 안아주었다.

"엄마 같았어도 정말 슬플 것 같아. 어떻게 할까? 내 딸, 엄마가 찾아가서 따질까?"

설사 행동으로 옮기지 않더라도 말이라도 그렇게 해주는 엄마가 너무 고마웠다.

사랑에 허우적대느라 거들떠도 보지 않았던 나머지 것들이 그제야 눈에 보이기 시작했다. 이별하고 울고, 누워 있고, 밥을 먹지 않아도 늘 내 편이 되어준 엄마, 말없이 나오라고 해서 같이 곱창볶음을 사주던 아빠, 늘 투닥거려도 내 하소연을 들어준 동생……. 결코 소홀히 해선 안 될 내 소중한 존재들이다.

나에게는 언제나 가족들이 곁에 있었다. 그들은 내가 잘했든 못했든, 나빴든 착했든 늘 내 옆을 지켜주는 나무 같은 존재들이다. 일도 사랑도 나를 버릴 수 있지만 가족들은 나를 버리지 않는다.

가족이라는 뜻의 영어 단어 family의 철자를 하나하나 떨어뜨려 보면, father(아버지), mother(어머니), I love you(사랑합니다)가 들어가 있다. 내 옆에서 묵묵히 평생 나를 응원해주는 내 가족에게 사랑한다는 말을 아끼지 말자.

대가족의 모습을 화폭에 자주 표현한 화가가 있다. 그의 이름은 이스트먼 존슨Eastman Johnson, 1824-1906이다. 그는 일상생활을 포착한 풍속화가로, 미국의 다양한 인종과 계층을 아우르는 시민들의 삶을 남긴 그림들로 유명하다. 청소년기에 석판공에게 도제 수업을 받고 독일로 건너가 그림 공부를 계속했는데, 독일 유학 시절 풍속화에 관심을 가지기 시작했다. 이후 다시 네덜란드의 헤이그로 유학 가서 독일과 벨기에 화가들의 작품을 공부한 뒤에 뉴욕으로 돌아와 스튜디오를 차렸다. 링컨Abraham Lincoln이나 에머슨Ralph Waldo Emerson, 롱펠로Henry Wadsworth Longfellow와 같은 유명 인사들의 초상화도 남긴 그는 뉴욕 메트로폴리탄 미술관의 공동 설립자이기도 하다. 사람들은 훗날 그를 '미국의 렘브란트'라고 불렀다. 다양한 그림을 그린 화가지만 나는 그의 작품들 중 가족을 담아낸 그림들이 제일 좋다.

블로짓 가족의 크리스마스 Christmas-Time, The Blodgett Family
조서넌 이스트먼 존슨 | 1864 | 캔버스에 유채 | 76.2×63.5cm | 뉴욕 메트로폴리탄 미술관

보통 서양의 가족과 한국의 가족은 조금 다를 거라 생각하지만, 그의 그림을 물끄러미 바라보고 있으면 그가 전생에 한국에서 태어나 대가족을 이루고 살았던 것 아닐까 하는 생각이 든다. 최 부잣집 막내아들이 그린 그림 같다고 해야 할까?

〈블로짓 가족의 크리스마스〉의 배경은 제목처럼 크리스마스 날이다. 오빠는 자신이 선물받은 기사 장난감을 막냇동생에게 보란 듯이 자랑하고 있고, 막내는 오빠의 장난감이 부럽기만 하다.

'나도 가지고 놀고 싶어.'

이런 소망이 막내의 볼에 한가득이다. 막내들은 늘 언니나 오빠가 하는 것에 대한 동경이 있는 법이다. 큰언니는 그런 동생들의 모습을 흐뭇하게 바라보고 있다. 이 가족에게 지금 이 순간은 소박하지만 가장 아름답게 기억될 순간이다.

여성 최초 노벨상 수상자인 마리 퀴리Marie Curie는 "가족들이 서로 맺어져 하나가 되어 있다는 것이 이 세상에서의 유일한 행복이다"라는 말을 했다. 그녀는 남편인 피에르 퀴리와 함께 폴로늄과 라듐을 발견했다. 그만큼 그녀에게 있어 가족은 연구를 할 수 있도록 도와준 발판이자 유일한 행복이었다.

'서로 맺어져 하나가 되어 있는 것.' 몇 번을 곱씹어봐도 따뜻한 문장이다. 이스트먼 존슨이 그린 그림 속에서 나는 서로 맺어져 하나가 되어 있는 가족애를 자주 느낀다.

영화 〈사운드 오브 뮤직The Sound of Music〉의 귀여운 남매들이 떠오르는 〈해치 가족〉을 보자. 해치는 열정적인 미술 컬렉터이기

해치 가족 Hatch Family
조서넌 이스트먼 존슨 | 1870-1871 | 캔버스에 유채 | 121.9×186.4cm | 뉴욕 메트로폴리탄 미술관

도 했는데 이 작품은 이스트먼 존슨에게 그가 의뢰한 가족 초상화이다. 할아버지와 할머니, 아버지와 어머니, 그리고 자녀들 세 세대가 한자리에 그려진 이 초상화는 현대에 이르러서는 보기 드문 풍경이 되었다.

1인 가정과 아이 없는 부부가 늘어나면서, 점점 대가족을 찾아보기도, 가족들이 모이는 시간을 만들기도 어려워진다. 그는 여러 명의 가족들이 함께 눈빛을 나누고 서로를 향해 미소 짓는 작품들을 남겼다. 현대에 이르면 가족의 규모가 축소되고, 가족들의 시간이 점차 사라져갈 것임을 예견하고 우리에게 가족의 소중함을 잊지 말라고 따뜻하게 경고하는 듯하다.

세상이 다 나를 버려도 내 편이 되어주고 날 사랑해주는 것이 가족이다. 결혼을 하고 새로운 가정을 꾸려나가면서 부모님 생각이 매일 더 난다. 우리 부모님도 매달 25일만 되면 밀려드는 고지서들로 숫자에 약해지시고, 가끔은 긴축 재정을 펴기도 하면서 힘들게 가정을 지키셨겠구나 생각하면 마음이 시리다. 그런 어려움 속에서도 자식에게 쓰는 돈은 돌려받지도 못하고 무조건적인 사랑을 주는데, 그것을 알고 조금이라도 갚으려는 자식은 많지 않다.

가까이 있는 것을 사랑하는 눈을 가진다면, 지금 내가 집중해야 할 사람들이 눈에 보인다. 당장 집에 돌아가면 날 반겨주는 아빠, 바빠서 먹지도 않겠다는 딸에게 새 밥을 지어주는 엄마, 늘 필요할 때 곁에 있어주는 형제자매들. 잘 못 느끼지만 가장 소중한 사람들이다.

매해 새해가 되면 떠오르는 해를 보며 기도한다.

'올해는 우리 가족에게 더 친절하게 대하고 사랑을 전하는 한 해가 되게 해주세요.'

해는 아침마다 뜨는데 나는 그 기도를 꼭 새해 첫날에만 한다. 해가 매일 뜨는 것처럼 1월 1일에 하는 다짐을 매일 한다면 얼마나 좋을까? 그러나 일상을 살다 보면 매일 아침 해가 뜨는 것이 당연해지는 것처럼, 매일 얼굴을 맞대고 사는 가족에게 늘 고마운 마음을 가지고 소중하게 여기는 것이 생각처럼 쉽지는 않다.

가장 중요한 것은 눈에 보이지 않는다. 우리에게는 늘 가까이에 있어 그 존재를 깜빡하고, 나중에 챙기려고 미루고 미뤄둔 가족들이 있다. 그들에게 바로 오늘, 사소하더라도 작은 사랑의 마음을 표현해보면 어떨까.

chapter_06

단 한 사람만 내 이야기를 들어준다면

들으려 하지 않는 사람에게 말하기를 좋아하는 사람은 없다.

히에로니무스(Hieronymus)

꽤나 멀쩡해 보이는 나는 한동안 심리 상담을 꾸준히 받았다. 어디가 아팠느냐면, 마음이 아팠다. 이른 나이에 교육원을 운영하며 학부모님들과의 관계에서 결코 'No'라고 쉽게 이야기할 수 없는 입장에 있었던 나는 열심히 일하느라 내 마음이 다쳤는지, 상처가 곪고 있는지도 몰랐다. 엎친 데 덮친 격으로 오랜 시간 사귀던 남자친구와의 사이도 점점 나락으로 빠져들면서 자존감까지 먼지처럼 분해되어가던 시기였다.

외국에서 오랫동안 심리학 공부를 하고 온 한 친구가 나를 보더니 말했다.

"야. 너는 지금 마음이 아프고 정신이 혼란스러워진 거야. 혼자 끙끙대지 말고 정신과에 가서 상담을 해봐."

순간 화가 났다. 나보고 정신병원에 가보라니! 고흐가 정신병원에 갔던 것은 애달프게 바라보았음에도 막상 내가 그런 얘길 듣자 '살다 보니 이런 말을 다 듣는구나' 하는 생각이 들었다. 그런 내 기분을 눈치챈 친구가 차분하게 나를 설득했다.

"배가 아프면 내과, 이가 아프면 치과, 눈이 아프면 안과에 가는 것처럼 정신과 마음이 아파도 병원에 가는 거야. 외국에서 공부할 때 멀쩡해 보이는 사람들이 '나 상담 좀 하고 올게' 하면서 정신과 의사나 심리 치료사를 찾아가는 걸 종종 봤어. 너도 가봐!"

그 말을 듣고 용기를 내서 물어물어 소개로 좋은 선생님 한 분을 만났다. 상담을 하는 데 결코 적지 않은 액수를 시간당 상담료로 지불해야 했다. 이런 방면에 무지했던 나는 상담 몇 번만 하면 내가 금세 바뀔 거라는 희망을 가지고 매주 병원을 찾아갔다.

첫 주는 나의 현재 상황, 즉 지금 이야기를 했다. 그다음 한 주는 내 어린 시절 이야기, 그다음 또 한 주는 가정 환경, 부모님 이야기……. 거의 한 달이 다 되도록 선생님은 아무런 처방도 내려주지 않고 그저 내 이야기를 듣고 녹음하고 호응만 했다. 4주차가 되던 날 문득 화가 났다.

"왜 자꾸 상담은 해주지 않고 이야기를 듣기만 하세요? 저는 솔직히 힘들게 번 돈으로 해결책도 얻고 상황도 바꾸고자 하는 마음에 열심히 왔는데, 한 달이 되어가도록 상담은 시작되지도 않고 제 이야기만 한없이 하고 가는 기분이에요. 선생님이 싫은 것은 아닌데, 시간도 아깝고 돈도 아까워요."

내 말에 선생님은 그동안 내가 한 이야기들을 녹음한 파일을 들려주며, 내가 유난히 자주 쓰는 단어와 표현들을 찾아주었다.

'무엇무엇 때문에 거절을 못했어요, 그냥 어쩔 수 없이 승낙했어요, 저는 큰딸이니까요, 저는 선생님이니까요, 교육자니까요, 리더로서 그러면 안 되는 거잖아요, 친구니까 참아야죠, 동생이니까 참아야죠.'

수많은 이야기들에서 공통점을 찾을 수 있었다. 바로 나에게 거절을 잘 못 하는 콤플렉스가 있다는 것, 그리고 알게 모르게 착한 여자, 착한 큰딸 콤플렉스가 있다는 것이었다. 거절을 못 하는 이유는 상대방이 실망할까 봐, 상대방이 혹여 섭섭해할까 봐 걱정해서였고, 착한 여자 콤플렉스는 착해서가 아니라 '언제 어떤 상황에서도 반드시 착하게 행동해야 한다'는 관념이 스스로를 괴롭혀 혹시나 착하게 행동하지 못했을 때 자책을 하기 때문이었다.

4주차가 지나니 스스로를 조금 알게 되었고, 6개월 정도 꾸준히 상담하자 선생님이 처방을 내리는 것이 아니라 선생님의 질문에 답하면서 어느새 내가 답을 찾고 있었다.

'앞으로는 거절을 좀 잘해봐야겠다.'

'모두에게 착할 수는 없는 것이다.'

'착하지 않다고 해서 나쁜 사람은 아니다.'

선생님은 내 말을 들어주는 것에 시간을 할애했을 뿐이었고, 상담 기간 동안 해결책은 결국 내가 찾았다. 그때 나는 듣는 힘의 위대함을 깨달았다. 지금까지의 내용으로 이미 눈치챈 독자도 있겠지만 나는 분출하는 삶을 살아야 편한 사람이다. 그것이 일기든,

메모든, 영화와 함께하는 에세이든 나는 자주 분출하고 내 감정을 표현한다. 다행히 내 주변에는 들어주는 사람이 많다. 경청의 힘이 중요하다고 느낀 시점부터는 나도 조금씩 다른 사람들의 말을 들어주려 노력 중이다.

그때 깨달은 두 가지는 내 삶에서 지키고자 하는 지침이 되었다. 하나는 누군가가 힘들어하면 이야기를 들어주자는 것. 나에게 상담을 청한다는 것은 일단 나의 됨됨이를 좋게 봐주는 것이다. 결코 나에게 당장 해결책을 내놓으라는 게 아니다. 오히려 이야기를 듣다 보면 상담을 요청한 이가 스스로 해결책을 찾을 때가 더 많다.

또 하나는 마음도 감기가 걸린다는 것이었다. 내 잘못이 아니어도 면역력이 약해지기도 하고 계절이 바뀌거나 갑자기 추워지면 감기에 걸리는 것처럼, 처한 환경이 바뀌거나 혹독해지면 정신과 마음도 감기에 걸릴 수가 있다. 이럴 때는 상담을 해보는 것도 좋은 방법이다. 흘러가는 대로 두기만 한다고 마음이 편해지는 것은 아니다. 중간에 돌을 놓아야 흘러가는 물도 흐름이 바뀐다. 혹시 아는가? 좋은 선생님을 만나서 내 마음의 감기가 치유되고, 면역력을 키워 앞으로는 혼자 힘으로 이겨내게 될 수도 있을지.

꼭 전문가가 아니더라도 주변을 둘러보고 나의 고민을 상담할 멘토를 찾아보자. 나보다 인생을 조금 더 산 지인도 괜찮고, 평상시 알고 지내는 친척 중 배우고 싶은 부분이 많은 어른도 좋다. 그리고 누군가 나에게 상담을 요청해온다면 짧은 시간이라도 내서 그 사람의 말을 들어주자. 나는 단지 듣기만 했을 뿐인데 이미 그 사람은 고통을 비워내고 있을 수 있다.

사회의 리더에게도 경청의 힘은 매우 중요하다. 다른 무엇보다 경청이 소통으로 가는 첫걸음이다. 사실 누군가의 이야기를 들어주는 것이 쉽지만은 않다. 잡다한 사설이 길어지거나 핵심 없이 변죽만 울리는 경우도 많기 때문이다. 그러나 그럴 때라도, 아니 그럴수록 참고 기다릴 줄 알아야 한다. 듣는 데에도 노력이 필요하다는 말이다. 그 말은 곧 노력을 하면 듣는 능력이 발전할 수 있다는 뜻이기도 하다.

화가들 중에서도 경청의 힘으로 살아갔던 사람이 있다. 바로 빈센트 반 고흐다.

알다시피 고흐는 일생 사람들의 인정을 거의 받지 못한 채 생을 마감했다. 아버지는 나이가 차도 제대로 된 경제 활동을 하지 않는 고흐를 나무랐고, 고흐가 사랑했던 여인들도 쉽사리 그의 사랑을 받아주지 않았다. 그런 그의 이야기를 10년 이상 꾸준히 들어준 사람이 한 명 있었는데, 바로 그의 동생 테오Theo van Gogh, 1857-1891였다. 테오가 형의 이야기에 귀 기울여주었기에 고흐는 600통이 넘는 편지를 쓸 수 있었고, 이 편지들은 미술사료로서 더없이 중요한 기록으로 남았다. 고흐의 이야기를 꾸준히 들어준 동생 테오가 없었더라면 고흐는 가난한 처지, 팔리지 않는 그림을 비관해 더 일찍 무너졌을지도 모른다.

비록 테오에게 짐이 되는 것이 심적으로 부담스럽고 미안해서 스스로에게 권총을 겨눴다는 이야기도 있지만, 고흐에게 테오는

해 뜰 무렵 밀밭에서 수확하는 사람 Wheat Field with Reaper and Sun
빈센트 반 고흐 | 1889 | 캔버스에 유채 | 73.2×92.7cm | 암스테르담 반 고흐 미술관

확실한 상담자이자 조언자였으며 가족 이상의 멘토였다. 고흐가 죽은 후 얼마 지나지 않아 테오도 시름시름 앓다가 곧 죽고 만다. 테오의 부인 요한나는 형제의 우애를 기리며 고흐 옆에 테오를 나란히 묻어준다. 함께 묻힌 그들의 비석을 보면 죽어서도 고흐의 이야기를 들어줄 테오에게 고마운 마음이 든다.

테오가 고흐에게 보낸 편지를 살펴보면 테오는 고흐의 이야기를 늘 들어줄 준비가 되어 있었음을 알 수 있다.

> 불안한 마음일 때는 매사를 더 나쁘게 해석하게 되는 것 같아. 그러니 몸이 나으면 한두 줄이라도 좋으니 최대한 빨리 편지를 보내줘. 내가 필요 이상으로 걱정하고 있다고는 생각하지 않아. 어쨌든 형이 내게 모든 걸 다 말해주기를 원해……. 용기를 잃지 마, 형. 그리고 내가 얼마나 형을 그리워하는지 잊지 말길.
>
> 《반 고흐, 영혼의 편지》, 신성림 편역

〈해 뜰 무렵 밀밭에서 수확하는 사람〉은 테오가 고흐에게 편지를 쓴 시기에 그린 고흐의 그림이다. 인생은 외로움의 연속이다. 우리는 그림 속 남자처럼 삶이라는 드넓은 밀밭을 수확하며 일상을 조금씩 채워나간다. 힘든 날이 있으면 누군가에게 이야기를 털어놓고, 또 누군가가 힘들다고 이야기를 시작하면 조금만이라도 시간을 내어 진심으로 경청해주자. 단지 귀 기울여 들어주는 것만으로도 다른 누군가에게는 희망의 씨앗이 될 테니.

chapter_07

아프지만
아름다운 것들

매일 작업을 하기 위해 술집으로 갑니다.

툴루즈 로트레크

나는 술을 좋아하지만 주량이 세지는 않다. 하지만 대학교에 갓 입학한 시절에는 왠지 술에서만큼은 절대 지고 싶지 않았다. 그래서 마셨다 하면 늘 과음이었고, 술을 잔뜩 먹은 다음 날 아침엔 숙취로 괴로워하며 깨기 일쑤였다. 그렇게 후회를 하면서도 또다시 술을 마셔댄 것은 아마 '센 척'을 하고 싶어서였던 것 같다.

센 척이라는 것을 하는 이유는 내가 가지고 있는 것이 없거나 부족해서이다. 그럼에도 남들에게만큼은 강해 보이고 싶어서다. 신입생 시절에는 다른 사람들에게 '술을 못 먹는 아이'라는 인식이 박히는 것이 싫었다. 그래서 선배나 교수님들이 주는 술을 모두 받아먹고 아무렇지 않은 척했고, 정말 힘이 들 때는 화장실로 달려가 몸 안에 있는 알코올을 게워내고 다시 입을 닦고 세수한 척 술자리에 참석했다.

술을 먹으면 나는 조증이거나 울증이거나 둘 중 하나가 됐다. 신이 나서 흥분해 동네방네 노래를 부르거나, 극도로 침전되어 지나가는 개미의 삶까지 걱정한다. 두 가지 모습 모두 좋지 않은 결과를 낳았기에 이제는 술로 강한 척하는 것이 얼마나 어리석은지 안다. 못 먹으면 못 먹는다고 자신 있게 내 주량을 말하는 모습이 얼마나 아름다운가? 솔직함은 그러라고 있는 것이다. 누군가를 위해서가 아니라 나 스스로를 보호하기 위해서 말이다. 그러나 많은 시행착오를 겪고 스스로 깨닫기 전에는 어린 마음에 지기 싫어 센 척을 하기 쉽다. 얼마 전 우연히 모교에 갈 일이 있었는데, 요즘 후배들의 음주 문화에서도 여전히 센 척은 존재했다.

더러는 내가 가진 단점이나 결핍을 메우려다 보니 센 척을 하는 경우도 있다. 가난하게 보이는 것이 싫어 분수에 맞지 않는 외제차를 구입하거나, 분명히 모르는데도 괜히 아는 척을 하며 우기거나 하는 것이 그런 예다. 그럴 때 자신이 센 척을 했다는 사실을 가장 잘 아는 사람은 본인이다.

화가들 중에서는 센 척하지 않고 자신의 약한 점을 고스란히 인정하면서 화가로서 성공한 사람들이 존재한다. 오히려 단점을 장점으로 변환하고, 결핍을 예술로 승화시킨 화가들이 미술사에는 꽤 많이 있다. 그림을 정식으로 배우지 않았던 탓에 다른 화가들에 비해 그림 풍이 이상했던 앙리 루소Henri Rousseau는 그 약점을 보완하며 자신만의 독자적인 화풍을 만들어냈고, 말년에 관절염으로 더 이상 붓을 들고 유화를 작업하기 어려워진 마티스는 가위로 종이를 잘라 새로운 방식의 콜라주 작품들을 탄생시켰다.

그리고 여기 콤플렉스 덩어리이자 결핍의 결정체였던 한 화가가 있다. 바로 앙리 툴루즈 로트레크Henri de Toulouse-Lautrec, 1864-1901다. 그는 프랑스 남서부의 알비의 유서 깊은 귀족 가문에서 태어났다. 어린 시절부터 병약했던 로트레크는 두 번의 사고로 다리가 부러진 끝에 키가 거의 자라지 않게 되었다.

가문의 자부심을 최고의 가치로 여겼던 그의 아버지에게 로트레크는 숨기고 싶은 아들이었다. 그도 그럴 것이 그의 아버지는 훌륭한 외모에 사냥과 스포츠에도 뛰어났고, 다양한 사회활동까지 활발히 하는 다재다능한 사람이었기 때문이다. 천부적으로 모든 방면에 뛰어난 사람들은 단점이 있거나 결핍이 있는 사람에게 관대하지 못하다. 자신감 있고 외향적인 로트레크의 아버지에게도 늘 숨어서 그림만 그리는 아들은 혹 같은 존재였다. 결국 아버지는 상속권을 아들에게 주지 않고 그의 누이에게 준다.

유일하게 그의 편이 되어준 사람은 어머니였다. 로트레크의 장애는 사촌간의 근친 결혼으로 인한 유전적 결함 때문이지 로트레크의 잘못이 아니라는 것을 그녀는 잘 알고 있었다. 매력적인 아버지는 어머니를 두고 다른 여자들과 자주 만났고 그런 아버지를 견디는 어머니의 마음을 이해해주는 사람 역시 로트레크뿐이었다.

그는 지팡이에 몸을 의지해야 했기에 야외 풍경을 그리는 인상파 화가들이 모두 교외로 나가 그림을 그릴 때 술집과 사창가와 카바레에 갔고 그곳에서 매춘부와 무용수들을 그렸다. 그의 눈에

물랭 가의 살롱에서 Salaon de la rue des Moulins
툴루즈 로트레크 | 1894 | 캔버스에 유채 | 111.5×132.5cm | 프랑스 알비 툴루즈 로트레크 미술관

물랭루주에서 **Au Moulin Rouge**
툴루즈 로트레크 | 1892–1895 | 캔버스에 유채 | 123×141cm | 시카고 미술관

그곳에서 만난 여자들은 자신과 비슷한 '부족한 인간'들이었다. 부족한 그는 부족한 그녀들을 그리며 자신의 결핍과 상처를 어루만졌을 것이다. 자신을 부끄러워한 아버지, 사람들의 냉대, 아버지에게 상처받았던 어머니의 삶…….

인상파에 속하지만 유화뿐 아니라 파스텔화, 수채화, 판화, 포스터 등 다양한 형식의 작품을 많이 남긴 그의 인생에 대해 생각해보면, 어릴 때부터 장애를 안고 살아가던 그에게 인생은 어쩌면 보너스가 아니었을까 하는 생각이 든다. 약점이 많은 인생이었기에 어두운 술집이나 카바레에서도 그림의 모티브를 얻고, 즐거울 때는 즐기고, 슬플 때는 슬퍼하며 솔직하게 살 수 있었을 것이다.

그의 그림 속에는 인생의 희로애락이 다 담겨 있다. 아름답지만 슬픈 한 장의 스틸컷 같다.

〈물랭 가의 살롱에서〉라는 작품은 다른 작품들에 비해 시간이 멈춘 듯 차분하다. 무대를 준비하기 직전이 아닌 비교적 한가한 시간, 무용수들의 공간에서 쓸쓸함이 느껴진다. 그의 그림 속 무희와 창녀는 천한 직업이었지만 때론 고귀해 보이고, 격정적이고 야하면서도 신비롭다. 이처럼 대상을 다양한 시선으로 그림에 녹여낼 수 있었던 것은 결핍에서 비롯된 관찰력 덕분이었을지 모른다.

자화상을 거의 남기지 않았던 로트레크가 작품 속에 숨은그림찾기처럼 자신의 모습을 남긴 작품이 있다.

〈물랭루주에서〉라는 작품을 보면 삼삼오오 탁자에 모여 앉은 사람들 뒤로 두 사람이 걸어간다. 한 사람은 키가 크고 한 사람은 키

물랭루주 포스터 **cartaz do Moulin Rouge**
툴루즈 로트레크 | 1891 | 종이에 석판 인쇄 | 170×118.7cm

가 작다. 키가 큰 남자는 로트레크의 사촌 타피에 드 셀레랑Tapié de Céleyran이고 키가 작은 남자가 바로 로트레크 자신이다. 1889년 오픈한 물랭루주는 샹들리에와 야외 정원으로 꾸며진 화려한 댄스홀이었다. 로트레크의 눈에 몽마르트르의 물랭루주는 신세계였다. 낮에는 화가들과 철학자들로 붐벼 고고하고 밤에는 창녀와 술집 여자들이 즐비한 그곳은 천함과 귀함을 함께 볼 수 있는 곳이었다.

그가 그린 물랭루주의 홍보 포스터는 수집가들이 서로 뜯어 가려고 다툴 만큼 높은 평가를 받았다. 요즘 '연천 고인돌 축제'나 '양평 빙어 축제' 같은 것이 열렸을 때 그 포스터가 너무 갖고 싶어 서로 뜯어 가는 모습을 상상해본다면 로트레크가 그린 포스터의 인기가 바로 이해가 간다. 당시 물랭루주의 스타였던 '라 굴뤼'의 춤동작이 역동적으로 강조되어 있고 그녀를 바라보는 많은 청중들이 그림자처럼 묘사된 포스터를 보면 로트레크는 확실히 삶의 강약을 아는 사람이었다.

그에게 상처가 없었더라면 이런 다양한 작품들을 그려내지 못했을 것이다. 사람은 상처의 양만큼 성장하고 경험의 양만큼 넓어진다. 비록 그는 알코올중독과 뇌졸중으로 37세의 젊은 나이에 요절하지만, 그가 술을 마시고 쏟아냈던 그림들은 많은 사람들에게 영원히 아름다운 주사로 남았다.

세상에는 완벽해서 완벽해진 사람보다 부족했기에 완벽해진 사람이 더 많다. 스페인의 아티스트 하비에르 마리스칼Javier Mariscal은 선천적인 난독증으로 글을 제대로 해석하지 못해 그림으로

의사소통을 하다가 바르셀로나 올림픽의 마스코트인 '코비' 캐릭터를 탄생시켰고, 발레리나들을 그린 그림으로 유명한 드가Edgar Degas 역시 만년에 시력이 극도로 떨어지자 시작한 조각에서 회화 못지않은 걸작들을 남겼다. 콤플렉스를 잘 받아들이고 극복한 사람은 이처럼 더 성장하고 견고해지며 여유 있어진다.

나는 다른 미대 입시생 친구들보다 그림을 비교적 늦게 시작했고, 결국 원하는 대학에 떨어져 재수를 했다. 심지어 기회를 틈타 본 수시 시험에도 떨어졌다. 세상은 늘 내가 원하는 것은 쉽게 주지 않았다.

재수생 시절의 나는 콤플렉스 덩어리였다. 의자에 앉아 공부만 하고 그림만 그리니 외모는 볼품없어졌고, 살도 많이 쪘다. 가장 예뻐 보이고 싶었던 나이인 스무 살에 늘 온몸에 물감을 묻히고, 10분 안에 삼각 김밥을 먹어치워야 하는 빡빡하고 힘든 생활을 했다. 심지어 그 당시에는 집안 형편도 좋지 않아 '가난'이 나에게 또 다른 결핍으로 다가왔었다. 그때의 나는 자신감이라고는 찾아볼 수 없이 패배 의식에 젖어 있었다.

결정적으로 첫사랑이었던 당시 남자친구는 대학생이었던지라 늘 고군분투하는 나와는 다르게 미팅에 나가고 축제에 참가하는 등 대학 문화를 한껏 즐기고 있었다. 가장 가까운 사람이 나와 다른 길을 걸으며 행복한 삶을 살 때, 내가 가진 콤플렉스와 열등감은 극에 달한다. 결국 그는 나의 첫사랑의 페이지에 '남자의 마음은 갈대'라는 명언을 남기고 떠났다.

그 후로 많은 시간이 지난 지금, 열등감으로 범벅되고 결핍되었던 그 시절을 떠올리면 오히려 흐뭇하다. 스무 살이라는 어린 나이에 나는 재수생이라는 신분을 겪으면서 대부분의 사람들이 처음 만났을 때 신분에 대한 질문을 먼저 한다는 것을 알았고, 후회 없이 노력해도 인생이 안 풀릴 때가 있다는 것을 실감했다. 노력과 성공이 무조건 비례하는 것이 아니라 가끔은 운이 따라야 한다는 것도 느꼈고, 마음가짐이 긍정적이어야 결과도 긍정적이라는 것도 깨달았다.

그런 의미에서 열등감은 성공의 기폭제가 되는 경우도 많다. 그러나 열등감을 성공의 장작으로 쓰기 위해서는 그만큼의 노력이 필요하다. 다른 사람보다 부족한 부분이 있기에 두 배, 세 배 더 많은 노력을 해야 하기도 한다. 그래서 나는 아픈 콤플렉스를 가진 사람들을 열렬히 응원한다. 그들의 수많은 결핍들이 노력과 재능을 만나면 우리가 살고 있는 지금 이 세상이 바뀐다. 열등감과 콤플렉스는 이 세상에서 가장 아프지만 아름다운 것들이다.

chapter_08

목숨을 건 내 사랑들은 다 어디로 갔나?

자신을 사랑하는 법을 아는 것이 가장 위대한 사랑이다.

마이클 매서(Michael Masser)

마리안네 폰 베레프킨Marianne von Werefkin, 1860-1938이라는 화가가 있다. 러시아 장군이었던 아버지와 화가였던 어머니 사이에서 태어난, 뛰어난 재능을 지닌 여성 화가였다. 아쉽게도 그녀는 사후 50년이 지나서야 전시회가 몇 차례 열린 정도의 화가로 우리에게 그리 친근하지는 않다.

미술사에서 두각을 나타내는 것은 대부분 남자 화가들이지만, 뛰어난 여성 화가들도 없지 않다. 나중에 소개할 마리 앙투아네트의 초상화가였던 엘리자베스 비제 르브룅Élisabeth Vigée Le Brun이 그렇고, 곤충학자이자 화가인 마리아 지빌라 메리안Maria Sibylla Merian이 그렇다. 그 밖에도 프리다 칼로Frida Kahlo라든가 베르트 모리조Berthe Morisot, 메리 커샛Mary Cassatt과 같이 대중들에게 인기 있는 여성 화가들이 꽤 존재한다.

자화상 Self-portrait
마리안네 폰 베레프킨 | 1910 | 종이에 템페라 | 34×51cm | 뮌헨 렌바흐하우스 미술관

하지만 마리안네 폰 베레프킨은 그녀가 가진 재능에 비해 비교적 덜 유명해졌다. 인생을 바쳐 사랑한 남자로 인해 화가로서의 활동을 중단한 영향이 컸다.

시대를 내다보는 눈을 가졌던 그녀는 20세기 초 서양 미술의 변혁기에 새로운 미술의 경향을 예견하고 동료인 칸딘스키, 파울 클레 등과 함께 청기사파Der Blaue Reiter를 결성했다(1909년 뮌헨 신미술가 연합이 결성되는데, 이 그룹이 훗날 청기사파가 된다).

그러던 어느 날 그녀의 삶에 연하의 한 남자가 나타난다. 그의 이름은 알렉세이 폰 야블렌스키Alexej von Jawlensky. 그 역시 화가 지망생이었다. 그녀는 러시아의 사실주의 화가 일리야 레핀Ilya Repin의 제자로 열심히 그림을 그리던 중 그곳에서 만난 야블렌스키에게 흠뻑 빠진다. 그를 사랑할수록 그의 재능은 뛰어나 보이고 자신은 한없이 보잘것없어 보인다고 생각했던 마리안네 폰 베레프킨은 그를 뒷바라지하느라 정작 자신은 붓을 놓아버린다. 물론 당시 그녀를 후원해주었던 아버지의 죽음도 그녀가 화가 생활을 중단한 데에 영향을 미쳤지만, 그녀는 자신보다 자신의 애인인 야블렌스키가 더 유명한 화가가 되길 바랐다. 그렇게 온 힘을 다해 헌신하며 사랑했는데 어느 날 야블렌스키는 그녀가 보는 앞에서 어린 하녀와 외도를 했고, 급기야 그들 사이에는 아들까지 생긴다.

인생의 재능을 꽃피울 시기를 놓쳐버린 그녀는 자존감마저 바닥으로 가라앉았다. 사랑을 위해 꿈도 버렸건만 돌아온 것은 배신뿐이었다. 그녀는 50세에 가까워질 무렵 다시 붓을 든다. 그녀의

비극적 분위기 Tragic Mood
마리안네 폰 베레프킨 | 1910 | 종이에 템페라

그림에서 나는 한 남자를 끔찍하게 사랑한 후 남은 상처를 읽었다.

〈비극적 분위기〉라는 그림을 보면 한 여인이 팔짱을 낀 채 한 남자를 뒤로하고 먼 길을 떠나고 있다. 남자와의 거리는 점점 멀어지고 여인은 표정 없는 얼굴로 걸어간다. 그녀를 둘러싼 붉은 들판은 그녀의 불꽃같았던 사랑을 대변하는 것일까? 나는 부디 그림 속 여인이 자신을 파괴하고 배신한 남자를 떠나 새로운 인생을 찾길 바란다.

누구나 그렇듯 나 역시 목숨만큼 사랑했던 사람이 있었다. 그와 결혼도 하고 싶었고 영원히 행복할 것이라고 믿었으며 그가 없는 세상은 상상해본 적도 없었다. 그렇게 몇 번의 사랑에 목숨을 거는 동안 나는 사랑으로 인해 정신이 충만해지기도 했고, 자아감이 궁핍해지기도 했다. 시간이 지나 지금의 남편을 만나 행복하게 살고 있지만, 내가 경험 끝에 얻은 진리는 사랑보다 더 중요한 것은 자기 자신이라는 것이다.

사랑을 통해 우리가 얻는 수많은 영감들은 결코 간과해서는 안 될 만큼 값어치가 있다. 하지만 자신과 꿈을 파괴하면서까지 헌신하는 사랑은 위험하다. 내가 가진 꿈을 인정해주고 함께 나아가고 발전해가는 사랑도 세상에는 반드시 존재한다. KBS 〈불후의 명곡〉에 함께 나오는 '팝핀 현준'과 국악인 '박애리' 커플이 그 예이다. 국립 창극단의 배우 박애리와 거리를 누비던 댄서 남현준은 부부가 되어 더 막강한 힘을 발휘하게 되었다. 나는 그들을 볼 때마다 흐뭇하다. 예술이라는 영역의 서로 다른 분야에서 최선을 다

하면서 함께 작품을 만들어 공연하는 두 사람을 보며 서로의 꿈을 지지해주고 함께 발전하는 커플의 본보기라는 생각이 들었다. 지금 내 옆의 연인이 내 미래를 함께할 동반자인지 한번 생각해보는 것도 중요하다.

연애는 공부와는 달라서 학교를 다닌다고 해서 학년이 저절로 올라가지 않는다. 사랑을 많이 할수록 연애의 기술이 더 좋아지고, 더 나은 사람을 만나는 것이 아니라는 뜻이다. 만약 그렇다면 죽기 전에 만난 애인이 가장 훌륭한 면모를 갖춰야 하지 않겠는가? 예전의 연인이 더 나은 것 같다고 내 마음대로 돌아갈 수도 없다. 그렇기에 지금 내 사랑에 최선을 다하되 자기 자신도 사랑하는 마음을 지니는 것이 중요하다.

우리는 대개 사랑에는 희생이 따라야 한다고 생각한다. 하지만 한 사람의 희생만 계속되고 커지면 종국에는 그 사랑에 힘겨워지고 지치게 된다. 상대방을 위해 자신의 꿈이나 생활을 포기하거나, 그 사람에게 맞추기 위해 나의 행동 하나하나에 신경 쓰고 있다면, 그것이 진정한 사랑인지 의심해봐야 한다. 자신의 영역을 지키면서 상대와 함께 성장해가는 것이 진짜 사랑이기 때문이다.

목숨을 걸고 지켜내려 했던 나의 사랑들도 여러 가지 이유들로 사라져갔다. 내가 잡으려고 하면 그가 떠났고, 그가 잡으려고 하면 내가 포기했다. 사랑의 상처는 나를 키우지만, 그가 나를 떠났다는 혹은 그와 내가 성공적인 결혼에 입장하지 못했다는 생각에 낮아진 자존감과 열등감은 오랫동안 회복하기 어려웠다.

'너 자신이야말로 세상의 그 누구 못지않게 네 사랑과 애정을 받을 자격이 있다'라고 한 부처의 말처럼 사랑에 빠지는 것은 좋다. 다만 다른 사람도 사랑하는 만큼 나 자신도 목숨 걸고 사랑하는 우리가 되었으면 좋겠다.

PART 3

내 인생의 멘토 화가들

chapter_01

여왕과 친구가 된 여자
; 엘리자베스 르 브룅

풍요 속에서는 친구들이 나를 알게 되고,
역경 속에서는 내가 친구를 알게 된다.
존 처튼 콜린스(John Churton Collins)

어릴 적에《베르사유의 장미》라는 일본 만화를 보며, 주인공인 오스칼이 참 멋지다고 생각하곤 했었다. '베르사유의 장미'가 도대체 무슨 뜻일까 궁금해서 알아보니, '화려한 로코코 문화와 장미 같은 왕족의 여인'을 뜻하는 말로 당시 베르사유의 귀족 여인들에게 보내는 찬사로 쓰인 단어였다.

만화 속 주인공 중 한 명인 마리 앙투아네트Marie Antoinette, 1755-1793 왕비는 오스트리아의 공주였다. 오스트리아 제국의 여제 마리아 테레지아Maria Theresia의 막내딸로 오랜 시간 적국이었던 프랑스와의 동맹 관계를 위해 고작 열네 살의 어린 나이에 홀로 외롭게 프랑스로 시집을 온다.

기록에 의하면 마리 앙투아네트는 티끌 하나 없이 백옥 같은 피부를 자랑했고, 그녀의 어머니 역시 유럽에서 제일가는 미인이었기에 아름다운 미모로 명성이 자자했다 그녀의 머리는 탐스러운 은발이었는데, 이 때문에 은발이 유행하기도 했다. 당시 그 은발을 부러워한 프랑스 귀족 여인들은 마리 앙투아네트의 머리를 흉내 내려고 일부러 머리에 흰 곡물 가루 칠을 하기도 했다니, 그녀는 말 그대로 그 당시 트렌드를 선도하는 패션 피플이었다.

어린 나이에 정략결혼이라는 무거운 족쇄와 따분한 궁중 생활, 적국의 공주라는 국민들의 따가운 시선에 짓눌린 그녀는 외로웠다. 그러한 마음을 위안받기 위해 그녀가 찾은 방법은 사치와 허영이었다. 매일 밤 그녀는 베르사유 정원에서 호화스러운 파티와 무도회를 열었다. 그 과정에서 소요되는 엄청난 비용은 가뜩이나 부실하던 프랑스 왕실의 재정에 큰 부담을 주게 되고, 높은 세금에 신음하던 국민들의 미움은 더 커져만 간다.

"빵이 없으면 케이크를 먹으면 되잖아요?"

힘들어하는 국민들의 사정을 듣고 너무나도 순진무구하게 반문했다는 이 이야기는 사실 마리 앙투아네트가 한 말이 아닐 가능성이 높다고 한다. 중요한 것은 그런 말이 전해질 정도로 그녀가 허영과 사치의 대명사로 우리에게 각인되어 있다는 사실이다. 사실 여부와 관계없이 당시 국민들과 후세 사람들의 미움이 똘똘 뭉쳐 그녀가 하지 않은 말까지도 꼬리표처럼 따라붙었다.

공주로 태어나 왕비로 화려한 시절을 살았던 로코코의 장미 마리 앙투아네트는 결국 프랑스 혁명의 물결을 피해 가지 못하고 콩코르드 광장에 설치된 단두대에서 처형당한다. 죽을 때까지 '가증스러운 오스트리아의 암고양이', '국고를 말아먹은 부인'이라는 온갖 욕설을 들으며 서른여덟이라는 아까운 나이에 죽은 비운의 왕비. 그러나 그녀가 남긴 패션 스타일은 많은 시간이 흐른 지금까지도 회자되고 있다. 패션 용어로 마리 앙투아네트 룩 이라는 단어가 있을 정도로 그녀의 의상은 18세기 귀족 여인의 대표적 드레스 스타일로 남았다. 그녀의 로코코풍 드레스는 지금 봐도 촌스럽기는커녕 로맨틱함과 화려함을 동시에 뿜어낸다.

마리 앙투아네트의 삶을 조명한 소피아 코폴라Sofia Coppola감독의 영화 〈마리 앙투아네트Marie Antoinette〉(2006)는 그녀를 대놓고 비판하지도, 그녀의 편에 서지도 않으면서 많은 생각을 하게 해준다. 시민의식이 성장하던 시기에 태어나 그 흐름을 읽지 못한 책임에서 자유로울 수는 없다. 그러나 한편으로 한 여성으로서 그녀가 사치와 허영에 빠져들 수밖에 없었던 외로운 상황과, 그녀가 그렇게까지 되는 동안 루이 16세는 남편으로서 어떤 역할을 했는지 생각해보면 그녀에게 동정심을 느낀다.

현대에 열네 살이라고 하면 옳고 그름을 제대로 판단하기도 힘든, 이제 막 사춘기에 접어드는 소녀일 뿐이다. 그러나 그녀는 이미 그 나이에 자신을 왕비로 바라보는 사람들의 부담스러운 눈빛을 고스란히 짊어져야 했을 것이다.

그녀는 왕비가 되면서부터 모든 사람들이 자신을 졸졸 따라다니고 자신에게 잘 보이려고 하지만 정작 진실한 친구는 한 명도 없다며 단 하루라도 평범한 엄마로 살아보고 싶다는 말을 했다.

프랑스의 왕비 마리 앙투아네트 Marie Antoinette, reine de France
엘리자베스 루이즈 비제 르 브룅 | 1783 | 캔버스에 유채 | 116×88.5cm | 프랑스 베르사유 궁전

그런 그녀를 이해해준 한 여성 화가가 있었는데 바로 엘리자베스 루이즈 비제 르 브룅Élisabeth Louise Vigée Le Brun, 1755-1842이다.

엘리자베스가 그린 초상화 속 마리 앙투아네트는 아무리 화려한 드레스와 장신구 속에 둘러싸여 있어도 허무해 보인다. 화려하고 아름답지만 한번 꺾이면 이내 시들어버리는 장미꽃 한 송이가 그녀의 손에 늘 쥐여 있는 걸 보면 화려하게 피었다가 바로 시들어버린 그녀의 인생을 암시하는 듯해 마음이 짠해진다.

엘리자베스는 마리 앙투아네트의 초상을 가장 많이 그린 프랑스의 여성 화가로, 마리 앙투아네트가 진심을 털어놓는 몇 안 되는 사람이었다. 프랑스 파리에서 태어난 그녀는 화가였던 아버지가 열두 살 때 돌아가시고 어머니의 재혼으로 다소 부유한 새아버지와 살게 되는데, 10대 때부터 초상화를 배우기 시작해 곧 뛰어난 실력을 갖추게 되었다. 그녀는 화가이자 미술상이기도 했던 남편과 결혼하여 당시 프랑스 여러 귀족들의 초상화를 그렸고, 명성이 점점 높아지자 왕비였던 마리 앙투아네트에게 초대를 받아 베르사유 궁전에 가게 된다. 외로웠던 왕비는 엘리자베스를 몹시 총애하여 자주 불렀고 그녀는 몇 년간 마리 앙투아네트의 전속 화가로 활동하며 왕실 자녀들과 친척들의 초상화를 많이 그렸다.

이 정도 상황이면 당시 엘리자베스를 시기하는 사람들도 많았을 법한데 엘리자베스는 많은 사람들과 잘 지내는 편이었다. 책《자화상 그리는 여자들》의 저자 프랜시스 보르젤로에 따르면 당시 엘리자베스는 위협적인 존재가 되지 않으려고 작품을 의뢰하는 귀족 여성들과 꾸준히 좋은 사이를 유지하려고 노력했으며 그녀가 쓴 회고록에도 여성에 대한 찬사나 긍정적인 시선이 많았다고 한다.

프랑스 혁명이 일어나자 엘리자베스는 프랑스를 떠나 몸을 피해야 했다. 이때 그녀는 러시아, 이탈리아, 헝가리 등 여러 나라를 돌아다니며 활동했고, 평소에 친분을 쌓아두었던 유럽의 귀족들 덕분에 로마에서 인기가 많아져 아카데미 회원이 되기도 한다. 이후 나폴레옹이 집권하자 다시 프랑스로 돌아온 그녀는 50대에도 열정적인 작업을 했고 600점이 넘는 초상화와 200점이 넘는 풍경화를 남기고 생을 마감했다.

젊은 나이에 단두대의 이슬로 사라진 마리 앙투아네트와 여러 혁명과 위기에도 살아남아 꾸준히 그림 활동을 했던 왕비의 초상화가인 엘리자베스의 삶을 비교하면 모순적이기도 하지만, 나는 엘리자베스가 평상시 진심으로 사람들과 친분과 신뢰를 쌓았기에 그녀를 도와준 사람들이 많았던 것이라고 생각한다. 그녀는 남편과 함께 꾸준히 프랑스 사교계에서 친분을 쌓았고, 그 과정에서 왕의 동생과 마리 앙투아네트의 어머니인 마리 테레지아의 초상화까지 그렸었다.

그녀는 마리 앙투아네트와 진심으로 소통하기 위해 최선을 다해 그림 그리는 방법을 설명해주며 그녀의 이미지를 개선하기 위해 왕비를 아름다운 어머니의 모습으로 묘사하기도 했다. 그뿐 아니라 왕비 외의 귀족 부인들과도 잘 어울리면서 초상화를 많이 선사했다. 귀족들과 친분이 쌓이다 보니 자연스레 주변에 적도 생겼

밀짚모자를 쓴 자화상 Autoportrait au chapeau de paille
엘리자베스 루이즈 비제 르 브룅 | 1782 | 캔버스에 유채 | 97.8×70.5cm | 런던 내셔널 갤러리

지만 그녀는 크게 개의치 않고 정열적으로 더 많은 그림을 소신껏 그려나갔다.

1789년 프랑스 혁명이 일어나고, 왕궁이 습격당해 왕의 가족이 인질로 잡히는 과정에서 마리 앙투아네트의 초상화가였던 그녀 역시 파리를 떠날 수밖에 없었다. 다행히도 평상시에 그녀가 베푼 재능으로 끈끈한 관계를 맺은 유럽의 또 다른 왕실에서 이탈리아로 망명한 그녀를 보호해주었다. 1793년 10월 16일 마리 앙투아네트는 처형되었고, 엘리자베스는 자신과 남편의 공동 재산을 혁명가들의 후원금으로 지원했다.

이 작품은 화가 엘리자베스의 자화상이다.

그녀 역시 마리 앙투아네트 못지않은 미모의 소유자였다. 정면을 응시한 채 팔레트를 들고 있는 그녀의 표정에서 남성 화가 못지않은 자신감이 뿜어져 나오는 것을 마리 앙투아네트도 느꼈기에 그녀를 총애했을 것 이다.

그녀는 사람들을 아름답게 그리는 능력도 탁월했지만 사람들과 소통하고, 자신의 사람을 만드는 능력도 탁월했다. 혁명 전의 왕실에도 진심을 다했고, 혁명 후에는 개혁을 지지하고 후원했다. 누군가는 그녀를 기회주의자라고 할 수도 있을 테지만 나는 그녀의 인맥 관리 능력만큼은 세상을 살아가는 데 반드시 필요한 장점이었다고 생각한다.

기억하자. 그녀가 귀족들의 초상화를 그리고 여왕의 초상화를 그렸던 것은 결코 우연히 아니라 그녀만의 진심이 깃든 인맥 관리 덕분이었음을. 그랬기에 여성 예술가가 귀한 미술사에서 그녀의 이름이 여전히 회자됐었다.

인품이 좋은 사람들은 받은 만큼 돌려주려고 한다. 그러므로 현재 내 주변의 지인들이 잘되고 있든 그렇지 않든 그들을 진심으로 대하면서 교류한다면 그 인적 네트워크는 나에게 더 좋은 운이 되어 돌아올 것이다.

좋아하는 것을 좋아하라

; 메리안과 신사임당

> 진정한 성공은 평생의 일을 자신이 좋아하는 곳에서 찾는 것이다.
> **데이비드 매컬로**(David McCullough)

두 소녀가 있었다. 서로 다른 시대, 다른 공간에 살았지만 모두 여성이 직업을 가지거나 꾸준히 공부하는 것이 어렵고, 외부 활동이 자유롭지 않은 환경이었다는 공통점이 있었다. 그래서 소녀들은 마당에 있는 곤충과 꽃같이 작은 것들에 관심을 가졌다. 그리고 그 곤충과 꽃을 그림으로 기록했다. 관심 있는 것을 자세히 들여다보고 꾸준히 관찰한 결과 소녀들은 다른 누구보다 그 곤충들의 생김새나 활동에 대해 잘 알게 되었다. 그렇게 작은 시간들이 쌓이고 쌓여 두 소녀는 역사에 남을 작품들을 완성해낸다.

한 소녀는 독일의 곤충 전문 화가 메리안이고 또 한 소녀는 〈초충도〉를 남긴 조선의 신사임당이다.

마리아 지빌라 메리안Maria Sibylla Merian, 1647-1717이 살던 시대 유럽 사람들은 아리스토텔레스의 자연발생 이론으로 나비가 진흙

탕에서 저절로 마법처럼 생긴다고 믿었다. 그러나 그녀는 열세 살 때부터 어른들의 생각에 의문을 제기하고 스스로 곤충을 잡아 관찰했다. 그녀의 아버지 마토이스 메리안Matthäus Merian은 동판화가이자 역사가, 지리학자, 유명한 출판업자였고 어머니 역시 그림을 좋아했기에 메리안이 어릴 적부터 뛰어난 그림 실력을 발휘한 것은 자연스러운 일이었는지 모른다.

친아버지가 일찍 돌아가시고 어머니는 재혼을 했는데 새아버지의 일로 부모님들이 너무 바빠지자 그녀는 혼자 지내는 시간이 많아졌다. 메리안은 혼자인 시간 동안 마을의 곤충들을 자세히 관찰하고 연구했으며, 그러한 연구를 동판화로 정밀하게 묘사하고 수채물감으로 채색하며 자신만의 곤충 그림을 그려나갔다.

그렇게 평생 꾸준히 곤충을 연구하고 그림으로 남기던 그녀는 신대륙의 곤충 표본들을 접한 뒤 그곳의 곤충을 연구하고 싶다는 열망으로 50세라는 적지 않은 나이에 작은딸과 함께 남아메리카의 수리남으로 긴 여행을 떠난다. 그곳에서 정글에 있는 곤충과 식물을 채집하며 마음껏 연구하지만 열대병에 걸려 2년 만에 독일로 돌아온다. 그녀는 쇠약해진 몸으로 수리남에서의 자료를 정리하여 1705년경 《수리남 곤충의 변태Metamorphosis insectorum Surinamensium》라는 책을 출간하여 자연과학자로서, 화가로서의 의지를 보여주었다. 60여 장의 동판화로 구성된 이 책에는 다양한 종류의 식물과 곤충들이 생생하게 묘사되어 있어 유럽의 곤충학계에 큰 충격을 던졌다. 그녀의 그림을 본 러시아의 표트르 대

무궁화와 변태하는 나비 Althea and Lepidoptera Metamorphosis
마리아 지빌라 메리안 | 《수리남 곤충의 변태》 중

바나나나무와 도마뱀, 나비의 변태 Banana Tree with Lizard and Lepidoptera Metamorphosis
마리아 지빌라 메리안 | 《수리남 곤충의 변태》 중

독일의 옛 500마르크 지폐에 새겨진 마리아 지빌라 메리안

제는 수소문 끝에 그녀의 작품을 구해 소장하기도 했다.

그녀는 여성의 모험이 드물었던 시대에 자신이 좋아하는 일을 위해 끝까지 도전했던 열정적인 사람이었고 사이언스 아트Science Art를 대표하는 여성 화가였다. 그러나 곤충학계에선 전문 교육을 받지 않은 아마추어에 여성이라는 이유로, 미술계에선 전통적인 인물화나 종교가 아닌 꽃과 곤충 그림을 그렸다는 이유로 오랜 시간 제대로 평가받지 못했다. 사망한 후에야 아홉 가지의 나비와 여섯 가지 식물의 이름이 그녀의 이름을 따 지어진다. 또 현대에 들어 독일의 500마르크짜리 지폐에는 그녀의 모습과 작품이 새겨지기도 했다.

그리고 우리가 기억해야 할 또 한 명의 소녀가 있다. 그녀의 이름은 신인선1504-1551으로, 시와 그림에 능한 예술가이자 훗날 대학자가 된 율곡 이이의 어머니이기도 한 신사임당이다. 사임당은 아들 없는 집의 다섯 딸 중 둘째딸이었다. 일곱 살 때부터 혼자 그림을 그리기 시작해 안견의 〈몽유도원도〉, 〈적벽도〉, 〈청산백운도〉 등의 산수화를 보면서 그림 연습을 했는데 그녀의 아버지는 딸의 그림 실력에 놀라 아들로 태어났으면 하는 아쉬움을 가지기도 했다고 한다.

여성의 외출이 자유롭지 않고 학교도 다닐 수 없고, 직업을 가질 수도 없는 시대에 태어난 그녀의 유일한 취미 활동은 집 마당에서 곤충이나 작은 동물, 채소와 꽃 등을 관찰하고 그리는 일이었다. 특히 그녀는 풀벌레와 꽃을 그리는 데 뛰어났다. 그녀의 그

초충도 中 가지와 방아깨비
신사임당 | 종이에 담채 | 32.8×28.0cm | 국립중앙박물관 | 8폭 병풍 부분

림이 너무 생생하고 사실적이어서 하루는 그림을 마당에 내놓고 햇빛에 말리려 하자 닭이 와서 진짜 벌레인 줄 알고 쪼아 종이가 뚫어질 뻔하기도 했다는 일화는 그녀의 그림 실력이 얼마나 대단했는지 말해준다. 그녀는 조선을 대표하는 좋은 어머니의 표본이자 정숙한 현모양처이기도 했지만, 그 타이틀을 빼고서 작품만을 두고 평가하더라도 절대 빠지지 않는, 한국을 대표하는 여성 화가이다.

신사임당 역시 우리나라의 5만 원권 지폐에 등장한다. 독일의 메리안과 한국의 신사임당은 여성으로서 결코 자유롭지 않은 시대에 태어났지만 자신의 환경을 탓하지 않고 주어진 여건 속에서 끝없는 호기심으로 곤충과 꽃을 관찰하며 탐구했고, 마침내 둘 다 자신의 나라를 대표하는 인물이 되어 화폐에 새겨졌다.

그녀들을 보면서 성공이라는 것은 자신이 하는 일을 좋아하는 것이고, 나아가 주변의 시선보다 내면의 목소리에 귀 기울이는 것임을 깨닫는다.

"삶의 매 순간 열중할 수 있는 매혹적인 관심사를 발견하지 못했더라도 나는 과연 행복했을까? 아니다. 절대 아니다. 아마 나는 비참한 인생을 살고 있을 것이다."

열기구로 태평양을 건너고 우주여행을 사업화하는 등 하고 싶은 일은 하고 마는 괴짜로 유명한 버진 그룹의 회장 리처드 브랜슨Richard Branson이 한 말이다.

"제가 좋아하는 일이 있기는 한데 당장 돈이 되지는 않아요."

"회사에 다니면 일정한 소득을 얻을 수는 있지만 좋아하는 일을 하면 매달 월급을 받지 못하잖아요."

회사를 다니지 않는 나에게 후배들이 찾아와 고민을 털어놓으면서 자주 하는 이야기이다. 좋아하는 일을 하며 프리랜서로 생활을 해서 살아가고 싶은데 무섭다는 이야기를 자주 한다. 그들의 걱정처럼 쉽지만은 않다. 세상에 공짜는 절대 없고 만사가 호락호락하지 않기에 좋아하는 일도 하고 돈도 많이 버는 삶은 결코 쉽게 이루어지지 않는다. 하지만 그렇다고 영원히 이룰 수 없는 꿈도 아니다. 자신을 믿고 성실하게 열정을 쏟아붓는다면 언젠가는 좋아하는 일과 내가 그 일로 인해 얻게 되는 물질적 가치가 한 지점에서 만나게 될 것이다.

등산을 할 때 멀리서 산을 보면 정상이 잘 보이지만 산 중턱에서부터는 정상이 눈에 보이지 않는다. 그만큼 가까워졌기 때문이다. 조금만 더 버티고 좋아하는 일에 전력한다면 반드시 성과는 나타난다. 대부분의 사람들은 시작도 하기 전에 걱정부터 하고, 중도에 포기하고 일상을 살아간다. 삶의 매 순간 자신이 집중하고 열정을 쏟을 수 있는 관심사를 발견했다면 그 분야에서 최선을 다해보자. 세상에는 아직도 자신이 좋아하는 일이 무엇인지 몰라 방황하는 사람들이 수도 없이 많은데 자신이 열정을 쏟고 에너지를 쏟을 관심사를 발견한 것만으로도 행복한 사람이다.

내가 교육 현장에서 자주 보아 알게 된 사실이 하나 있다. 한 아이에게 잘하는 과목과 잘하지 못하는 과목이 있을 때, 좋아하지 않거나 능률이 오르지 않는 과목을 잘하는 과목만큼 끌어올리려고 시간을 허비하는 것보다 잘하는 과목을 더 잘하도록 시간을 투자하고 힘을 쏟는 것이 오히려 효과가 좋다는 것이다. 한 과목에서 일단 자신감이 생긴 아이는 그 주변 과목에도 도전을 하게 되며 점차 다방면에 자신감이 생긴다. 하지만 잘하는 과목은 그냥 잘하니까 당연한 것이라 여기고 못하는 과목에 애써서 시간과 노력을 투여하면 생각만큼 결과도 나타나지 않고, 잘하는 과목에 남아 있던 자신감마저 잃기 쉽다.

나는 고등학교 내내 수학 성적이 반에서 거의 꼴등이었다. 내 아래로 두 명 정도의 친구들이 있었는데 육상선수라 수업에 거의 들어오지 않는 친구들이었다. 수학 수업을 듣고 따로 아무리 시간을 투자해도 수학 점수만큼은 오르지가 않았다. 늘 공부를 열심히 하는데도, 아예 포기한 친구들보다도 점수가 낮았다. 자존심이 상했지만 포기할 수가 없어 늘 시험 기간이 되면 수학 공부에 모든 시간을 투자했었다. 결과는 역시 좋지 않았다.

그러다 깨달은 것이 그 시간에 내가 좋아하는 국어나 사회 공부를 했더라면 차라리 평균 점수라도 올랐을 거라는 사실이었다. 결국 나는 고등학교 3학년 수학능력시험에서 80점 만점의 수리 영역에 28점을 맞았다. 하지만 언어와 사회탐구 같은 과목에 시간을 투자해 성과를 냈기에 수학에서 잃은 점수를 만회하고 전체 1등급을 받을 수 있었다. 못하는 것은 일찌감치 내려놓고, 자신이 잘하는 것을 더 확실하게 잘하게 하는 것이 때로는 현명한 전략이 되기도 한다.

영어를 못해도 괜찮다. 좋은 대학을 나오지 않아도 괜찮다. 자신이 남들보다 잘하는 것이 있다면 그 활동에 더욱 매진하고 그 일을 사랑하자. 혹시 아직 그런 분야를 못 찾겠다면 지금 당장 종이를 꺼내놓고 자신이 잘하는 것들부터 적어 내려가자. 아주 사소한 것에서 시작해도 좋다. 그렇게 좋아하는 것을 찾으면 그것과 연결된 직업을 생각해보자.

곤충화에서 최고의 경지에 오른 메리안과 신사임당처럼, 자신이 좋아하는 것을 더 좋아하자.

"사람을 강하게 만드는 것은 사람이 하는 일이 아니라 하고자 하는 노력이다."

미국의 소설가 어니스트 헤밍웨이Ernest Hemingway의 말이다. 내가 좋아하는 일을 더 잘하고자 노력할 때 우린 우리만의 브랜드가 되어 더 강해질 수 있다.

chapter_03

자신만의 컬러로 살아라
; 앙리 마티스

> 나는 어디서나 스스로를 탐구했다.
> 내가 추구하는 것은 결국 표현성이다.
> **앙리 마티스**

우리 사회는 아홉수에게 너무 가혹하다. 열아홉 고3 수험생에게는 수학능력시험이라는 제도가 가혹하고 스물아홉에게는 서른이 되면 결혼을 하고 진짜 어른이 되어야 할 것 같다는 강박관념이 가혹하다.

나 역시 열아홉 살과 스물아홉의 가혹함을 겪었다. 열아홉인 고등학교 3학년 때 내가 가장 가혹하다고 느낀 순간은 한 반에 40명이면 40명의 인원이 모두 아침부터 밤까지 공부에 열중하는 모습을 지켜볼 때였다. 한 열 명은 대학을 포기해서 공부를 안 하고 자고, 스무 명쯤은 중간만큼만 하고 남은 열 명만 열심히 하는 모습이었다면 나는 가혹하다고 느끼지 못하고 선택했을 것이다. '나는 어느 그룹에 들어가 볼까?' 하고 말이다.

하지만 선택의 여지도 없이 반 전체가 무던히도 열심히 수능시험을 준비하는 모습이 나에게는 너무나도 가혹하게 느껴졌다. 좋은 대학에 가고 싶어 하는 친구들은 많은데 그 대학은 정해진 인원만 뽑는다. 친구를 밟고 내가 이겨야 성공한다는 사실은 나를 일본 영화 〈배틀 로얄Battle Royale〉(2000) 속 서로가 서로를 죽여야만 살아남을 수 있는 주인공처럼 느끼게 했다.

스물아홉에는 여러 사람들의 질문이 나를 가혹하게 몰아쳤다.

"지금 사귀고 있는 남자친구랑 결혼할 거야?"

"적금은 넣고 있니? 시집갈 돈은 좀 모아놓았어?

'결혼은 나 혼자 하나, 남자친구가 할 생각이 있어야 하지.'

속으로 이렇게 생각하며 그런 질문을 하는 주변 사람들에게 화내고 싶었던 적이 한두 번이 아니다. 어찌됐건 세상 사람들은 스물아홉의 여자에게 참 많은 질문을 한다. 그러나 나 역시 사람들이 만든 일반적인 기준에 내 속도가 못 미치거나 더디면 내심 걱정이 들곤 한 게 사실이다.

그러나 우리에겐 각자만의 속도가 있다. 독수리가 참새처럼 날다가는 사냥감을 잡지 못할 것이고, 참새가 독수리처럼 날다가는 땅에 떨어진 이삭을 보지 못하고 지나칠 것이다. 하물며 우리는 세상에서 가장 복잡하고 생각 많은 동물인 사람이다. 백 명의 사람이 있다면 백 가지 속도가 있고 만 명의 사람이 있다면 만 가지 속도가 있다. 남들과 비슷하게 속도를 맞춰가는 것은 중요하지 않다. 중요한 것은 자신만의 속도로 자신만의 컬러를 만들어가는 것이다.

대학교 4학년 때 나도 취업이라는 문턱에서 허덕이던 시절이 있었다. 그 당시에 나의 로망이었던 회사는 쌈지와 한샘, 까사미아였다. 학부 때 공예와 디자인을 전공한 나는 손으로 만드는 것은 무엇이든 자신 있었고, 그것이 잡화나 가구라면 더할 나위 없이 나에게 맞는다고 생각했다.

취업을 위해 미대생의 기본인 컬러리스트 자격증은 필수로 따야 했다. 컬러리스트 기사 자격증 시험은 필기와 실기로 나뉘는데 실기시험을 볼 때면 주제를 주고 그 느낌에 맞게 다양한 색을 배치하며 구현하는 능력을 본다. 그때 시험을 준비하며 예쁜 색만 모아놓았다고 조화롭지 않다는 것, 그리고 세상 모든 색이 하나하나 다 의미가 있고 아름답다는 것을 느꼈다. 컬러리스트 자격증을 땄다고 해서 취업이 되지는 않았지만, 그때 공부를 하며 다양한 색을 만나고 느낀 경험들은 지금 내가 아동 미술교육이나 미술치료를 하는 데 많은 도움이 된다.

사람들은 마티스Henri Matisse, 1896-1954를 '지상 최고의 컬러리스트'라고 부른다. 이는 마티스가 한 가지 계통의 색만 좋아하기보다 세상 모든 색을 조화롭게 사용하는 화가이기 때문일 것이다. 나는 마티스의 이 작품을 볼 때마다, 내가 가진 색들은 어떤 색일까 하는 사색에 빠지곤 한다.

마티스 부인의 얼굴이 온통 뒤죽박죽 여러 색으로 칠해져 있다. 처음 이 그림을 본 사람들은 괴물 같다고도 했고 임신부는 보면 안 된다고도 했으며 당사자인 마티스의 부인마저도 이 작품을

모자를 쓴 여인 Femme au Chapeau
앙리 마티스 | 1905 | 캔버스에 유채 | 80.7×59.7cm | 미국 샌프란시스코 현대미술관

싫어했다. 하지만 정작 그림을 그린 당사자인 마티스는 "나는 작품을 통해서 아름다운 부인을 창조한 것이 아니라 단지 그림을 그렸을 뿐"이라고 말했다. 마티스는 이 그림을 1905년 살롱 도톤 전시회에 출품했다. 마티스와 함께 참가한 동료 화가들의 그림 역시 고정관념에서 벗어난 강렬한 색채를 특징으로 한 것들이었다.

그들의 그림은 당시 사람들이 보기엔 너무나 거칠고 자유로운 강한 색감이어서 야수 같은 야생 동물을 연상시켰다. 그래서 그들에겐 '야수파Fauvism'라는 별명이 붙게 된다. 마티스는 "내가 파란색을 칠했다고 해서 하늘이 아니고 초록색을 칠했다고 해서 풀이 아니다"라고 했다. 그에게 색채는 고정된 것이 아니라 늘 변하는 것이고 감정의 솔직한 표출이었다.

날것 그대로 표현된 마티스의 그림을 보고 있으면 '청춘'이라는 단어가 떠오른다. 형태와 색에 주저함이란 없고 이끌리는 대로 과감하게 붓을 놀린 듯한 그 저돌성 때문이다.

생각해보면 나는 20대를 청춘이라고 생각하고 보내지 않았다. 그저 30대로 가는 관문으로서만 충실히 보냈을 뿐이다. 20대는 20대만으로도 너무나 빛나고 소중한데 나는 30대가 되기까지 꼭 무엇인가를 이루거나 만들어놓고 싶었다. 그래서 하고 싶은 무언가가 마음처럼 되지 않을 때는 우울해한 적도 있고, 방황한 적도 많았다.

우디 앨런Woody Allen 감독의 영화 〈미드나잇 인 파리Midnight In Paris〉(2011)에서 나오는, 과거로 데려다주는 마차가 나를 태워 20대로 돌아가게 한다면, 나는 내가 좋아했던 사람들에게 솔직하게 사랑

춤 Dance II
앙리 마티스 | 1910 | 캔버스에 유채 | 260×391cm | 러시아 상트페테르부르크 에르미타주 미술관

을 고백하고, 도전해볼까 말까 망설였던 분야에 거침없이 더욱 도전하고, 새롭게 시작하고 싶었던 일은 기필코 시작해볼 것이다.

주변에 스물아홉에 접어든 동생들이 꽤 많다. 나는 스물아홉에 겉으로는 아닌 척했지만 속으로 많은 고민을 하며 성장통을 겪었고, 하루는 즐겁다가도 하루는 헛헛한 감정을 반복적으로 겪었기에 언니로서 누나로서 그들에게 이런 이야기를 해주고 싶다.

내가 스물아홉이었던 때 한 일들 중 후회하지 않는 가장 큰 한 가지는, 그때 너희들과 함께 캠핑을 가고, 시간 가는 줄 모르고 볼링을 치고, 노래방에 가서 사정없이 스트레스를 풀고, 한밤중에 모여 배드민턴을 치기도 하고, 갑자기 제주도로 여행을 떠나고 했던 그런 경험들이지, 얼마를 벌었고 얼마를 모았으며 자격증을 몇 개 땄느냐가 아니라고……. 평생 계속할 것 같았던 즐거운 일들은 의외로 그때 그 순간에만 할 수 있는 것들이 많다. 유한하다고 생각하면 청춘은 더 소중해진다. 10대와 20대는 어차피 그리 길지 않으니 무지개처럼 경험하고, 즐겁게 보냈으면 좋겠다.

또 한 가지 덧붙이고 싶은 것은 타인들을 허겁지겁 쫓아가지 말고, 잘나 보이는 누군가를 어설프게 따라 살지 말고, 주변의 다른 친구들을 나 자신과 시시콜콜 비교하지 말라는 것이다. 내가 가진 것이 더 풍요롭고, 나의 향기가 더 탁월하고 나의 재능이 더 훌륭하다고 생각하자. 가만히 있어도 소비되고 마는 이 아까운 청춘을 자신만의 '컬러'로 살아가자!

자신만의 컬러가 확실한 마티스의 그림처럼.

chapter_04

간절한 꿈이 있다면 그 길로 나아가라

; 폴 고갱

> 나는 보기 위해 눈에게 명령합니다.
>
> **폴 고갱**

제1차 세계대전이 끝난 다음 해인 1919년 《달과 6펜스The Moon and Six pence》라는 소설이 출간되었다. 이 책의 인기로 작가 서머싯 몸은 작가로서의 성공을 누릴 수 있었다. 소설의 주인공은 런던의 주식거래소 직원인 찰스 스트릭랜드라는 40대 남자다. 어느 날 갑자기 주인공 남자는 부인에게 '다시는 돌아가지 않겠다'라는 편지 한 장만 남기고 파리로 떠난다. 부인은 그에게 딴 여자가 생겼다고 생각했으나 그가 떠난 이유는 오로지 하나, 그림을 그리기 위해서였다. 소설 속 남자 주인공인 찰스 스트릭랜드는 바로 화가 폴 고갱을 모델로 한 인물이었다.

폴 고갱Paul Gauguin, 1848-1903이 어릴 때부터 화가를 꿈꾼 것은 아니었다. 그는 파리에서 태어났지만 아직 갓난아기였을 시절 온 가족이 머나먼 페루의 리마로 이민을 떠난다. 그러나 도착을 코앞에 두고 그의 아버지는 심장병으로 숨지고 만다. 남은 가족들은 페루의 외삼촌 집에서 몇 년 살다가 다시 프랑스의 할아버지 집으로 돌아온다. 그의 어머니는 바느질로 생활을 꾸려나갔고, 고갱은 열일곱 살의 나이에 선박의 항로를 담당하는 수습 도선사가 되어 남미와 지중해, 북극해를 돌아다녔다. 그러던 중 1872년 선원 일을 그만두고 파리로 돌아와 증권 거래소에서 일하기 시작한다.

1882년 프랑스의 주식시장 붕괴로 주식 거래인으로서의 앞날이 불안해지자 고갱은 직장을 그만두고 전업 화가가 되기로 결심한다. 화가로서 그의 앞날이 창창했던 것은 아니었다. 잘되리라는 보장도 없었고, 실제로 가장 역할을 제대로 하지 못해 아내와의 사이가 나빠져 한동안 가족을 만나지도 못했다. 하지만 그는 화가라는 꿈을 포기하지 않고 고흐와 함께 남프랑스의 소도시 아를에 살면서 꾸준히 그림을 그렸다. 두 사람의 다툼으로 고흐가 자기 귀를 자르는 사건이 발생하기도 했지만 그는 또다시 브르타뉴 지방으로 넘어가 자신만의 작품 활동에 전념한다.

문명 세계보다 열대 지방의 원시적인 생활을 동경했던 그는 1891년 자신의 작품을 처분한 돈으로 여행 자금을 마련하여 남태평양의 타히티 섬으로 떠난다.

그는 자신만의 꿈을 이루기 위해 가족을 제대로 돌보지 않았다. 한 가정의 가장으로서는 자격 미달이라 볼 수도 있을 것이다. 하지만 그만큼 그에게는 간절한 꿈이었다. 남들처럼 어린 나이에 화가 생활을 시작한 것이 아니라 직장을 관두고 나오면서까지 뒤늦게 시작한 만큼 그는 그 누구보다 열정적이었다.

그는 물질문명이라고는 없는 타히티 섬에서 가난과 고독에 시달리며 병까지 얻었음에도 불구하고 꾸준히 그림을 그렸다. 그가 타히티에서 그린 그림들을 가지고 파리로 돌아와 전시를 했을 때 많은 사람들이 원주민들의 삶을 강렬한 색채로 담은 그의 그림에 관심을 보였다. 그 이후로 그는 여러 번의 성공과 실패를 반복하며 화가 생활을 했지만 결코 직장을 그만두고 화가가 된 것을 후회하지 않았다.

그가 말년에 열정을 다해 그린 대작 〈우리는 어디서 왔는가? 우리는 누구인가? 우리는 어디로 갈 것인가?〉는 그의 포부를 크기로 나타내기라도 하는 듯 가로 길이가 무려 374.6센티미터에 달하며, 우리 인생의 시간과 희로애락이 담겨 있다.

이 작품은 고갱이 가장 힘든 시기에 그린 작품이다. 당시 그는 빈곤과 건강 악화, 딸 알린을 잃은 슬픔에 자살까지 생각했다. 이러한 상황은 그에게 삶에 대한 의문을 제기하게 했다. 그러한 존재에 대한 깊은 고민 끝에 탄생한 것이 바로 이 작품이다.

이 그림의 오른쪽에서부터 왼쪽으로 시선을 옮기면서 보면 가장 오른쪽에는 삶의 탄생을 상징하는 아기가 있고 삶의 중간에는 열매를 따는 사람, 즉 무엇인가를 늘 갈구하는 우리의 현재가 그려져 있다. 화면의 왼쪽으로 좀 더 이동하면 타히티 섬의 전설 속 여신인 히나의 조각상이 있고, 그 옆에 한 여자가 서 있는데, 바로 고갱의 딸인 알린이다. 어쩌면 그는 초인의 힘을 빌려 죽은 자신

D'où Venons Nous
Que Sommes Nous
Où Allons Nous

우리는 어디서 왔는가? 우리는 누구인가? 우리는 어디로 갈 것인가?
D'où venons-nous ? Que sommes-nous ? Oùallons-nous?
폴 고갱 | 1897 | 캔버스에 유채 | 139.1×374.6cm | 보스턴 미술관

의 딸을 살리고 싶었을지 모른다. 여신을 지나면 번민에 잠겨 머리를 감싸고 있는 한 노인이 그려져 있는데, 이 노인에게서 죽음에 대해 고민한 고갱의 모습을 떠올릴 수 있다.

한 인간의 삶인 탄생과 현재, 그리고 누구에게나 찾아오는 죽음을 순차적으로 나타낸 이 작품은 고갱이 던지는 삶에 대한 총체적 질문이다. 화면의 오른쪽 끝에서 이 모든 풍경을 물끄러미 바라보는 검은 개는 화가 자신, 즉 인간의 삶을 관조하는 고갱이라고 생각할 수 있다.

이 작품 속에 담긴 수많은 이야기들처럼 화가로서 고갱의 인생은 파란만장했다. 고갱이 화가로서 성공할 기미가 보이지 않자 차라리 다시 회사를 다니라는 부인과 부인의 오빠들의 말에 그는 당당하게 말한다.

"당신 오빠들 말대로 내가 취직해서 2,000~4,000프랑을 번다면 남들한테 손가락질은 안 당할지 모르지만 형편이 크게 나아지는 것도 아니며 앞날을 생각하는 것이 아니오. 화가는 나의 천직이고 밑천이며 자식들의 미래요. 아이들이 나를 아버지로 둔 것을 자랑스럽게 여길 날이 분명히 올 것이오."

나는 고갱을 자신의 꿈에 무모하게 솔직했던 화가로 기억한다. 고갱뿐 아니라 자신의 꿈을 이루기 위해 안정적 직장을 버리고 마침내는 성공한 사람들의 이야기를 우리는 자주 접할 수 있다. 그런 이들의 공통점은 선택을 할 때 대범했다는 점과 일단 선택한 뒤에는 자신이 택한 길에 열정을 다해 끝까지 최선을 다했다는 점이다.

혹시 어젯밤도 '이놈의 회사, 당장 때려치워야지'라고 생각한 누군가가 있을 수 있고 실직의 아픔으로 인생이 시들시들해져 버린 청춘이 있을 수 있다. 증권거래소를 박차고 나와 세계가 기억하는 화가가 된 고갱처럼 도전하고자 하는 영역이 있다면 새로운 길은 늘 있다. 우리가 찾으려고 마음을 먹지 않았을 뿐이다.

몇 년 전 오랜만에 고등학교 동창들이 한자리에 모인 적이 있다. 신사동 가로수길에서 만나 새로 사업을 시작한다는 친구의 사무실을 구경 갔다. 친구는 우리를 지하의 후미지고 작은 방으로 안내했다. 방문을 열었을 때 나는 너무 놀라서 입을 다물 수가 없었다. 바닥부터 천장까지 가방들이 떨어져 내릴 듯이 꽉 들어차 있었다. 친구는 웃으며 말했다.

"나 작년 말부터 형이랑 가방 사업을 시작했어. 이제 시작이긴 한데 너무 재미있어. 분명히 잘될 거야."

솔직히 나는 친구가 불안했다. 고등학교 내내 춤만 추고 대학에 가서는 연극만 하던 녀석은 취업이 힘들다던 시기에 꽤 운 좋게 국내 대기업인 주류 회사에 입사해 다니고 있었다. 그 정도면 공부를 안 하고 놀던 친구치고 참 성공했다 싶었는데 어느 날 갑자기 패션을 배우겠다며 직장을 그만두고 형과 같이 미국으로 떠났다.

형제는 미국에서 패션 공부를 했고, 형이 먼저 한국으로 돌아와 대기업 패션 기획부에서 일했다. 동생인 내 친구는 LA와 뉴욕에서 좀 더 공부를 하다 돌아오더니 어느 날 갑자기 가방 사업을 시작한 것이다.

그렇게 시작한 친구의 회사가 지금은 유명해진 가방 브랜드 로우

로우RAWROW다. 로우로우는 심플하면서도 편리한 디자인의 가방과 신발을 제작했고, 브랜드 출시 1년 만에 매출이 35억에 도달하는 기염을 토했다. 나는 가장 가까운 내 옆에 직장을 버리고 성공한 친구가 있어 고맙다. 꿈을 따라가는 자는 자신만의 길로 성공한다는 꿈같은 이야기를 내 눈앞에서 믿을 수 있는 현실로 만들어줘서.

친구는 어떻게 옷이 만들어지고 패션 사업이 운영되는지 알아내기 위해 LA의 자바 시장에서 제대로 된 급여도 받지 않고 옷에 나염을 찍고 큐빅 박는 일을 했다고 말했다. 목표한 꿈을 이루기 위해 자청했던 힘들고 고된 과정을 웃으며 말하는 친구의 모습에, 나는 희망을 가지고 있으면 다들 안 될 것이라고 하는 순간에도 이룰 수 있구나 생각했다.

과연 그 꿈이 이루어질까 하고 반신반의할 때 친구들이 보란 듯이 그 꿈을 현실로 이뤄내면 나는 늘 마음이 뜨거워진다. 평소에 커피 마시며 수다 떨던 친구가 시인으로 등단했을 때도 그랬고, 늘 환경에 대한 고민이 많던 친한 동생이 세계적인 환경 디자인 공모전에서 1등 했을 때 모두 눈물 나게 고마웠다. 그들이 20대에 보여줄 수 있는 최선의 실화들로 날 감동시켰던 것처럼 나도 누군가에게 최선의 실화를 보여주는 현실 속 희망으로 살고 싶다.

좋아하는 일을 하며 남들이 가지 않는 길을 걸어가는 사람들, 길이 없는 곳에는 새로운 표지판을 세우며 길을 만들고, 그 길을 따라 누가 뭐라고 하든지 뚜벅뚜벅 꿈을 향해 걸어가고 있는 세상의 모든 사람들을 응원한다.

chapter_05

새로운 풍경은 새로운 생각을 낳는다

; 구스타프 클림트

목적지에 닿아야 행복해지는 것이 아니라
여행하는 과정에서 행복을 느끼는 것이다.

앤드루 매슈스(Andrew Matthews)

우리는 누구나 계절이 바뀌고 날씨가 변화함에 따라 눈물이 나고 웃음이 나는 감성을 가지고 있다. 어쩌면 그런 마음을 하나하나 담은 그림이 풍경화일지 모른다. 풍경화를 생각하면 가장 먼저 떠오르는 그림이 바로 구스타프 클림트Gustav Klimt, 1862-1918의 풍경화들이다.

나는 클림트가 죽기 전 말년에 그린 작품들이 그가 빈에서 활동했던 시기의 화려했던 작품들인 〈키스Der Kuss〉, 〈생명의 나무The Tree of Life, Stoclet Frieze〉보다 더 좋다.

세기말 오스트리아 빈은 방탕하고 향락적인 문화에 젖어 매매춘이 성행하고 부정부패가 심했다. 금빛을 좋아하고 모델들과의 염문을 즐기던 보헤미안 클림트도 그런 빈이 좀 질렸던 걸까? 아니면 자기에게 시간이 얼마 남지 않았다는 것을 예감했던 걸까? 클림트는 복잡한 빈을 떠나 여름마다 휴가를 보냈던 아터제 호수를 찾아간다.

사과나무 I Apfelbaum I
구스타프 클림트 | 1912 | 캔버스에 유채 | 110×110cm | 개인 소장
사과나무 II Apfelbaum II
구스타프 클림트 | 1916 | 캔버스에 유채 | 80×80cm | 빈 벨베데레 궁전

평생의 소울 메이트인 에밀리 플뢰게Emilie Louise Flöge와 함께. 오스트리아 북서부에 있는 아터제 호수는 고요하기로는 오스트리아에서도 첫손에 꼽히는 곳이다.

클림트의 200점이 넘는 작품 가운데 풍경화는 4분의 1 정도로 많은 편은 아니다. 그는 사과나무를 그린 작품을 몇 점 남겼는데, 옆의 두 작품은 점으로 찍어낸 듯한 점묘법의 느낌이 난다. 사과가 주렁주렁 매달린 나무 아래에 탐스럽게 핀 들꽃들을 보며 그는 어떤 생각을 했을까? 주문을 받아 그림을 수없이 그리면서도 자신만의 예술 세계를 펼치던 그였지만, 상업적이지 않은 이 풍경화들을 그릴 때는 마음의 평온을 얻었을 것이다.

화가가 자신이 그리던 스타일과 다른 그림을 그렸다는 것에는 두 가지 의미가 있다. 새로운 풍경을 보고 싶었거나, 새로운 마음가짐을 가지고 싶었거나.

클림트는 첫 번째 사과나무 그림을 그리고 몇 년 후 사과나무를 다시 그린다. 나는 화려한 색감의 사과나무보다 나중에 그린 무채색 사과나무가 더 마음에 든다. 늙은 화가의 중후한 인생을 담은 느낌이다. 그의 삶도 이렇게 정사각의 화폭에 가득하게 채워지고 있을 무렵에 이 그림은 완성되었다.

클림트는 이른 아침 일찍이 배를 타고 고요한 아터제 호수로 나가 풍경을 그리곤 했다. 그가 그린 아래의 작품은 클림트의 그림이라기보다는 프랑스 인상파 화가들의 작품이라고 해도 믿을 정도로, 화려하고 농염한 그의 다른 작품에 비해 너무나도 소박하고

아터제 호수의 캄머 성 IV Schloss Kammer am Attersee IV
구스타프 클림트 | 1910 | 캔버스에 유채 | 110×110cm

순수하다. 어쩌면 그의 진짜 모습은 화려한 금박에 둘러싸인 것이 아닌 이런 모습이었을지도 모른다.

녹음이 짙어지는 봄에서 여름 무렵의 아터제 호수 근처 풍경을 보고 있노라면 이상하게도 그 푸른 색조에도 불구하고 처연한 기분이 든다. 나는 내 성격이 어렵다. 뜨거울 때는 타오르듯 뜨겁고 차가울 땐 한없이 차가운, 마음이 여릴 때는 한없이 여리고 고집스러울 때는 한없이 고집스러운……. 나에게는 중간이 없었다. 그래서 물 흐르듯 평온한 성격을 가진 사람이 늘 부러웠다. 화가 나면 바로 화를 내야 직성이 풀리고 기쁘면 주변을 신경 쓰지 않고 기쁨을 표현하는 내 성격을 돌아보게 해준 그림이 이 작품이다.

순간의 즐거움, 순간의 화에 좌지우지되던 나는 이 그림을 보고 편안함을 느꼈다. 멀리서 보면 결국 잔물결들인데 어차피 함께 뒤엉켜 흘러가는 것이 삶 아닌가. 순간의 감정들에 들뜨고 무너지지 않아야겠다는 생각을 했다.

자 그럼 지금부터 상상해보는 것은 어떨까? 클림트의 영원한 플라토닉 러브, 에밀리 플뢰게와 클림트가 함께 이 고요한 호숫가를 걷고 배를 타며 고즈넉한 풍경을 즐기는 모습을 말이다. 둘은 법적 부부도 공개 연인도 아니었다. 하지만 이제 세상 사람 모두가 그 둘에게 세기의 커플이라는 별명을 붙여준다.

패션 센스가 뛰어났던 그녀는 의상 디자이너로 일하며 빈에서 자매들과 고급 의상실을 운영했다. 그녀의 의상실은 아방가르드한 예술가들의 모임 장소였으며, 디자인을 위한 보석과 화장 도구들도 제

아터제 호수 I Attersee I
구스타프 클림트 | 1900 | 캔버스에 유채 | 80.2×80.2cm | 빈 레오폴트 미술관

공해주는 제2의 아틀리에였다. 클림트의 의상을 에밀리 플뢰게가 만들기도 하고 그녀의 의상을 클림트가 만들어주기도 했을 만큼 둘의 사이는 각별했다.

클림트는 지고지순한 남자가 아니었다. 그가 그린 모델들과는 거의 다 잠자리를 가졌을 정도로 여성 편력이 심한 그였지만, 에밀리 플뢰게와는 정신적으로만 교감했다고 하니 어쩌면 그녀는 바람둥이 클림트에게 가장 오래 사랑받는 방법을 알고 있었을지 모른다.

빈을 떠나 새로운 풍경을 만나며 새로운 생각을 했을 클림트를 떠올리며 가끔은 자리를 박차고 일어나 신선한 공기를 마셔야 마음도 새로워짐을 깨닫는다. 항상 있는 자리에만 머무른다면 우리에겐 변화도 발전도 없다. 항상 금빛 찬란한 그림을 그렸던 클림트도 종종 고요한 아터제 호수와 숲을 찾아 새로운 풍경을 보았다. 새로운 풍경은 새로운 생각을 낳는다. 새로운 생각은 새로운 행동을 만들고 그 행동들이 모여 변화를 일으킨다.

가끔은 화가들이 그린 전 세계 곳곳의 풍경화를 바라보자. 내 안의 또 다른 이야기가 되살아날 것이다. 새로운 풍경을 찾아 떠나보자. 나는 매해 1월이 되면 달력부터 살핀다. 최대한 휴가를 뺄 수 있는 날은 몰아서 빼고, 함께 일하는 선생님들에게도 휴일부터 체크하라고 알린다. 짧게는 3일, 길게는 일주일, 더 길게는 보름, 휴가 날짜가 나오면 다음은 비행기표를 끊는다. 숙소를 정하는 데 긴 시간을 보내지 않는다. 대신 여행 갈 나라에 대한 책을 잔뜩 사서 출발하는 날까지 읽는다. 그 나라의 문화와 역사에 대해 알고

가는 것은 여행을 더욱 풍요롭게 만들고, 새로운 풍경을 더 넓고 깊게 볼 수 있도록 해준다.

그러나 여행을 꼭 먼 곳으로 가야 할 필요는 없다. 해외에 나갈 형편이 되지 않는다면 가까운 일상을 여행하는 것도 좋다. 늘 보던 골목의 반대편, 늘 가던 버스 정류장의 구석에도 새로운 풍경이 존재한다. 일상에서 가장 세련되게 도망치는 법이 여행 아닐까?

주말이나 휴일이 찾아오면 나는 서울을 여행한다. 광화문에 있는 교보문고에 가서 세상에서 제일 큰 도서관에 여행 왔다고 생각하고, 이순신 장군과 세종대왕과 눈을 마주치면서 지금 조선의 수도인 한양을 걷고 있다는 상상도 한다. 덕수궁 안에 있는 연못가 벤치에 누워 하늘도 본다. 여행이라는 것이 꼭 캐리어를 끌고 여행 책자를 들고 비행기를 타고 떠나야만 하는 것은 아니다. 내가 오늘 집 앞을 나서는 마음가짐이 여행을 결정한다. 가끔 힘들 때는 여행을 하겠다는 마음으로 집을 나서보자. 그곳이 서울의 덕수궁이든, 찾는 이 적은 삼청동 미술관이든, 교외의 조용한 수목원이든 상관없다.

여행을 하며 얻는 경험만큼 값진 것은 없다. 늘 있던 자리를 벗어나면 새로운 시각이 보이고, 새로운 감정이 생긴다. 그때 얻은 새로운 기운들은 다시 일상을 살아가기 위한 에너지가 된다. 거리도, 서점도, 카페도, 집 앞 공원도 여행이라는 마음으로 가면 삶의 비타민이 된다. 오늘 당신은 어느 장소에 가서 삶의 비타민을 마실 것인가?

chapter_06

호기심이 창의적인 아이디어의 출발이다

; 레오나르도 다빈치

> 호기심이 없으면 기회를 발견할 수 없다.
> 그리고 승부에 나서지 않으면 기회를 잡을 수 없다.
> **클래런스 버즈아이**(Clarence Birdseye)

"경험은 작가에게 있어 안주인과 같다."

레오나르도 다빈치Leonardo da Vinci, 1452-1519가 남긴 말이다. 역사상 가장 위대한 예술가를 뽑으라고 하면 나는 주저 없이 레오나르도 다빈치라고 말할 것이다. 화가이자 조각가, 무대 디자이너, 무기 제조가이자 발명가, 해부학자, 패션 디자이너……. 세상에 밝혀진 그의 직업을 이 정도만 거론해도 이미 다른 사람들의 몇 배이다.

그는 1452년 이탈리아의 빈치라는 마을에서 태어났다. 그는 안타깝게도 사생아였다. 그의 아버지는 피렌체의 공증인이었지만, 그는 적자가 아니었기에 의사도 약사도 될 수 없고 대학에도 갈 수 없었다. 그래서 그는 열다섯 살에 피렌체로 가서 안드레아 델 베르키오Andrea del Verrocchio에게 미술을 배우기 시작했다. 그것이 그와 같은 신분의 사람이 할 수 있는 일 가운데 그나마 괜찮은 선택이었다.

모나리자 Mona Lisa
레오나르도 다빈치 | 1504 | 패널에 유채 | 77×53cm | 파리 루브르 미술관

어느 날 스승 베르키오가 그리다 잠시 중단한 그림에 레오나르도가 천사들을 그려 넣었다. 레오나르도의 그림 실력을 보고 놀란 베르키오가 그 이후로 그림을 그리지 않고 조각에만 전념했다는 이야기가 있다. 레오나르도는 미술뿐만 아니라 과학이나 해부학, 발명에도 뛰어난 재능을 지닌 천재적인 인간이었다. 그가 현대에서 살았다면 스티브 잡스보다 훨씬 뛰어난 CEO가 되었을지도 모른다.

레오나르도는 자신만의 수첩에 수없이 많은 글과 스케치를 남겼다. 그 기록들을 보면 그가 얼마나 천재적인 사람이었는지 금방 알아챌 수 있다. 그가 스케치해놓은 것들에 중에는 낙하산, 자동차, 자전거의 체인, 비행기, 잠수함 등 당시로서는 상상조차 하기 힘들었을 발명품들이 많다. 하지만 그런 아이디어를 현실화해줄 기술이 그의 시대에는 존재하지 않았다. 레오나르도의 아이디어들은 기술보다 500년이나 앞섰던 것이다.

그는 "화가는 해부학에 무지해서는 안 된다"라고 말하며 끊임없이 동물과 사람을 해부하며 탐구했다. 썩는 냄새를 맡으며 시체의 장기를 자세히 연구하고 스케치했다. 그런 노력이 있었기 때문에 그의 인물화는 다른 누구의 것보다 정교할 수 있었고 〈모나리자〉와 같은 신비로운 그림이 완성될 수 있었던 것이다.

그렇다면 무엇이 레오나르도를 천재적인 창조가로 만든 것일까? 나는 그 비결을 그의 '호기심'이라고 말하고 싶다. 그는 호기심이 무척 많았다. 그림을 그리다가 문득 파도 소리를 들으러 떠나기도 하고, 발명을 하다가 갑자기 자연을 탐구하러 간다. 그의 마음속에는

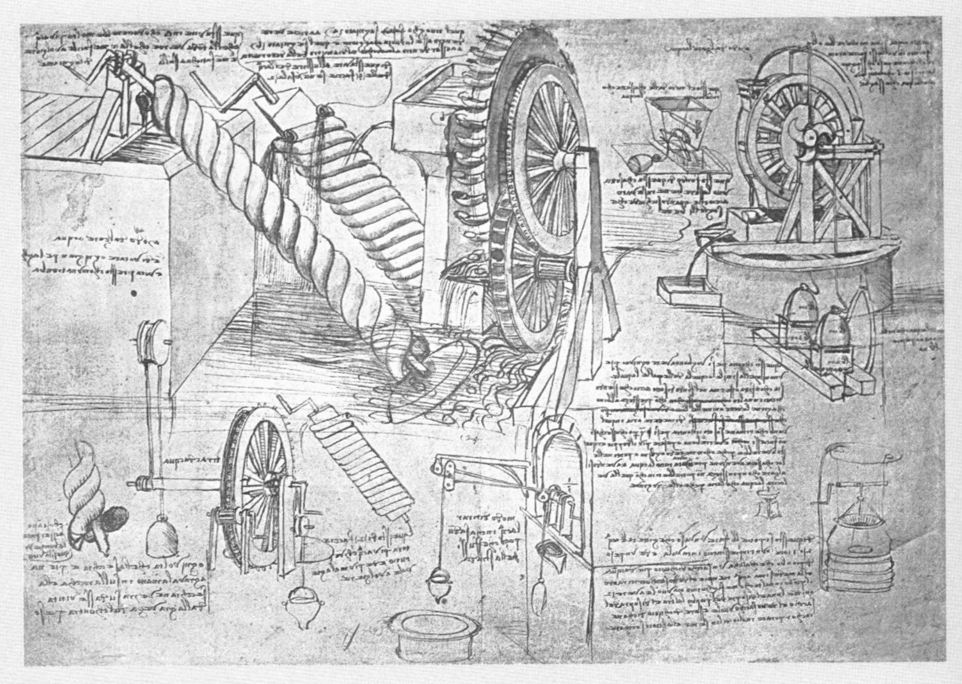

물 긷는 기계 도안

레오나르도 다빈치 | 1480-1482 | 밀라노 암브로시아나 미술관

'궁금한 것은 못 참아! 안 될 것은 없지!'라는 생각이 깊게 박혀 있었을 것이다. 그래서 어떤 사람들은 그가 너무 다방면으로 호기심이 많아 숱한 스케치들을 다 발명품으로 실현하는 데까지는 미치지 못했다며 아쉬워하기도 한다.

나는 생각이 좀 다르다. 피카소는 살면서 남긴 작품이 총 5만 점 정도였다. 회화가 1,885점, 조각이 1,228점, 도자기가 2,280점, 동판화가 1만 8,095점, 석판화가 6,112점, 리놀륨 판화가 3,181점, 드로잉 노트 149개, 스케치 4,659점 등이 피카소가 이 세상에 남긴 흔적이니, 가히 어마어마하다 할 수 있다. 고흐는 900여 점의 회화, 1,100여 점의 스케치를 합하여 총 2,000여 점의 작품을 남겼다. 하지만 레오나르도 다빈치가 생전에 완성한 회화 작품의 수는 스무 점을 넘기지 않는다. 그는 적은 수의 작품을 남겼지만 세상에 끼친 그의 영향력은 피카소와 고흐에 뒤지지 않는다. 프로이트가 '다른 사람들은 아직도 자고 있는데, 혼자 어둠 속에서 너무 일찍 깬 사람'이라고 표현할 정도로 레오나르도는 다른 사람들보다 시대를 훨씬 앞서갔었다.

그에게 안 되는 것은 없었다. 상상은 아이디어가 되고 아이디어는 기록이 되어 남았으며, 그가 실현하지 못한 것은 후세의 예술가나 발명가들이 완성했다. 그는 세계사에서 그 누구보다 뛰어난 르네상스적 인물이었다.

그래서 나는 아이들을 교육할 때 안 된다는 말을 하지 않는다. 처음 미술교육원을 시작할 때 내가 반드시 지켜야지 하고 다짐한 것이 두 가지 있다. 한 가지는 "안 돼!"라는 말을 하지 말자는 것이었고, 또 한 가지는 반드시 하루에 한 번 그 아이의 장점을 찾아내 칭찬해주자는 것이었다. 나는 함께 교육하는 선생님들에게도 늘 이 약속을 지키자고 강조하며 지금까지 실천해오고 있다.

미술교육원에 아이들이 처음 왔을 때 가장 많이 하는 질문이 있다.

"선생님, 이거 해도 돼요? 선생님, 여기에 이 색 칠해도 돼요? 이 재료 쓰고 싶은데 안 돼요?"

일상에서 얼마나 많은 제재를 받았으면 우리 아이들은 저런 질문을 매번 하는 것일까?

"똑바로 앉아라, 허리 펴야지, 왼손으로는 그리지 마라, 꼼꼼히 칠해라, 똑같이 그려라."

부모님들이 자주 하는 말이다. 미술이라는 영역은 아이들이 자신의 생각을 형상화하거나 표출하기에 가장 적합한 분야다. 누군가가 시키는 그대로 그리지 않는다면 미술은 창조와 거리를 두려야 둘 수 없는 지구상에서 가장 창의적인 분야이다. 글씨조차 쓰지 못하는 서너 살의 어린아이에게도 처음부터 무엇을 어떻게 해야 한다는 법칙 따위를 언급하지 않으며, 어린이들에게나 어른에게나 정해진 모범 답안이 없기에 악보를 보고 그대로 쳐야 하는 피아노나 품세를 익혀 급수가 올라가는 태권도와는 다르다.

미술이 가진 가장 큰 힘은 나이와 능력에 상관없이 선만 그을 수 있다면 누구든지 자신의 표현을 할 수 있다는 것이다. 이 과정에서 타인에 의해 제재가 가해지거나, 무엇무엇은 안 된다는 식의 제한이 생기면 자유롭게 의사 표현을 할 수 없다. 물론 미술적 기술, 즉 수채화나 데생의 팁이 필요한 고학년 학생들의 경우엔 적당한 방법을 알려주는 것도 중요하다. 하지만 기본적으로 미술은 자율적인 창조에서 시작하기에 레오나르도가 지녔던 것 같은 다양한 호기심이 발판이 된다. 그가 남긴 수많은 스케치 역시 아이들이 흔히 하는 낙서가 구체적으로 발전된 것으로 볼 수 있다. 아이가 있다면, 혹은 교육을 하는 사람이라면 레오나르도가 언제나 끝없는 호기심을 가졌음을 기억하자.

한계는 스스로가 만드는 감옥 같은 것이다. 레오나르도는 친구가 없던 외로운 시절 동굴의 박쥐를 관찰하며 하늘을 날고 싶다는 생각을 했고, 비록 실패했지만 비행기의 시작이 되는 날개를 고안했으며, 날아가는 단풍나무 씨앗을 보고 프로펠러의 영감을 얻었다. 만약 레오나르도 다빈치가 아이디어를 떠올리고 나서 '에이, 안 될 거야' 하는 마음을 가졌다면 그의 아이디어는 절대 행동과 실천이라는 바퀴에 올라타지 못했을 것이다.

작가 잭 런던Jack London은 창의적인 아이디어는 기다린다고 오는 것이 아니라, 몽둥이를 들고 찾아나서야 하는 것이라고 했다. 나는 창의적인 사람이라는 말이 창의적인 행동만을 뜻한다고 생각하지 않는다. 무엇이든지 가능할 것이라는 마음가짐도 포함되어 있다. 오늘도 딱딱하게 닫힌 나의 마음과 아이디어, 그리고 행동 세포들에게 이야기하자!

"안 된다는 말은 하지 말자!"

chapter_07

작은 손짓 하나가 놀라운 결과를 낳는다

; 강익중

> 한 걸음 한 걸음 단계를 밟아 나아가라.
> 그것이 무언가를 성취하기 위해 내가 아는 유일한 방법이다.
> **마이클 조던**(Michael Jordan)

가족 중 한 명이 제주에 살아서 자주 갔었다. 얼마 전에는 가족이 몸이 좋지 않아 한라병원에 입원했는데 그곳에서 반가운 작품을 만났다. 바로 공공 미술가 강익중 작가의 설치 작품인데 한라병원 본관 1층 벽면을 장식하고 있었다. 지난 몇 달간 병원을 오갈 때마다 늘 기분을 좋게 해주는 미술 작품이었다.

강익중 작가는 1960년생으로 설치 작품 활동을 활발히 하고 있는 현대미술 작가이다. 1984년에 홍익대학교 서양학과를 졸업한 후 뉴욕 프랫 아트 인스티튜트로 유학을 간다. 형편이 넉넉지 않았던 그는 다른 유학생들처럼 마음 편하게 작품 활동을 할 수 없었다. 학비와 생활비를 스스로의 힘으로 벌기 위해 각종 아르바이트와 허드렛일을 해야 했다. 낮에는 식품점에서 일하고, 주말엔 벼룩시장에서 옷 장사를 하기도 했다. 큰 꿈을 품고 유학을 왔지만 물질의 결핍이라는 현실에 벽에 부딪힌 그는 제대로 된 그림 한 점 여유 있게 그려보지 못한 채, 현대미술의 심장 뉴욕에서 그렇게 아르바이트만 하며 시간을 보낸다.

그러던 어느 날 그는 돈이 없다고 유학까지 와서 이렇게 일만 하면 이것도 저것도 안 되겠다는 생각을 한다. 그가 아르바이트를 하러 가는 벼룩시장까지 버스로 왕복 3시간. 그는 이동 시간에 그림을 그릴 방법을 고민한 끝에 작은 캔버스를 만든다. 가로와 세로가 각각 3인치인 정사각형의 작은 캔버스는 호주머니에 넣고 다닐 수 있어 언제든지 그림을 그릴 수 있었다. 그는 버스 안에서 캔버스에 그림을 그리고, 바느질도 해보고, 볼펜으로도 그려본다. 그가 그린 작은 캔버스들이 수없이 쌓여 그만의 작품이 된다.

사람들은 그의 작고 앙증맞은 그림들을 '10센티미터 미술', '3인치 그림'이라고 부르며 흥미로워한다. 1997년 그 작은 그림들이 6,000개가 넘었을 무렵, 뉴욕 휘트니 미술관에서는 구입 위원 전원의 만장일치로 그의 그림을 소장하기로 결정한다. 한국 출신 작가 중에서는 백남준 작가 다음으로 강익중 작가의 작품이 두 번째로 소장된 것이다. 뉴욕에서 '작가'란 이름으로 활동하는 아티스트는 수천 명, 수만 명, 어쩌면 수십만 명일 것이다. 그중에서 직업 작가로 살아남기란 말할 수 없이 어려운 일이며, 강익중처럼 국제적인 작가로 명성을 얻기는 더더욱 어렵다. 그만큼 가난한 유학생이었던 그의 작품을 뉴욕의 대형 미술관에서 소장하기로 했다는 건 어마어마한 일이었다.

희망의 벽
강익중 | 2011 | 나무, 종이, 에폭시 | 2.9×12m | 제주 한라병원
희망의 벽(부분)

그는 이렇게 말한다.

"어디에서 전시하고 어디에서 인정받는 것보다 그냥 이유 없이 몰두하는 작가가 되고 싶어요. 시험 없어도 공부하는 학생, 전시 없어도 그림 그리는 작가. 그들이 진짜 학생이고 진짜 작가라고 생각해요."

그의 그림은 비록 시간이 없어 캔버스를 작게 잘라 이동하는 시간에 그리는 궁여지책으로 시작된 것이었지만 사람들에겐 매우 새롭고 재미있는 예술로 다가갔다. 게다가 작은 그림들이 모이면 그 누구의 작품보다 큰 대형 작품이 된다.

점차 명성을 얻은 그는 가난했던 삶을 조금씩 청산하고 뉴욕에서 결혼도 하고 자녀도 낳았다. 이제는 아주 큰 작업실을 가지게 된 작가지만 그는 여전히 3인치 캔버스에 그리는 것을 좋아한다. 다양한 기관과 작업을 진행하는 그가 요즘에 열중하는 것은 전 세계의 고아원과 어린이 단체에 3인치 캔버스를 보내 어린이들의 그림을 모아 설치하는 것이다.

내가 본 제주 한라병원의 설치 작품들은 2011년 제주 어린이들의 그림이 모여서 만들어진 것이었다. 세상에서 가장 작은 캔버스에, 제주 어린이들의 커다란 꿈을 담았다. 이루고 싶은 희망들을 적어나가는 버킷 리스트처럼 어린이들은 자신의 꿈을 그림으로 그려놓았다.

애월읍에 사는 한 소녀는 책 지도사가 되고 싶고 한림에 사는 한 소년은 레고 디자이너가 꿈이다. 시간을 두고 천천히 들여다보니 귀하지 않은 소원이 단 하나도 없다. 나는 이 꿈들이 모여 미래의 더 나은 대한민국이 되리라 믿는다. 그리고 그의 작품에서 작은 손짓이 낳은 큰 기적을 본다.

몇 해 전 여름 우리 교육원도 한 교실을 아이들과 함께 '강익중 프로젝트'처럼 채운 적이 있었는데, 의외로 작은 사이즈의 캔버스에 그림 그리는 것을 아이들이 무척 좋아했다. 아마도 자신의 꿈이나 자신이 좋아하는 것을 표현할 기회가 요즘 아이들에게는 부족하기 때문인 것 같다.

강익중 작가는 개인 전시회보다 공공 미술전을 많이 한다. 공공미술이란 공공장소에 대중을 위해 설치된, 대중들과 함께 교류하는 작품을 뜻한다. 그는 "공공미술은 명랑하게 하는 혁명이라서 중요하다"라고 말한다. 모두에게 골고루 희망을 주기에 시장에서 팔 수 있는 작품보다 훨씬 중요하다는 의미다. 통일이 되기 전에 임진강에 어린이들의 그림으로 세계 최초의 떠 있는 미술관인 '꿈의 다리'를 만드는 것이 꿈이라는 강익중 작가에게는 아이들의 그림이 주요리이고, 자신의 그림은 반찬일 뿐이다. 그는 지금까지 세계 149개국에 3인치 캔버스를 보내 아이들의 그림을 50여만 장을 모았다고 한다. 아이들의 그림을 하나하나 작은 나무판 위에 붙여 조각같이 패널로 만들면 그것이 마치 상상발전소 같다고 말한다.

그가 성공한 것은 행운 때문만이 아니다. 그는 그 누구보다 노력했다. 돈이 없어 하루 종일 일만 해야 했던 그 시절에도 그는 '어떻게 하면 그림을 그릴 수 있을까?' 하는 고민을 했고, 오로지 그 고민들을 통해 세상에 없던 새로운 형태의 작품을 만들었다. 형편이 모두 준비되어야 꿈을 이룰 수 있는 것은 아니다. 힘든 상황에서도 꿈을 위해 움직이는 사람이 성공하는 것 아닐까? 게다가 전 세계 어린이들의 꿈을 그리게 한 것은 그가 성공할 수밖에 없었던 '착한 아이디어'였다.

나 역시도 작은 손짓을 하기 시작했다. 늘 혼자 쓰던 글을 서른두 살 봄부터 꾸준히 블로그에 올리기 시작했고, 부끄럽든 남들이 뭐라 하든 크게 신경 쓰지 않고 명화에 대한 나의 생각과 마음이 담긴 이야기들로 그 공간을 채워나갔다. 오후에 출근하는 나에게 오전의 시간들은 버려지거나 늦잠을 자는 시간이었는데 오전에 조금 일찍 일어나 구독자들에게 '아침! 명화 배달' 포스트 시리즈에 그날 하루 사람들에게 전달하고 싶은 응원의 메시지를 담았다. 또 퇴근 후 집에 돌아와서는 습관적으로 텔레비전을 켜던 습관을 접고 명화 대한 나만의 글을 써 '출근길 명화 한 점'이라는 시리즈로 연재했다. 놀랍게도 나의 글은 점점 구독자 수가 늘어나 포털 사이트 메인에도 자주 등장하게 되었고, 지금은 구독자 수가 3만 명에 가까워졌다.

아주 작은 시간도 활용하고자 하는 의지가 자투리 시간들을 다이아몬드보다 값지게 만들어주고, 또 다른 결과를 낳는 마술이 된다. 작가가 되겠다는 꿈을 가지고 글을 쓴 것은 아니었다. 누군가가 내 글을 봐주는 것도 중요하지 않았다. 다만 내 삶의 일부분을 기록하며 살아가고자 시작한 작은 행동이 조금씩 의미 있는 기록으로 바뀌고 책이 되었다.

"미래는 현재 우리가 무엇을 하는가에 달려 있다"라고 한 마하트마 간디Mahatma Gandhi의 말을 기억하자. 한 번에 성공하는 사람은 없다. 강익중 작가가 시간을 활용하기 위해 매일 가지고 다닌 자신만의 작은 3인치의 캔버스는 그의 작품을 세상에 알리는 가장 큰 작품이 되었다. 나는 오늘 어떤 작은 손짓으로 기적을 시작할 것인가?

chapter_08

'연약한 나' 데리고 잘 살기

; 프리다 칼로

> 나는 아픈 게 아니다. 나는 부러졌다.
> 하지만 그림을 그릴 수 있는 한 나는 행복하다.
>
> **프리다 칼로**

인간은 한없이 강하기도 하지만 때로는 그 무엇보다 약해지기도 하는 존재다. 나는 세상에서 가장 연약하고 매일 확신이 없는 '나'를 데리고 잘 살고 싶다. 불완전한 '나'를 더 사랑하면서 내일도 모레도 아닌 '오늘'을 더 사랑하고 싶다. 그럴 때 생각나는 화가가 있다. 바로 멕시코를 대표하는 초현실주의 여성화가 프리다 칼로 Frida Kahlo, 1907-1954이다. 솔직히 나는 그녀의 작품을 자세히 볼 용기가 나지 않는다. 그녀에 대한 글을 쓰는 것도 주저되었다. 도저히 그녀의 삶을 이해하는 척 쓸 수가 없었기 때문이다.

그녀의 그림은 너무 아프다. 보는 내내 심장을 콕콕 찌른다. 그녀의 자화상은 유명한 만큼이나 흥미롭다. 고통받고 굴곡진 삶이 그대로 묻어나서일 것이다. 그녀의 작품을 볼 때마다 나는 온갖 인상을 찡그리게 된다. 미워서가 아니라 마음이 쓰라려서……. 그녀의 자화상은 온 몸이 멀쩡한 나를 늘 죄인처럼 만든다. 그리고 매번 혼잣말로 읊조린다.

'어쩌니……. 괜찮니……. 어떻게…….'

그러다 몇 번이고 한숨을 내쉰다.

그녀만큼 자기 자신을 데리고 살기 힘들었던 사람이 있을까? 여섯 살에 소아마비에 걸려 왼쪽 다리를 쓰지 못하게 된 여자. 열여덟 살에 교통사고로 쇠 파이프가 배를 뚫고 옆구리를 관통한 여자. 의사들이 절대 살지 못한다고 했음에도 기적적으로 살아난 여자. 약혼자마저도 그녀를 버리고 떠난다.

이 모든 아픔을 가지고 그녀가 할 수 있는 일은 천장에 거울을 붙인 채 자신의 모습을 그리는 일이었다. 희망? 미래? 글쎄. 내가 그녀였더라면 '차라리 죽는 게 낫겠다'라고 원망만 하며 살았을지도 모른다.

그런 그녀에게도 사랑이 온다. 그녀는 벽화를 그리던 화가 디에고 리베라Diego Rivera를 만나 사랑에 빠진다. 그는 이미 네 명의 자녀가 있던 아버지였다. 그럼에도 불구하고 스물두 살의 프리다 칼로는 마흔세 살의 리베라와 결혼을 한다. 결혼을 해도 그들 부부는 독립된 집에서 지냈다. 그녀는 그를 원했지만 그는 누구의 남자도 되지 않는 사람이었다.

그러던 어느 날 말도 안 되는 일이 일어난다. 프리다 칼로에게는 하나뿐인 친구라 해도 과언이 아닌 그녀의 동생 크리스티나와 남편 디에고 리베라가 외도를 저지른다. 그녀의 인생은 듣는 것만

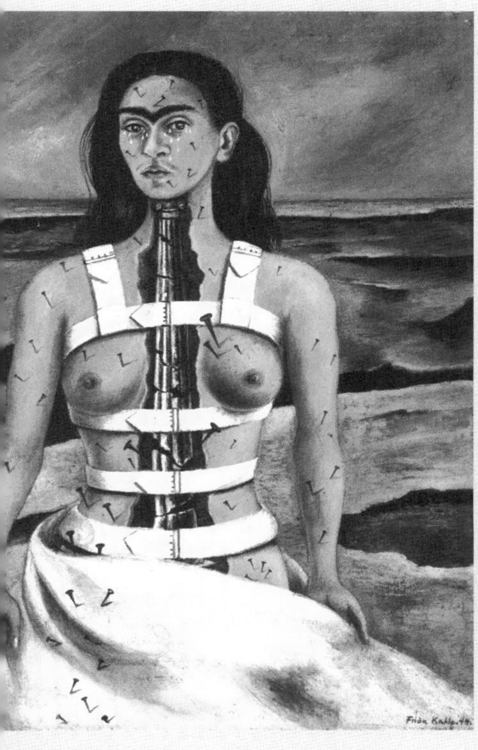

부서진 기둥 **La Columna Rota**
프리다 칼로 | 1944 | 캔버스에 유채 | 43×33cm | 멕시코시티 돌로레스 올메도 컬렉션

프리다와 디에고 리베라 **Frieda y Diego Rivera**
프리다 칼로 | 1931 | 캔버스에 유채 | 100×79cm | 미국 샌프란시스코 현대미술관

해도 견디기 힘들 정도로 큰 상처의 연속이었다. 이후 그녀는 성실한 아내이기를 포기해버린다. 그녀 역시 여러 사람을 자유롭게 만나며 사랑을 나누었고 결국 칼로와 리베라는 결혼한 지 13년 만에 합의하에 이혼한다.

하지만 그녀는 '리베라가 나를 원하지 않더라도 그를 사랑한다'라는 이야기를 하곤 했다. 건강이 악화된 그녀에게 리베라가 찾아왔고, 그녀는 리베라와 다시 결혼한다. 한 남자와 두 번 결혼을 한 셈이다. 그러나 그 이후에도 리베라는 외도를 그치지 않았다.

그녀는 원하는 것들을 많이 가지지 못한 삶이었다. 그토록 바라던 남자가 자신만을 사랑하지도 않았고 그토록 바라던 아이를 끝내 낳지 못했다. 임신이 몇 번 되었지만 모두 유산하고 말았다. 평생 그녀가 가진 것이라곤 원하지 않았던 신체적 결함과 병뿐이었다. 1940년대 말부터 건강 상태가 나빠진 그녀는 1953년 오른쪽 다리마저 절단한다. 그리고 1954년, 죽어가던 그녀는 일기를 남긴다.

"나는 이 외출이 행복하기를, 그리고 다시는 돌아오지 않기를 바란다."

그녀의 인생은 이렇게 글로 써나가기가 미안할 만큼 고통의 연속이었다. 당해본 적 없고 느껴본 적 없는 고통을 아는 듯이 써 내려가는 것마저도 그녀에게 미안하다는 생각이 든다.

그러나 정작 그 고통을 일생 짊어졌던 그녀는 자신의 삶을 포기하지 않고 스스로를 예술로 돌보며 살았다. 그녀의 자화상은 나에게 늘 말한다.

'한 인간으로 태어나 오직 자기 자신 하나를 돌보며 사는 것은 대단하고 힘겨운 일이에요, 모두들 잘 버티고 살아가고 있어요, 나 같은 사람도 이렇게 살아왔으니 힘내서 살아요.'

디에고 리베라는 칼로가 죽은 지 1년도 안 되어 또다시 결혼을 한다. 그가 내 친구였더라면 24시간 내내 눈을 흘겼을지도 모른다. 칼로가 죽고 3년 만에 리베라 역시 뇌일혈로 세상을 떠난다. 나는 하늘에서는 디에고 리베라와 프리다 칼로가 다시 만나지 않았으면 좋겠다. 그녀가 천국에서는 건강한 몸으로 다른 남자와 행복하게 살았으면 한다. 그리고 이렇게 토닥거려주고 싶다. 평생을 상처 많은 자기 자신을 데리고 사느라 고생 많았다고 말이다. 그러면 그녀는 이야기하겠지.

"너도 연약한 너를 데리고 잘 살아."

우리도 한없이 약하디약한 우리 자신을 잘 데리고 살아가자. 그래도 나의 가장 강한 뿌리는 나 자신이니까.

PART 4

명화에서 인생을 배우다

당신의 '부캐'는 무엇인가요?

좋아하니까 하게 되는, 그런 일을 하라.
노먼 빈센트 필(Norman Vincent Peale)

2020년 가장 많이 들었던 새로운 단어 중 하나가 '부캐'다. '부캐'란 보통 게임에서 사용하는 용어로 '본 캐릭터' 외에 추가적으로 만드는 '부 캐릭터'의 줄임말이다. 이 '부캐'는 다른 의미로는 여러 직업을 가진 'N잡러'로도 표현된다. 요즘 대다수의 직장인들이 N잡러를 희망한다고 한다. 과거에는 평생 한 가지 일에 매진하는 '전문가'로 살아가는 것을 중요시했지만 사회가 다변화되고 분야 간의 경계가 허물어진 포스트 코로나 시대에는 한 가지만 잘해서는 살아가기가 쉽지 않다. 더불어 2000년대 이후 태어난 세대들은 디지털 내러티브Digital Narrative라 부모 세대보다 작지만 다양한 재능이 많고, 본인의 재능을 세상에 표현하고 싶은 욕망도 강하다.

예술가들 중에서도 '부캐'를 가진 사람들이 많았다. 그중 대표적인 사람이 바로 동화 작가 한스 크리스티안 안데르센Hans Chris-

코펜하겐에 있는 안데르센 동상 사진
이소영 | 2017
안데르센의 사진 Photograph Taken by Thora Hallager
소라 할라거 | 1869

tian Andersen, 1805-1875이다. 전 세계에서 가장 유명한 동화 작가로 알려진 안데르센에게는 어떤 '부캐'가 있었을까? 그의 삶을 천천히 좇아가본다.

덴마크의 코펜하겐에서 열흘 남짓 머무른 적이 있다. 가끔 한 도시는 한 사람으로 기억되기도 한다. 나에게 스페인의 바르셀로나는 '가우디'로 기억되었고, 덴마크의 코펜하겐은 '안데르센'으로 기억된다. 코펜하겐에 도착한 첫날, 숙소에 짐을 풀자마자 밖으로 나가보니, 1843년부터 문을 열었다는 도심형 놀이공원인 '티볼리'가 있었다. 그리고 티볼리 공원을 바라보는 한 남자의 동상 앞에서 나는 발길을 멈췄다. 작가 안데르센의 동상이었다.

키가 아주 크고, 챙이 높은 모자를 어수룩하게 쓰고 있는 안데르센은 자신의 옆모습을 우리에게 자랑하듯 내비쳤다. 실제 안데르센은 185cm의 키로 당시 덴마크에서도 키가 큰 편에 속했다. 외모에 자신이 없던 그는 사람들이 자신을 그리거나 사진을 찍으려고 하면 반드시 옆모습으로 남길 바랐다고 한다.

소도시인 오덴세의 빈민가에서 태어난 안데르센은 가난했던 어린 시절 부모님을 따라 처음으로 가본 극장에 매료되었다. 형편이 어려워 좋아하는 극장에 가지 못한 그는 스스로 작은 극장과 인형을 만들어 연극하는 것을 즐겼다. 안데르센은 그때부터 가위로 무엇인가를 만들어내는 활동에 빠졌다. 안데르센의 어머니는 손재주가 뛰어난 아들이 재단사가 되길 바랐으나, 그의 꿈은 많은 사람들에게 주목받는 배우가 되는 것이었다. 안데르센은 덴마크에서 가장 큰 도시에 있는 왕립 극장의 배우가 되어 유명해지겠다는 꿈을 이루기 위해 홀로 코펜하겐으로 떠난다. 그의 나이 14세의 일이다.

안데르센은 코펜하겐에 처음 온 날을 자신의 두 번째 생일로 정할 만큼 그 도시를 특별하게 생각했다. 그의 많은 작품들이 코펜하겐에서 영감을 얻었다. 하지만 덴마크의 비평가와 대중들은 허수아비같이 키가 크고 우스꽝스럽게 걷는 안데르센을 보고 혹평하고 조롱했다. 가난한 형편과 못난 외모로 사람들에게 인정받지 못하는 외로운 마음은 훗날 그의 그림책《미운 아기 오리》,《성냥팔이 소녀》같은 동화에 투영된다.

자신의 무수한 상상력과 경험을 결합해 150편이 넘는 동화를 남긴 안데르센을 우리는 훌륭한 '동화 작가'로 기억하지만, 그에게는 '종이 오리기 전문가'라는 부캐가 있었다. 독학으로 그림을 그리고, 콜라쥬를 익힌 안데르센은 가위와 종이만 있으면 얼마든지 다양한 모양의 신기한 창작물을 만들어낼 수 있었다. 안데르센은 아이들에게 동화를 들려주며 직접 현장에서 종이 오리기Paper Cutting를 했다. 그의 종이 오리기 작품이 세상에 잘 알려지지 않은 이유는 현장에서 바로 종이를 오리고 자른 후 그 자리에 있는 아이들에게 선물해서다. 그의 종이 오리기 예술은 미술관이나 박물관이 아닌 안데르센에게 직접 동화를 듣는 어린이들의 마음속에 평생 간직되었다.

책《종이 오리는 이야기꾼 한스 크리스티안 안데르센》은 안데르센을 동화작가가 아닌 종이 오리기 예술가로서 소개한다. 이 책

백조, 야자수, 건축물, 부채를 든 여인이 등장하는 종이 오리기 작품
한스 크리스티안 안데르센 | 14×23cm | 안데르센 박물관

에는 실제 안데르센이 직접 동화를 구연하며 종이 오리기를 하던 모습을 본 사람들의 기록이 있다.

> "안데르센은 늘 어마어마하게 큰 가위로 종이를 오렸다. 어떻게 그런 커다란 손으로 그렇게 어마어마하게 큰 가위를 들고 그토록 여리고 섬세한 모양을 오려내는지 도무지 알 수 없었다."

열 살 때 덴마크의 자기 집에서 안데르센에게 동화를 들었던 보딜 폰 도네르 남작부인의 이야기다.

> '무용수, 요정, 백조, 야자수, 발레리나, 천사…….'

그의 손을 거치면 아무것도 없는 종이에 구멍이 뚫리고 이야기가 펼쳐졌다. 종이 오리기를 할 때면 많은 사람들이 안데르센 주변으로 모여들었고 그 순간만큼은 안데르센은 눈부신 주인공이 되었다. 십 대부터 죽을 때까지 종이 오리기 작품을 했던 안데르센, 그가 만든 종이 오리기 작품은 몇천 점일 테지만 세상에 남은 것은 약 250점이다.

십 대부터 늘 여행을 떠나며 트렁크 없이는 살 수 없다고 말한 안데르센의 가방에는 언제나 종이와 가위가 함께했다. 안데르센의 '본 캐릭터'는 동화 작가였지만 그가 지닌 평생의 '부 캐릭터'가 바로 '종이 오리기 예술가'였던 것이다. 한 분야에서 두각을 나타낸 그가 또 다른 분야에까지 열정을 보인 것은 이야기와 그림이라는 떼려야 뗄 수 없는 관계 때문일 것이다.

하지만 그가 평생토록 무대에 서서 사람들의 주목을 한 몸에 받는 배우가 되고자 했던 것을 보면 '동화 작가' 역시 그에게는 심리적으로 또 다른 '부캐'였을지 모른다. 비록 키가 너무 크고 깡마르고 우스꽝스럽게 생겨 평생의 꿈인 배우는 되지 못했지만, 가난한 형편을 딛고, 십 대 때부터 꿈을 찾아 방랑하며 최고의 동화 작가가 되어 왕과 왕비에게도 초대를 받을 정도로 인기가 있었던 그의 삶 자체가 한 편의 연극이고 그림책이다. 오려진 종이는 동화 속 세계가 되고, 남은 종이는 켜켜이 쌓여 그가 만들 다음 이야기가 된다. 놀 거리가 부족하고, 그림책이 드물던 19세기, 안데르센의 종이 오리기 예술은 아이들에게 살아 있는 그림책이 되어주었다.

"모든 사람의 인생은 신神이 쓴 한 편의 동화다."

안데르센의 말이다. 우리 모두 각자의 동화 속에서 더 행복하게 살아가려면 '본캐'와 '부캐'가 모두 필요하다. 아직 나의 '부캐'가 없다면, 한번 만들어보는 것도 좋겠다.

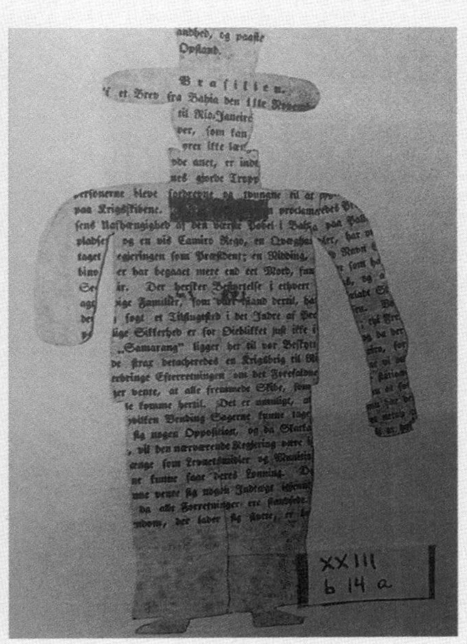

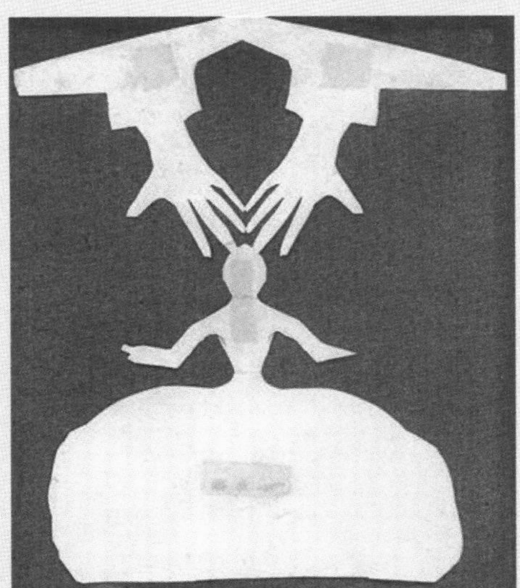

앞코가 구부러진 신발을 신고 무릎을 구부리고 있는 남자
한스 크리스티안 안데르센 | 17×11cm | 코펜하겐 왕립 도서관

신문으로 만든 '브라질 사람'
한스 크리스티안 안데르센 | 1830 | 19×12cm | 안데르센 박물관

두 손과 여인이 있는 페이퍼 커팅
한스 크리스티안 안데르센 | 안데르센 박물관

chapter_02

이별만큼은 슬로푸드처럼

> 인간의 감정은 누군가를 만날 때와 헤어질 때 가장 순수하며 가장 빛난다.
> **장 파울**(Jean Paul)

사랑이 시작되는 이유는 백 사람이면 백 사람 다 다르지만 이별하는 이야기는 비슷하다. 사랑이라는 것은 단 한 번도 통장 거래처럼 깨끗이 정리된 적이 없다. 이별 후 하루하루는 늘 질척거리고 끈적거린다.

세상이 아무리 빨라졌다 해도, 아무리 패스트푸드 같은 사랑이 쿨하다고 해도 이별만큼은 슬로푸드 같았으면 좋겠다.

얼마 전에 날씨도 추워지는데 친구들이 자꾸 헤어졌었다. 결혼할 거라고 호언장담해놓고, 구름 위를 걷는 기분이라며 행복해하다가 갑자기 차였다. 보는 내가 다 서러울 지경이다.

사랑은 롤러코스터처럼 금세 빠져들어서 넋을 잃게 만들고는 떠나버린다. 남은 사람들은 한참을 이별의 경계선에서 믿지 못하고 서성거리며 기다린다. 그러나 어찌 보면 이별 후에 사랑을 마

자화상 Self-Portrait
그웬 존 | 1902 | 캔버스에 유채 | 44.8×34.9cm | 런던 테이트 브리튼 미술관

무리하지 못하고 서성거리는 그 행동은 당연하다. 밥을 100번 넘게 같이 먹고, 커피를 200번은 같이 마신 사람을 어떻게 쉽게 잊을 수 있겠는가.

그웬 존Gwen John, 1876-1939의 그림들 속 여인들은 활짝 웃고 있는 표정이 거의 없다. 혼자 어딘가를 응시하고 있거나 고요해 보이는 얼굴들이 대부분이다. 그들이 늘 누군가를 기다리는 것 같아 보이는 건 내 생각뿐일까? 그녀의 인생 속 사랑과 그림은 많이 닮았다.

여성 편력으로 유명했던 조각가 오귀스트 로댕Auguste Rodin의 애인이라고 하면 보통 그의 제자였던 카미유 클로델을 떠올리지만 한 명 더 있다. 바로 이 작품 속 자화상의 주인공인 그웬 존이다.

그녀는 1900년대 초반에 파리에서 그림을 그리면서 다른 화가들의 모델을 섰는데, 로댕의 모델로 일하다가 그와 사랑에 빠졌다. 하지만 평생토록 부인과 같은 존재로 헌신했던 로즈 뵈레Rose Beuret라는 여인이 있었기에, 그웬 존 역시 로댕에게는 카미유 클로델처럼 한때는 확 달아올랐으나 흘러 지나가는 연인이었다.

로댕과의 사랑이 완성되지 못해 자아감을 상실하고 정신병원에서 30년 이상 수용되어 말년을 보냈던 천재적인 제자 카미유 클로델처럼 그웬 존 역시 10년간의 사랑 후에 로댕과 쓰라리게 헤어진 후 세상을 등졌다. 로마 가톨릭교회의 신자가 되어 교외에 살며 외부와의 모든 접촉을 끊고 홀로 작품 활동을 하던 그녀는 1939년 어느 날 한 병원에서 쓸쓸히 죽었다.

그녀가 로댕과 사랑에 빠졌던 나이는 20대 후반, 로댕은 60대

초반이었다. 섣불리 빠진 사랑으로 인생을 고독으로 정리하기에 너무 아까운 인생이었다. 다행히도 역시 화가였던 남동생 오거스터스 존Augustus John이 있었기에 그녀는 죽기 전에 런던에서 전시를 열 수 있었다. 오거스터스 존은 자신이 죽고 50년 뒤면 사람들이 자신을 그웬 존의 남동생으로 기억할 것이라고 말할 정도로 누나의 미술적 재능에 확신이 있었다.

그녀가 로댕에게 보낸 2,000통이 넘는 편지 중 하나만 봐도 그녀의 처연했던 사랑을 느낄 수 있다.

> 존경하는 선생님께
>
> 안개 속에서 저는 무척 행복했습니다. 역에서 "무슨 말인지 아시겠지요?"라는 선생님의 마지막 말에 저는 꿈속을 걷는 기분이었습니다. 선생님은 제가 가진 전부입니다. 선생님은 저의 사랑, 저의 재산, 저의 가족, 아니 저의 모든 것입니다. 선생님한테 부담을 드리지 않겠습니다.
>
> 제아무리 질투심에 불타고 절망감에 몸부림을 치는 한이 있더라도 짜증스럽게 하고 싶지는 않습니다. 사랑은 저를 양순하게 만드나 봅니다.
>
> 그웬 존 드림

그녀의 사랑은 이별을 할 때마저도 혼자만의 시간을 오래 가지며 고독과 싸우는 것이었다. 우리는 과연 살아가면서 누군가를 오랜 시간 양순하게 사랑한 적이 몇 번이나 있었나?

나는 늘 나를 더 사랑하느라 시간을 보냈다. 그래서 그웬 존의

고양이를 안고 있는 소녀 Girl with a Cat
그웬 존 | 1918-1922 | 캔버스에 유채 | 33.7×26.7cm | 뉴욕 메트로폴리탄 미술관

사랑과 이별 방식에도 응원을 보내고 싶다.

갑작스러운 이별에 힘들어하는 친구들아. 차여도 괜찮다. 네 잘못이 아니다. 자책하지 말고 자아를 잃지 않았으면 좋겠다. 언제든 다시 사랑할 수 있다. 이제 겨우 세상에 네가 결혼할 남자가 단 한 명 줄어든 것뿐이니까…….

사랑은 패스트푸드처럼 빨리 빠져도 괜찮다. 하지만 이별도 사랑의 시작처럼 빨리 헤어나올 수는 없다. 이별한 후 그 사람이 수척해진 것 같다며, 그 사람도 힘들까 봐 걱정이 된다며 자꾸 걱정하는 네가, 이별만큼은 슬로푸드처럼 느리게 빠져나오는 네가 맞는다고 생각한다. 오늘 밤도 나는 그대들에게 남은 사랑의 부스러기들을 응원한다.

마음속 점들을 연결하면 꿈이 된다

> 오랫동안 꿈을 그리는 사람은 마침내 그 꿈을 닮아간다.
> **앙드레 말로**(Andre Malraux)

〈무릎팍 도사〉라는 프로그램이 있었다. MC인 강호동은 늘 마지막에 출연자에게 똑같은 질문을 던졌다.

"당신의 최종 꿈은 무엇입니까?"

가수 김건모는 말했다.

"하늘을 나는 거요. 무엇인가가 되고자 하는 것은 목표이고 현실에서 이뤄지지 않더라도 늘 마음속에 가지고 살아가는 것이 꿈인 것 같아서요."

그의 발언은 내가 꿈의 한계를 전혀 다르게 생각하게 하는 계기가 되었다. 그렇다, 꿈은 사람마다 다르고 변한다. 24색 크레파스뿐인 여섯 살 조카에게는 새로운 유성 매직 세트를 갖는 것이 꿈이고, 첫사랑에 빠진 볼 빨간 중학생 소녀에게는 짝사랑하는 남학생이 자신을 좋아해주는 것이 꿈이다. 수험생에게는 기적이 일어나 시험을 평소 실력보다 잘 보는 것이 꿈일 수 있고, 오디션 프로그램에 나오는 출연진들은 생방송 무대에 서는 것이 꿈이며, 취업 준비생에게는 월요병에 걸려보는 것이 꿈일지 모른다.

꿈은 매일 늘어나고, 자주 변형되고, 부풀기도 했다가 정확해지기도 했다가 다시 추상적이 되기도 한다. 사소한 꿈, 허무맹랑한 꿈, 원대한 꿈, 무엇을 꾸든지 간에 모두 좋다. 다만 그 꿈을 이루고 싶다면 반드시 동반되어야 하는 것이 있다. 바로 행동이다.

"나는 사과 하나로 파리 사람들을 놀라게 하겠다."

이렇게 외친 특이한 화가가 한 명 있었다. 그는 정물화의 소재로 유독 사과에 집착했다. 어찌나 사과를 끈질기게 연구하는지 그림이 완성되기 전에 사과가 늘 먼저 썩었다. 그는 한동안 사과만 계속 그렸다. 흩어져 있는 사과, 가지런한 사과, 사과 바구니, 바닥에 떨어진 사과. 심지어 그의 그림 속 사과는 전혀 맛있어 보이지도 않고, 너저분해 보이기도 하며, 탁자의 선은 수평이 맞지 않고 초보가 그린 것처럼 삐뚤어져 보이기도 한다.

사과로 할 수 있는 모든 것을 다 해보고 그림으로 그린 그의 이름은 폴 세잔Paul Cézanne, 1839-1906이다. 사람들은 허무맹랑한 그의 꿈을 비웃었다.

성모 마리아나 예수를 그리는 것도 아니고, 덕망 높은 사람의 초상화를 그리는 것도 아니고 아름다운 풍경을 그리는 것도 아닌 "사과 하나로 놀라게 하겠다"라니, 내가 당시에 살았어도 코웃음을 쳤을 거다. 그러나 그의 꿈은 결국 현실이 되었다.

정물 Nature morte
폴 세잔 | 1894 | 캔버스에 유채 | 73×92.4cm | 미국 펜실베이니아 반스 재단

르네상스 시대 이후의 화가들은 원근법과 명암을 활용해 입체감을 나타내는 데 주력했지만, 세잔은 원근법이나 명암을 사용하지 않고 색채만을 이용해 입체적인 표현을 하려고 노력했다. 푸른색과 붉은색이 지닌 성질을 잘 이해한다면 평면인 색면으로도 충분히 입체감을 표현할 수 있다고 믿었기 때문이다. 그토록 사물의 형태를 고집스럽게 탐구한 끝에 세잔은 사물의 본질적인 구조와 형상에 관한 자신만의 이론을 정립했다. '자연의 모든 형태의 기본은 원기둥, 원뿔, 구'라고 해석한 그의 견해는 입체파와 추상미술 화가들에게 막대한 영향을 주었고, 그의 '사과'는 현대미술의 기호가 되었다.

세잔을 존경한 모리스 드니Maurice Denis, 1870-1940는 〈세잔에게 보내는 경의〉라는 작품을 그에게 헌정하기도 했다. 모네Claude Monet와 르누아르Pierre Auguste Renoir, 마티스도 세잔을 존경했으며, 피카소를 중심으로 하는 입체파는 세잔 예술의 영향 아래 전개된 사조라고 볼 수 있다.

그의 작품 속에서 삐뚤어진 탁자의 선은 눈과 눈 사이에 물체가 있을 때 수평으로만 보이지 않는다는 지독한 관찰의 결과이며, 굴러다니는 듯한 사과는 하나의 사과마저도 다양한 시점으로 살펴본 노력의 증거이다.

이 세상엔 세 가지의 사과가 존재한다고 한다.

첫째는 이브의 사과, 둘째는 뉴턴의 사과, 셋째는 세잔의 사과. 100년이 지나도 사람들은 이 세 가지 사과에 대해 이야기할 것이

과일 그릇과 유리잔과 사과 Compotier, verre et pommes
폴 세잔 | 1879–1880 | 캔버스에 유채 | 46×55cm | 뉴욕 현대미술관
세잔에게 보내는 경의 Hommage à Cézanne
모리스 드니 | 1900 | 캔버스에 유채 | 180×240cm | 파리 오르세 미술관

다. 꿈을 이야기하고 행동으로 실천한 화가의 사과는 이제 하나의 상징이 되었으니까.

나는 늘 꿈이 많았다. 살다 보니 바뀌기도 하고 사라지기도 했다가 다시 진화된 형태로 꿈틀거렸다가 또 짓밟히기도 했지만 꿈이 없었던 적은 없었다. 이제 와 돌이켜보니 진짜 좋아하는 일을 만나기 전까지 내가 가졌던 모든 직업들은 아르바이트였다. 스물다섯 살에 대학을 졸업하고 직장에 다니면서야 내가 평생을 공부해도 재미있을 분야와 이루고 싶은 꿈이 확실해졌다.

1년 6개월이라는 시간 동안 예술교육 관련 회사를 다녔었다. 그 회사는 나에게 신세계였다. 창의력교육 프로그램을 계발하는 연구원으로서, 연구한 프로그램을 바로 학생들에게 가르치는 교육자로서 모든 것을 다 경험해볼 수 있었다. 함께 일하는 동료들 역시 연극영화과, 성악과, 작곡과, 디자인과, 동양화과 등 예술 분야의 전공자들이어서 서로 많은 것을 주고받으며 배울 수 있었다.

열정적으로 일을 하던 중 6개월이 지나면서 회사 사정이 갑자기 나빠졌다. 투자받기로 한 기업에서 투자금이 들어오지 않아 대표님이 벌여놓은 교육 사업들이 제대로 진행되지 못했고, 직원들에게 줄 월급은 가장 뒷전으로 밀려나게 되었다. 월급이 나오지 않은 지 석 달쯤 되자 그나마 모아놓은 돈도 떨어졌다. 점심을 사 먹을 돈이 없어서 스물다섯 한창 혈기왕성할 나이에 점심 식사를 연거푸 굶어야 했다. 부모님이나 친구들에게 말하면 당장 그만두라고 할까 봐 끙끙대던 기억이 지금도 생생하다.

버티지 못한 동료들이 하나둘 회사를 떠나가고, 남은 것은 세 명뿐이었을 때 즈음 너무 힘이 들고 돈이 없어 처음으로 용기를 내서 가족에게 말했다. 당연히 당장 관두라고 할 줄 알았던 부모님께서는 의외의 이야기를 하셨다.

"살다 보면 이런 일도 있지. 다 경험이라고 생각해라. 당장 점심값은 엄마가 대주거나 도시락을 싸줄 테니 네가 그렇게 좋아하고 연구하고 싶어 하는 그 일을 조금 더 해서 깊게 배우고 나와라."

부모님께 감사했다. 꿈만 같은 생애 첫 회사에 들어갔지만 월급이 제대로 나오지 않는 딸에게 왜 회사를 제대로 알아보지도 않고 택했냐고 단 한 번의 꾸지람 없이 식비를 챙겨주시며 조금 더 버티라고 했던 부모님의 응원이 내 꿈을 더 강하게 받쳐줬다. 체크카드에 2,500원도 없어 커피 한잔 사 마시지 못했던 날들이었지만 그곳에 내 꿈에 다가가는 방법들이 있어서 그만둘 수가 없었다.

퇴근한 후에는 생활비가 없으니 미술 과외를 하며 회사를 다녔고, 또 다른 꿈을 위해 대학원 등록금을 모았다. 그렇게까지 해서 그 회사에서 배운 교육 철학과 프로그램은 지금 내가 하는 교육 사업의 가장 큰 자양분이 되었다. 그때 깨우친 작은 삶의 진리는 형편이 힘들어도 꿈이 있다면 묵묵히 이겨낼 수 있다는 것이었다. 돈이 없는 것은 부끄럽지 않았지만 포기했더라면 스스로에게 오랜 시간 부끄러웠을 것이다.

사회생활을 하다가 몇 년차가 되면 하나둘씩 지친 후배들이 나에게 찾아와 묻는다.

"언니, 좋아하는 일을 하면서 살아가는 언니가 부러워요. 저도 제가 좋아하는 일을 하고 싶은데, 사정상 형편상 쉽지가 않아요."

당연하다. 사정과 형편은 늘 누구에게나 좋지 않다. 나는 본인의 형편이 좋다고 말하는 사람을 거의 본 적이 없다. 어차피 우리의 삶은 상대적이니 꿈이 있다면 다소 힘든 상황일지라도 인내하고 노력하는 태도가 중요하다고 말하고 싶다.

세상 어디에도 하루아침에 이루어지는 것은 없다. 세잔이 수없이 반복해서 그린 작은 사과들이 모여 파리 사람들을 놀라게 한 것처럼 마음 속 작은 꿈들을 위해 꾸준히 생각하고 행동하면 그 점들이 연결되어 큰 그림으로 나에게 온다. 작은 꿈들이 모이고 모여 더욱 큰 꿈에 다가가는 것이다.

나에게 꿈은 약속이다, 지키고자 할 테니까. 꿈은 별이다, 반짝거리니까. 꿈은 적립카드다, 꼬박꼬박 쌓이니까. 꿈은 연료다, 나를 달리게 만드니까.

오늘 밤도 수만 개쯤 반짝거렸다 사라졌다를 반복하는 별 같은 우리의 꿈들에게 안부를 전하고 싶다. 계속 빛나고 있으렴. 우리가 성큼성큼 다가갈 테니…….

chapter_04

시간보다 천천히 늙는 여자

> 너그럽고 상냥한 태도와 사랑을 지닌 마음,
> 이것은 사람의 외모를 아름답게 하는 말할 수 없이 큰 힘이다.
> **블레즈 파스칼**(Blaise Pascal)

스물아홉 어느 날 친구를 따라 자기계발 서적을 쓴 한 작가의 강의를 들으러 갔다. 나는 그 책을 아직 읽지 않아서 저자에 대해 잘 몰랐지만 서른을 앞둔 싱숭생숭한 시기에 '강의'라는 한 단어에 귀가 번쩍했다. 오랜만에 무엇인가를 듣고 내 안을 채울 수 있을 것이라는 기대로 강의 장소로 갔다. 강의가 시작되기 전에 잠시 화장실에 들른 나는 누가 봐도 꽤 행색이 초라한 한 여인과 세게 부딪혔다.

"죄송합니다."

"앞 좀 보고 다니세요!"

상대방이 문을 실수로 반대로 열어 나와 부딪힌 것이지만 나는 일단 부딪혔다는 마음에 미안해서 먼저 사과를 건넨 것이었는데, 돌아온 대답은 앞을 똑바로 보고 다니라는 말이었다. 내가 가해자가 된 듯한 기분에 마음이 불편했지만 모르는 사람이었고, 지나치는 사람이었기에 신경 쓰지 않고 강의 장소로 돌아와 자리에 앉았다. 몇 분 후 강연을 할 작가가 들어와 자신의 책을 쌓아놓은 곳에서 관계자와 대화를 하는데, 가만히 보니 조금 전에 화장실에서 부딪힌 바로 그 사람이 아닌가! 그녀도 조금은 당황스러웠는지 제일 앞자리에 앉은 내 눈을 자꾸 피했다. 어찌됐건 강의는 시작되었고, 전반적으로 자신이 고생했던 20대 이야기, 그리고 책을 쓴 계기를 이야기했다. 그러나 나는 강연자의 이야기가 귀에 잘 들어오지 않았고, 그녀에 대한 신뢰도는 떨어질 대로 떨어진 상황이었다.

강의가 와 닿지 않았던 이유 중 하나는 강의 전에 겪은 작은 사건 때문이기도 했지만, 무엇보다 그녀의 초라한 모습 때문이었다. 30대에 이런 책을 낼 정도로 커리어를 가진 사람이라면 자신의 외모도 조금은 가꾸는 것이 기본이라는 내 생각이 고정관념일 수도 있다. 그러나 그녀 역시 본인의 책 안에서는 외모도 능력이라고, 자기를 잘 관리하라고 계속 강조했으면서 몹시 지저분한 운동화를 신고 있었고, 머리는 막 독서실에서 나온 듯 헝클어져 있었다. 그녀가 다른 직업을 가진 사람이었더라면 나는 그녀에게 실망하지 않았을지도 모른다. 하지만 그녀의 책에는 누가 봐도 반짝반짝 빛이 나는 서른을 스스로 만들라는 의미의 제목이 붙어 있었다.

두 번째 이유는 그녀가 나의 시선을 계속 피했다는 것이다. 만약 그녀가 나에게 아는 척을 하거나 "아까는 죄송했어요"라고 했다면 '누구나 실수는 할 수 있지. 하지만 솔직한 분이네' 하며 오히려 감동받았을지 모른다. 하지만 그녀는 강의가 끝나고 사람들에게 사인을 해주는 동안 분명히 나를 알아봤음에도 모른 척했다.

많은 것을 기대하고 갔던 강의에서 나는 다른 의미로 여러 가지를 배우고 왔다. 미안하다는 말을 먼저 꺼내지 못하는 어른이 되지 말자, 비싸지 않아도 좋으니 깨끗한 신발을 신고 단정한 옷차림을 하자. 자기계발 작가임에도 불구하고 정작 자신은 꾸미려고 노력조차 하지 않으면서 남들에게 발전하라고 했던 그녀의 모습이 꽤 오랜 시간 기억에 남았다. 결론적으로 나는 그녀의 책을 사서 읽지 않았다.

살아가다 보면 닮고 싶지 않은 어른들을 만나게 된다. 그럴 때는 그런 어른을 보며 절대 이런 부분만큼은 닮지 말자고 다짐한다. 닮고 싶지 않은 부분을 지키며 사는 것이 무언가를 닮는 것보다 더 쉽고 바람직하다. 칭찬이나 감사함에 인색하거나, 자기가 늘 우위에 있다고 여기는 어른이 되고 싶지 않다.

나는 왕년을 팔아먹고 사는 여자가 되고 싶지도 않다. 왕년에 예뻤다거나, 인기가 많았다거나 기타 등등의 이유로 지금의 자신을 이야기하지 않고 자꾸 과거에 잘나갔다고 강조하는 것만큼 초라한 것은 없다. 그런 이유들을 둘러대는 사람은 지금 자신의 모습에 자신이 없기 때문이다.

누군가는 인생을 두루마리 휴지 같은 것이라 표현했다. 처음엔 이걸 언제 다 쓰나 하지만 중간을 넘어가면 언제 이렇게 줄었나 싶게 빨리 지나간다. 시간은 우릴 기다려주지 않지만 나는 시간보

샤넬의 초상 Femmes au chien
마리 로랑생 | 1923 | 캔버스에 유채 | 92×73cm | 파리 오랑주리 미술관

다 천천히 늙는 여자가 되고 싶다. 삶과 함께 지내는 시간 속에서 친절을 얹고, 온화함을 얹고, 우아함을 얹어 정지된 듯 느리게 흘러가는 슬로모션 영화처럼 나이 들고 싶다.

프랑스의 여성 화가 마리 로랑생Marie Laurencin, 1883-1956의 그림 속 여자들을 보며 나의 소망들이 점차 확실한 색으로 물들었다. 어떤 그림은 여자 화가가 그렸는지 남자 화가가 그렸는지 전혀 알 수 없기도 하지만, 보자마자 '이 그림은 여자 화가가 그렸구나!'라고 느껴지는 작품들이 있다. 마리 로랑생의 작품들이 그렇다. 그녀의 작품들은 정말 단 한 작품도 빠짐없이 여자 화가가 그린 향이 풍긴다.

몇 해 전 여름 파리에 갔을 때 루브르 박물관보다 좋았던 곳이 오랑주리 미술관과 오르세 미술관이었다. 오랑주리 미술관에서 로랑생의 〈샤넬의 초상〉을 처음 보고 책이나 인터넷상에서 봤던 이미지보다 훨씬 풍부한 색감과 몽글몽글한 느낌에 감동받았었다. 샤넬과 동갑이었던 마리 로랑생이 그린 그림 속 샤넬은 그 시대에 유행했던 큰 모자 대신 편안함을 추구하는, 자신이 디자인한 딱 붙는 모자를 쓰고 있다. 깊고 짙은 눈매가 어딘지 모르게 슬퍼 보인다. 그녀가 입은 비대칭 푸른색 드레스는 디자이너로서의 샤넬답게 느껴진다. 하지만 샤넬 본인은 이 초상화를 별로 좋아하지 않았다고 한다.

그림보다 더 강인한 모습으로 비치고 싶어서였을까? 아니면 자

개를 데리고 있는 여인들 Women with a Dog
마리 로랑생 | 1925 | 캔버스에 유채 | 80×100cm | 파리 오랑주리 미술관

신이 숨기고 싶었던 우울한 모습을 들킨 것 같아서 이 초상화가 싫었을지도 모른다. 실제로 샤넬은 첫 애인이 죽고 나서 한동안 우울증에 걸려 아무도 만나지 않고 혼자서만 지냈다는 이야기도 있다. 샤넬의 사진과 비교해보면 많이 닮은 것 같기도 하고 실물의 이목구비가 더 진한 것 같기도 하다. 이유야 어떻든 간에 코코 샤넬을 그린 초상화라는 점에서 소중한 작품임은 확실하다.

같은 화가가 그린 또 다른 작품 〈개를 데리고 있는 여인들〉을 살펴보자. 강아지와 함께 있는 여인들은 마치 신화에서 여신들이 걸어나온 것 같다. 정면을 바라보고 있는 여인은 도도하면서도 가녀려 보인다.

맨발과 옷차림을 보면 그녀의 직업은 발레리나 같다. 무슨 일로 숲에 있는 걸까? 왼편에 있는 것이 커튼이라면 이 장소가 어쩌면 공연하는 무대가 아닐까 하는 생각도 하게 된다.

삶은 끊임없이 다양한 무대 위에 있는 것 같다는 생각이 들 때가 많은데, 무대 위에서도 의연한 표정을 짓고 있는 두 여인을 보면 마음이 편안해지면서 평정심이 생기는 작품이다.

매일매일 화나는 일도, 이해할 수 없는 일도 있고, 남을 미워하는 마음이 생긴 순간도, 다른 사람의 험담을 한 순간도 존재한다. 한 번만 더 생각해보면 작은 일이고 멀리서 보면 별것 아닌 일인데 그 상황 안에 서면 안절부절 큰일인 양 흥분하는 내 성격이 어찌나 못났는지. 저 무대 위의 두 여인처럼 온화하게 나이 들고 싶은데 쉽지가 않다.

마리 로랑생은 프랑스 파리에서 태어나고 자랐다. 안타깝게도 그녀는 아버지의 외도로 태어난 딸이었기에, 그녀의 어머니는 늘 조심스럽게 생활해야 했고 딸인 마리 로랑생 역시 조용히 키우고 싶어 했다. 어머니는 그녀가 교사가 되기를 바랐지만 미술에 관심이 많은 그녀는 윙바르의 회화 연구소에 들어가서 그림을 그리기 시작한다. 마네Edouard Manet를 좋아했던 이 소녀는 그곳에서 브라크Georges Braque를 만나게 되고 브라크의 응원과 격려 속에 더 많은 그림들을 그려나간다.

브라크는 피카소와 함께 입체주의를 창시한 화가였기에 그녀는 이내 피카소, 마티스와도 친해진다. 또한 시인 기욤 아폴리네르Guillaume Apollinaire와 연인 사이로 발전하기도 한다. 당시 프랑스 파리는 입체주의 운동으로 인해 새로운 예술에 대한 관심과 혁신이 두드러지는 시기였다. 그녀는 피카소의 입체파와 마티스의 야수파 사이에서 많은 것들을 보고 느꼈지만 두 파 중 어느 쪽에도 종속되지 않고 자신만의 화풍을 만들어나갔다. 즉, 자신만의 스타일을 확고하게 정립한 것이다.

"스타일은 자신이 누구인지 무슨 말을 하고 싶은 건지 아는 것이며, 그에 대해 누가 뭐라든 아랑곳하지 않는 것이다."

미국의 소설가 겸 극작가인 고어 비달Gore Vidal의 말처럼 마리 로랑생의 작품들은 어느 것을 봐도 본인의 색이 확연하다.

마리 로랑생의 자화상을 찾아보면 우리는 그녀의 젊은 날을 느낄 수 있다. 예쁘지는 않지만 무언가 고고한 매력이 느껴지는 것은 그 시절 남자 화가들 사이에서 자신만의 스타일로 그리는 한 명의 화가로서 자부심이 있었기 때문일 것이다.

서른이 되면 외모도, 마음도 더 세련돼질 줄 알았는데 난 여전히 촌스러운 마음으로 살아가고 있다. 작은 것에 연연하고 무수히 잘 삐치며 경쟁자들은 앞으로 잘나가고 있는데 혼자만 평범한 것 같다. 서른 살이라는 나이는 그 어떤 것도 열심히 하지 않으며 보내기엔 너무 소중하고, 성공을 위해서만 살기에는 너무 아깝다. 이제는 주변을 둘러보며 가고 싶다. 소중한 것들 중 놓치는 것이 없는지, 그렇게 견고하게 좋은 경험이든 좋지 않은 경험이든 내 삶의 연료가 된다는 생각으로 쌓고 또 쌓으며 우아하고 편안하게 마흔을 맞이하고 싶다.

나는 목련꽃이 싫다. 피어 있을 때는 한없이 화려하지만 떨어진 꽃잎은 오염된 냄새를 풍겨서 모두가 고개 돌리는 꽃, 바라볼 때만큼은 여왕 같지만 발길에 짓밟힐 때는 누추해지는 꽃. 그런 사람이 되고 싶지 않기 때문인지 모른다. 1등은 안 하고 살아도 괜찮다. 다만 짓밟히는 삶만은 피하고 싶다. 매년 봄이 오면 다짐한다. 아름답게 피었다가 지저분하게 떠난 목련처럼 되진 말아야지. 모두가 아름답다고 노래를 부르나 시간이 흐를수록 미워지는 목련꽃 같은 여자가 되지 말아야지.

누구나 젊어지고 싶어 한다. 더 많은 시간을 갖고 싶어 한다. 하지만 나이 드는 데는 큰 이점이 있다. 바로 젊었을 때 가지고 있던 강한 긴장감에서 놓

여나는 핑계가 되어주는 것이다. 만일 내가 스무 살이라면 나는 이렇게 말하지 못할 것이다. 왜냐하면 젊은 시절의 나는 세상 속으로 나가 나 자신을 증명해 보이고 생계를 꾸려나가고 세상을 직시해야 했기 때문이다. 그때의 나는 스위스에 있는 사과나무 아래서 그저 휴식을 취할 수가 없었다. 그래서 언제까지나 10대에 머무르고 싶지는 않다.

《워너비 오드리》, 멜리사 헬스턴 지음, 이다혜 옮김

배우 오드리 헵번의 말이다. 그녀는 스스로와의 약속을 지켰다. 나이가 들수록 아름답게 늙었고, 세상을 위한 일들을 하며 말년을 보냈다. 샤넬과 마리 로랑생, 오드리 헵번은 각기 다른 분야에서 다른 일했지만, 그들에게는 공통점이 하나 있다. 바로 무언가를 사랑하는 일을 하며 누군가의 부인으로서만이 아닌 한 명의 여성으로 살며 나이 들어갔다는 점이다. 그들의 인생을 돌이켜 볼 때 샤넬은 자신의 과거를 잘 숨기는 여인이었고, 마리 로랑생은 애인인 기욤 아폴리네르를 버리고 매몰차게 떠난 여인이었으며, 오드리 헵번 역시 싫은 것은 확실하게 거절할 줄 아는 여성이었다. 즉, 그들은 단지 착하고 순하기만 한 여성은 아니었다.

그들처럼 나도 내가 사랑하는 일을 하면서도 시간보다 빨리 서두르지 않고, 시간 속에 허우적대지 않으며 시간에 쫓기지 않는 어른으로 살고 싶다. 우아하고 자신만의 스타일이 확연한 마리 로랑생의 그림들처럼 기품 있게 늙고 싶은 소망이 가득하다.

chapter_05

지금 성실한 사람이 내일도 성실하다

> 인생은 한 권의 책과 같다.
> 어리석은 이는 그것을 마구 넘겨 버리지만, 현명한 이는 열심히 읽는다.
> 인생은 단 한 번만 읽을 수 있다는 것을 알기 때문이다.
> **장 파울**(Jean Paul)

내 친구 J는 전교 1등이었다. 같이 놀고 같이 나쁜 짓을 해도 선생님들이 그 친구만은 예뻐했기에 때로는 그녀가 부러웠다. 중고등학교 내내 수업 시간에 졸았던 적이 없었던 J는 매일 어슬렁거리며 학교에 와서는 바닥에 뒹구는 볼펜 중 하나를 주워 공부를 했다. 필통 가득 색색별로 펜을 가지고 있으면서도 수업 시간이면 잠만 자는 나와는 달랐다.

나는 미술 선생님이 되고 싶었다. 미대에 가면 공부를 안 해도 된다기에 갖게 된 꿈이었다. 어느 날 공부를 그리도 잘하는 그녀의 꿈이 궁금해 묻자 J는 꿈이 없다고 했다. 그래서 열심히 공부하는 것이라고 했다. 공부라도 열심히 해놓아야 하고 싶은 게 생각나면 고를 수 있을 것 같다고. 나는 꿈이 없어 공부를 열심히 한다는 그녀가 신기해 보였다.

꿈이 없어 공부를 열심히 한다던 그녀는 이제 한 아이의 엄마가 되었다. 서울대학병원의 간호사가 되어 얼마 전에는 산후 조리 후 다시 병원으로 대수롭지 않게 복귀했다.

어른들이 공부를 열심히 해야 한다고 했을 때는 그 말이 듣기 싫기만 했지, 왜 열심히 해야 하는지 몰랐다. 그러다가 그녀의 삶을 바라보면서 깨달았다. 삶의 성실도를 평가해야 한다면 그 기준은 학생 시절에는 학교생활과 공부이고, 결혼한 부부에게는 가정생활이며, 이제 아이를 낳은 부모에게는 육아이고, 직장인에게는 하루의 반 이상 몸담고 있는 직장생활이라는 것을. 내가 속한 곳에서의 모습이 내 삶의 성실도를 판단하는 지표가 된다는 것을 나는 꽤나 늦게 알았다.

우리 모두에게는 같은 시간이 주어져 있다. 주어진 시간을 어떻게 성실하게 채워나가느냐가 중요하다는 말은 질릴 만큼 들은 진부한 진리다. 하루하루 평범하게 살아가는 일에도 연습이 필요한데 무엇이 되고자 하려면 얼마나 많은 시간이 필요할까?

여기 뒤늦게 화가가 되기 위해 성실하게 하루하루를 꾸준히 쌓은 한 남자가 있다. 그의 이름은 앙리 루소Henri Rousseau, 1844-1910이다. 1889년 파리에서는 만국박람회가 열렸다. 루소는 세계의 축제이기도 했던 박람회를 기념하고 싶어 그때의 풍경을 그림으로 그리고 〈1889년 만국박람회를 방문하다〉라는 희곡까지 쓴다.

프랑스의 센 강변에 한 화가가 서 있다. 바로 루소 자신이다. 주변을 둘러보면 만국기가 휘날리는 배도 보이고, 에펠탑도 보인다.

나 자신: 자화상과 풍경 Moi-même: Portrait-paysage
앙리 루소 | 1890 | 캔버스에 유채 | 113×146cm | 프라하 국립미술관

한 가지 재미있는 것은 자신의 모습을 매우 크게 그렸다는 점이다. 그는 그 누구보다 성공한 화가가 되고 싶어 했고 위대한 화가가 되고 싶어 했다. 그의 바람은 이루어져 그는 유명한 화가가 되었다. 화면 가득 그린 자신감 넘치는 화가의 초상처럼. 하지만 결과가 아닌 과정을 들여다보면 조금 다르다. 그는 하루아침에 유명해진 것이 결코 아니다.

앙리 루소는 남들보다는 훨씬 늦게 화가의 길에 접어들었고, 모두가 그림이 이상하다고 비웃어도 꾸준히 자신만의 화풍을 만들려고 노력한 화가이다. 마티스와 피카소 같은 대가들이 함께했던 그 시절 파리는 새로운 화풍들로 모더니즘 미술이 파티를 열었다고 해도 과언이 아니었다. 하지만 루소는 제대로 미술을 배운 적도 없고, 고등학교를 나온 것이 전부인, 통행료를 받는 평범한 세관원이었다.

그는 공무원 생활을 하다가 40세가 되어서야 화가의 길을 걷기 시작한다. 주중에는 일을 하고 주말에만 그림을 그려 일요화가라는 별명도 있었다. 그러다 49세가 되던 해에 20년 넘게 일한 직장을 버리고 본격적으로 전업 화가로 나서며 꿈에 도전한다.

미술을 제대로 배운 적이 없으니 원근법도 맞지 않고 비례도 다 틀리고, 마치 하나하나 짜깁기한 것처럼 누구도 그리지 않는 이상한 그림을 그렸다. 처음에는 동료 화가들 모두 그가 없는 곳에서 그를 무시하기도 했다. 하지만 어디에서도 배운 적 없는 루소만의 화풍은 사람들에게 신선하게 다가갔고 그만의 개성으로 세상에 알려진다. 그는 초현실주의자들에게도 영감을 주었고 피카소 역

꿈 Le Rêve
앙리 루소 | 1910 | 캔버스에 유채 | 204.5×298.5cm | 뉴욕 현대미술관

시 그의 작품을 사기도 했다.

루소의 인생을 보면 재능에 대해 다시 생각하게 된다. 발견하지도 못해본 채 시간이 흐르는 대로 그렇게 사는 것, 늦게라도 발견해서 말년에 운 좋게 자신의 이름을 건 인생을 사는 것, 우연히 발견하게 돼서 자기도 모르게 진하게 살고 있는 것, 어떻게든 발견하려고 적극적이고 능동적으로 노력하는 것, 어쩌면 지금쯤이면 내가 무엇을 잘하는지 무엇을 좋아하는지 알고 있어서 그렇게 살아가려 하는 것, 정신이 조금 든 이후부터 쭉 찾고 있는 것…….

우리는 각자 다른 재능들을 지니고 있다. 그렇기에 다른 사람과 비교해서는 안 되지만, 그런 마음과 달리 자꾸 비교하게 되는 건 어쩔 수 없다. 나도 모르게 타인과 나를 비교하며 나보다 나은 그들을 부러워하기도 하고, 본받으려 하기도 한다. 그런데 앙리 루소처럼 뒤늦게 재능을 찾고 도전한 사람들은 하나같이 이야기한다. 재능을 찾기 위해 수없이 시도했고, 어떻게든 재능을 만들려고 지금 있는 자리에서 매일 노력했고, 잘하는 것을 좋아하려 하기도 했었다고 말이다.

태어날 때부터 재능을 가지고 태어나는 사람은 많지 않다. 오히려 살면서 만들어가는 사람들이 많다. 지금 지닌 것이 부족하더라도, 앞으로 당분간 내가 원하는 모습이 되기는 어려울 것 같아도 꾸준히 재능을 찾아보자. 재능은 찾고자 하는 사람에게 다가온다.

나는 가끔 스스로를 위해 '재능 찾기 놀이'를 한다. 내가 남들보다 부족해 보이는 날, 나만의 재능 찾기 놀이를 하면 내가 훨씬 괜찮은 사람이 된 듯한 기분이 든다. 일상에서 낭만 찾기, 화가 탐구하기, 같은 노래 백 번을 반복해서 듣기, 텔레비전 보면서 청소하기, 동네 슈퍼 아줌마랑 친해지기, 하루에 한 번 누군가를 칭찬하기, 흔들리는 버스에서 메모하기, 시간 쪼개어 블로그하기……. 이런 것들이 작지만 힘이 되는 내 일상의 재능들이다. 재능을 비교적 늦게 찾았고, 힘들게 찾은 재능을 사람들이 인정해주지 않아도 묵묵히 자신의 길을 걸었던 성실한 화가 앙리 루소를 생각하면 재능이라는 것은 천부적인 능력만이 아니라 노력의 산물이기도 함을 알 수 있다. 앙리 루소는 지극히 평범했다. 하지만 평범한 사람의 꾸준함은 기적을 만들었다.

"우리는 이 시대 최고의 화가입니다. 하지만 당신은 이집트적인 스타일의, 나는 현대적인 스타일의 화가죠."

어느 날 피카소는 루소에게 영광스러운 칭찬을 한다. 지독히도 순진하고 원시적인 그의 그림을 보는 순간 위대한 화가의 자리에 오른 자신조차 결코 따라할 수 없는 화법임을 피카소도 느꼈을 것이다.

앞에서도 말했지만, 원래부터 인생은 정말 좋아하는 것은 늘 쉽게 주지 않는다. 인생에서 대부분의 좋은 성과는 노력해서 얻게 된다. 혹여 노력해서 얻지 않은 성과가 있다면 누군가에게 빚을 진 것이거나, 엄청난 행운이니 감사하고 아낄 줄 알아야 한다.

우리는 모두 평범한 달팽이다. 때로는 느리고, 때로는 우둔하다. 내가 작아진다고 느낄 때면 화가 앙리 루소를 떠올리자. 지금 성실한 사람이 내일도 성실하다는 믿음과 함께.

chapter_06

무수한 덧칠로
아름다워지는 그림

> 도전은 인생을 흥미롭게 만들며,
> 도전의 극복이 인생을 의미 있게 한다.
>
> **조슈아 J. 마린**(Joshua J. Marine)

미술대학교 안에는 여러 종류의 학과가 있다. 회화, 판화, 조소, 시각디자인, 공업디자인, 산업디자인, 금속디자인, 목조형디자인, 도예, 공예, 미술교육 등등. 고등학교 3학년 때 어느 학과를 가야 할지 고민하는 기로에 서서 나는 한 치의 망설임도 없이 공예 디자인과를 선택했다. 회화과를 선택해서 원 없이 그림을 그리고 싶은 마음도 있었지만 우리는 알고 있었다. 열아홉, 스물 미대를 가려고 하는 수험생들끼리 치열하게 아침부터 밤늦게까지 그림을 그리다 보면 우리 중 신이 주신 특별한 무엇인가가 유독 더 있는 친구가 있다. '똘끼'라고 해야 할까 '천부적인 재능'이라고 해야 할까.

모두 함께 같은 시간 같은 입시 그림을 그려도 유독 회화적인 끼가 넘쳐흘러 나오는 그런 친구가 꼭 있었다. 어리지만 우리는 회화과는 그런 아이의 몫이라는 것을 암묵적으로 알고 있었다.

화가라는 이름은 그들이 가져가고, 나는 세상에서 미술이 필요한 또 다른 아름다운 일들을 해야 한다고 그때부터 생각했다. 이를테면 디자이너나 큐레이터, 혹은 지금 나의 일이 된 미술교육 같은…….

그럼에도 회화에 대한 목마름은 가시지 않았다. 그 갈증이 미술사라는 장르로 표출되어 나로 하여금 대학원의 문을 두드리게도 했지만, 여전히 그림을 그리는 영혼들은 내게 저 멀리 빛나는 은하수다.

회화과가 아닌 디자인과나 공예과 같은 미대의 다른 과도 회화 수업을 받는다. 유화나 아크릴화를 그릴 때마다 '내 인생도 틀릴 때마다 이렇게 덧칠하고 또 덧칠할 수 있으면 얼마나 좋을까?' 하는 생각을 했다.

수채화는 덧칠하면 할수록 탁해지고 도화지가 울고 심지어 나중에는 종이 때가 밀려 나온다. 나는 그런 수채화보다 덧칠을 하고 또 해도 다시 그릴 수 있는 유화나 아크릴화가 좋았다. 물론 유화나 아크릴화도 무조건 덧칠을 계속한다고 해서 그림이 완벽해지는 것은 아니며, 때로는 더 둔해 보이기도 한다. 그러나 그럼에도 내가 원하는 만큼 덧칠을 해봐야 미련이 남지 않는다. 붓질을 하다 보면 이런 생각이 든다.

'앞으로 내가 살아갈 삶도 이렇지 않을까? 덧칠하고 수정하는 것이 늘 최선은 아니지만 덧칠하고 싶을 때 하는 것이 후회는 없구나.'

그림을 그릴 때마다 생각한다. 언제가 마지막 붓질이고 언제쯤 멈추는 것이 최선인지 아는 것이 화가의 능력이라고 말이다.

봄맞이 Spring's Awakening
에드워드 앳킨슨 호넬 | 1900 | 캔버스에 유채 | 44×34cm | 영국 베리 미술관

여기 수없이 덧칠해도 두께와 질감마저도 아름다운 그림이 있다. 에드워드 앳킨슨 호넬Edward Atkinson Hornel, 1864-1933의 작품들이다. 나는 그의 그림에서 무수히 많은 덧칠로도 그림이 아름다워질 수 있다는 희망을 보았다.

〈봄맞이〉라는 제목의 작품 속에 네 명의 소녀가 있다. 깊은 숲 어디론가 소풍이라도 온 모양이다. 신이 나서 꽃을 만져도 보고 조심스레 꺾어도 본다. 꽃과 소녀만큼 어울리는 이미지도 없을 것이다. 다소 무거워 보이는 질감이지만 소녀들의 밝은 옷과 어우러지면서 마음에 쏙 들어오는 작품이다.

몇 년 전 예술의 전당에서 열린 〈영국 근대회화전〉에서 이 작품을 실제로 보고 소름이 돋았었다. 재질감이라고도 하는 마티에르Matière가 너무나도 독보적이었기 때문이다. 물감의 두께가 거의 1센티미터는 되어 보였다. 반죽을 캔버스에 얹으며 완성한 그림 같았고 굳은 물감의 균열들마저도 화가의 기교 같아 보였다. 같은 화가의 〈여름날의 전원시〉라는 작품을 한 점 더 보자.

볼이 발그레한 세 명의 소녀들이 옹기종기 엎드려 숲에서 놀고 있다. 저 멀리 살짝 보이는 수면은 연못 같다. 아무래도 이 화가는 덤불을 좋아하는 듯하다. 숨어서 장난치기를 좋아하는 저 또래의 소녀들에게는 덤불이 꽤나 비밀스러워 보이는 자연물 중 하나임에는 확실하다. 제목을 보니 초여름을 향해 달려가는 시간 같다. 봄에서 여름으로 가는 시간의 향이 느껴지는지? 제일 왼쪽 소녀의 맨발을 보면 계절감이 더욱 느껴진다.

여름날의 전원시A Summer idyll
에드워드 앳킨슨 호넬 | 1908 | 캔버스에 유채 | 126×151cm | 영국 올덤 미술관

앳킨슨 호넬은 스코틀랜드 화가이다. 오스트레일리아에서 태어났지만 스코틀랜드에서 대부분의 삶을 살았다. 그는 1893년부터 1894년 사이 화상의 후원을 받아 일본으로 그림 여행을 가게 되는데, 이 여행에서 꽤 많은 영감을 받았는지 화풍에 큰 변화를 겪게 된다. 그가 일본 여행 후 했던 이야기를 옮겨보면 이렇다.

일본 미술은 유럽 미술과 견주어도 손색없을 만큼 훌륭하다. 오히려 유럽에서 시도되는 모든 새로운 미술 기법에 일본 미술의 영향이 느껴질 정도다. 유럽의 화가들이 일본의 위대한 예술이 어떤 환경에서 발생한 것인지를 알고자 하는 욕구에 사로잡혔다는 사실은 이를 방증하는 것으로 볼 수 있다.

호넬은 일본 여행 후 게이샤의 모습과 전통 의상이나 전통 상점들을 스케치 연습의 주제로도 삼으며 그 영감을 바탕으로 자신만의 화풍을 만들어갔다. 그 때문인지 그가 그린 소녀들에게서 일본 인형들의 앙증스러운 느낌이 나는 것도 같다.

그림들의 무수한 덧칠만큼 그의 인생에도 많은 덧칠이 있었다. 태어난 나라와 산 나라가 달랐고, 우연히 간 일본 여행 역시 그의 인생에 신선한 덧칠이 된다. 그의 삶처럼 앞으로의 나의 인생에도 많은 덧칠의 기회가 주어질 것이라고 생각한다.

내 꿈은 학교 선생님이 되어 나라에 속한 교육 공무원으로서 아이들을 가르치는 것이었다. 그랬기에 높은 경쟁률을 뚫고 교육대학원을 들어가 3년간 또다시 공부해 중등 교사 자격증을 취득했다.

그렇게 꿈에 부풀어 교생 실습을 나갔다. 한 달이라는 기간 동안 나는 실제 교사로서의 업무를 진행하기도 하고, 선배 교사들의 모습을 가까이서 지켜볼 수 있었다. 그런데 교생 실습이라는 관문을 거치면 더욱 굳건해지리라고 예상했던 내 꿈은 전혀 반대로 사라졌다.

학교에서 지내는 내내 나는 소화가 되지 않았다. 어느 날에는 점심시간에 말없이 학교 밖으로 나가 테이크아웃 커피를 사 왔다가 교장 선생님께 혼이 나기도 했다. 자유로운 스타일을 좋아하는 나는 레깅스를 신고 학교에 출근해 다시 한 번 혼이 났고 점점 자신감도 잃게 되었다. 물론 학생들과의 생활은 즐거웠으나 수업 이외에 산더미처럼 쌓인 문서와 정리해야 하는 일들, 생각보다 오래 걸리는 일 처리 등은 내가 바라온 꿈과 내 성격이 잘 맞지 않음을 깨닫게 했다.

혼란스러웠다. 몇 년간 임용고시만을 보고 달려온 터였다. 이미 시험 준비를 위해 사놓은 책들, 인터넷 강의 등 그동안 쏟아부은 시간과 비용을 생각하니 포기하고 새로운 꿈을 다시 찾기가 머뭇거려졌다. 그러나 교생실습을 마친 5월 31일 다음 날인 6월 1일, 나는 내가 공부하던 책들을 남김없이 동기들에게 나누어줬고, 인터넷 강의 수강권도 모두 동기들에게 넘겨주고 꿈을 변경했다.

그래서 지금처럼 기업에 명화 강의를 나가며 미술사 강의를 하고 교육원에서 아이들을 가르치게 되었다. 이렇게 시간에 구애받지 않고 미술을 전파하며 살아가는 것이 나에게는 천직인 것 같다. 처음엔 물론 마음이 불편했다. 나라의 제도 안에서 가르치는 것만이 진실한 교육이라고 생각했던 내가 사교육 사업인 미술교육원을 연다는 것은 내가 오랜 시간 간직해온 꿈을 밟는 일이라도 생각한 적도 있다.

하지만 에드워드 앳킨슨 호넬의 그림을 만난 순간 해답이 생겼다. 내 꿈은 밟힌 것이 아니라 덧칠된 것이었다. 덧칠되고 또 덧칠돼서 점점 두꺼워진 꿈의 두께가 지금 내 인생을 지켜주고 있다.

인생은 얼마든지 덧칠이 가능하다. 다만 마구잡이식의 덧칠은 조심해야 한다. 덧칠이라는 것은 둔탁해지고 탁해지라고 하는 것이 아니다. 견고해지고 밀도가 높아지라고 하는 것이다.

> 물감이 완전히 마르기 전에는 그림을 망칠 각오를 하지 않고는 붓질 한 번 마음대로 할 수 없기 때문이다. 그러니 수정할 때는 작은 붓으로 냉정하고 침착하게 해야 해.

1885년 빈센트 반 고흐가 테오에게 쓴 편지 중 일부이다.

고흐의 마음가짐처럼, 호넬의 그림처럼 삶을 수정하는 덧칠을 할 때는 평소보다 더 냉정하고 침착할 필요가 있다.

비어 있는 도화지나 캔버스와 마찬가지로 우리의 삶은 여백이 더 많기에 더 변화하고 발전할 수 있다. 혹시라도 도전이 망설여지는 사람이 있다면 캔버스 위에 새롭게 그림을 그리듯 설레는 마음으로 그러나 과감하게 지금의 삶 위에 새로운 꿈을 덧칠하라고 이야기하고 싶다.

chapter_07

세상에 쉽게 그려진
명화는 없다

신은 우리가 성공할 것을 요구하지 않는다.
우리가 노력할 것을 요구할 뿐이다.
테레사 수녀(Mother Teresa)

1925년 무렵, 모네는 시력을 잃은 상태였다. 제1차 세계대전 이전에 이미 백내장으로 앞을 거의 볼 수 없었다. 나이가 들면서 점점 나빠진 눈은 1923년 여든 살이 되던 해에 심각하게 악화되어 수차례 수술 끝에 아주 조금 시력을 회복했다. 〈장미꽃이 만발한 집〉은 그 당시 그린 작품이다.

자, 그림을 좀 더 자세히 보자. 보이지 않는 눈으로 빛을 좇으며 장미 넝쿨들을 그려나간 늙은 모네의 모습이 상상되는가? 꽃밭의 끝에 엷은 연보라색 터치의 작은 아이리스 꽃들이 보이는가? 보랏빛 지붕의 집에 난 창문들이 보이는가?

이 작품이 몇 해 전 한국에 왔을 때, 이 그림을 보고 어떤 생각이 드는지 솔직한 감상을 물었다. 학생들은 하나같이 비슷한 말을 했다.

"꽃밭 같기는 한데, 무엇을 그린 것인지는 잘 모르겠어요."

장미꽃이 만발한 집 La maison dans les roses
클로드 모네 | 1925 | 캔버스에 유채 | 92.3×73.3cm | 마드리드 티센 보르네미사 미술관

"사실 왜 이 그림이 명화인지도 모르겠고, 모네가 그린 것이지만 저도 그릴 수 있을 것 같아요."

그림은 보는 대로 느끼는 것이기에 그들의 말도 맞다. 나는 그들에게 앞서 언급한 것처럼 이 작품이 모네가 시력을 잃은 후에 그린 그림이라는 이야기를 들려주었다. 그 이야기를 들은 사람들의 표정은 둘 중 하나다. 감동받아 슬퍼하거나, 사연을 듣고 나서 완전히 다른 눈으로 보게 되거나……. 하물며 그림 한 장을 보는 시선도 이야기를 들려주기 전과 후가 이렇게 달라지는데 사람을 대하는 태도들은 어떠할까?

이 세상 사람들 가운데 누구 하나 아프지 않은 이가 없다. 누구나 자신만의 상처가 있고 그 상처들 때문에 방황하고 고난을 겪는다. "세상에는 추한 것이 많으니 아름다운 것만 그리겠다"라고 자주 이야기한 르누아르는 그의 말처럼 수없이 아름다운 작품을 남겼는데, 말년엔 류마티스 관절염으로 손에 붓을 묶고 그림을 그렸다. 색채의 마법사라고 불리는 마티스도 일흔이 되던 해 건강 악화로 더 이상 유화 작업을 할 수 없게 되자 좌절했지만 이내 가위로 자르는 콜라주 작업을 발전시켜 새로운 분야를 일구어나갔다. 어디 그뿐인가? 프리다 칼로는 여섯 살 때 소아마비를 앓아 오른쪽 다리가 불편했고 열여덟 살 때 교통사고를 당하면서 온몸이 산산조각 나다시피 했다. 산 것만으로도 기적인 상황에서 그녀는 꼬박 9개월을 침상에 누워 있었다. 하지만 그 아픔을 겪고 근대에 가장 뛰어난 여성 화가라는 칭호를 얻었다.

내가 마주한 고난과 시련들은 긴 인생을 살아가는 데 기폭제가 되기도 한다. 세상을 둘러보면 시련 없이 성공한 사람은 찾아보기 힘들다. 그럼에도 우리가 두려워하는 것은 고난과 시련의 시간이 어느 정도에 끝난다고 아무도 알려주지 않기 때문이다.

예를 들어 "이번 달까지만 힘들고 다음 달부터는 괜찮아질 거야"라고 누군가가 정해주거나 "네 인생은 열아홉 살 때 한 번 힘들고, 다시 스물일곱 살 때 고통이 오고, 다시 서른여덟 살이 되는 해 고비가 있어"라고 말해준다면 우리는 그 시간만 잘 견디면 다시 희망이 찾아온다는 믿음으로 살아갈 것이다. 그러나 용하다는 점쟁이도 요즘엔 저렇게 말해주지 않는다.

그래서 우리는 방황한다. 방황한다는 것은 내가 고민을 하고 있다는 증거이다. 삶에 대한 고민이 없으면 방황조차 하지 않는다. 수많은 화가들도 방황을 한다, 처음부터 자신의 화풍을 확실히 만들어 꾸준히 지켜나가는 화가는 거의 없다. 방황하고 고민하면서 자신만의 스타일을 찾고, 그 스타일을 유지하다가 매너리즘에 빠지면 또 바꾸며 화가로서의 명성을 쌓아간다. 정확히 말하면 망치고 버려지는 캔버스의 양만큼 화가의 작품은 견고해진다.

앞이 보이지 않는 힘든 시절이 나도 있었다. 물론 지금도 내 인생이 고속도로처럼 뚫려 있는 것은 아니다. 대학은 졸업했는데 취업을 하기까지 6개월이 걸렸다. 6개월 동안 원서를 썼지만 그 어디도 갈 곳이 없었다. 인문대나 공대를 나온 친구들은 뽑는 곳이 많은데 미대를 나온 대학생을 뽑는 곳은 별로 없다. 친구들이 4년

동안 토익과 다양한 공부를 하는 동안 나는 우물 안 개구리처럼 조형관 안에서 작업만 하고 살았다.

그렇다고 화가가 될 것도 아니었는데 지금 생각해보면 그때는 너무 어려서 방황을 하면서도 그 방황을 그냥 바람처럼 타고 있었던 것 같다. 100장의 자기소개서를 보냈을 때쯤 한 교육 회사에서 합격 통보가 왔고, 나는 그 누구보다 온 열정을 바쳐 회사를 다녔다. 일하는 것 자체가 행복했고, 6개월간 그날만 기다렸기에 월요병 따위는 존재하지도 않았다. 그런데 취업만 하면 행복해질 줄 알았던 삶에도 어김없이 고비는 찾아왔다. 회사 사정이 좋지 않아 월급이 나오지 않았고, 1년이 지나니 나는 정말 가난해져 있었다. 인생에 있어 돈이 가장 중요한 것은 아니지만 돈이 없으면 자신감이 결여되고 마음마저도 가난해진다는 것을 그때 알았다.

혹시라도 좋은 곳에 취업한 친구가 생기면 진심으로 축복해주지도, 마음 놓고 부러워하지도 못할 만큼 빈곤해진 상태였다. 그런데 신기하게 회사의 대표님이 "○○월부터는 월급이 나온다"라고 이야기하자 희망이 생겼다. 그 시점만 보고 달려가면 되었기에 힘들어도 또 버틸 수 있었다.

그때 고난과 방황에도 반드시 종착지가 있다고 믿어야 덜 힘들다는 것을 깨달았다. 회사나 제도가 그것을 정해준다면 더없이 감사할 것이다. 그러나 그것마저 없어 앞이 캄캄해 때는 스스로 종착 지점을 만들면 조금 나아진다.

"이번 달까지는 힘들 거야. 그러니 이번 달까지는 버텨보자."

그럼 놀랍게도 이번 달 안에 그 일이 해결되거나 좋은 쪽으로 전환된다. 기간을 좀 넉넉히 잡고 고난의 종착점을 만든다면 시련의 끝이 없는 것보다 훨씬 이겨내기 수월하다. 두려움은 영원히 극복할 수 없을지도 모른다. 올 때마다 수용하는 것을 배울 뿐이다.

예상치 못한 큰 고통이나 방황을 마주할 때는 내가 열심히 살고 있구나 하고 생각하는 편이 속 편하다. 힘든 날이 있어도 혼자는 아니다. 나만 힘든 것도 아니고, 주위를 둘러보면 말을 안 할 뿐이지 모두 힘든 속사정을 가지고 살아간다.

일이 너무 바빠 결혼은커녕 연애하기도 힘들다는 친한 친구 A는 어느 날부터인가 잠이 안 온다고 한다. '이대로 영원히 혼자 살다 죽으면 어떡하지?'라는 생각이 잠자리에 드는 자신을 엄습해서 또 다른 내 친구 H는 자신이 하는 일이 좋지도 않고 싫지도 않아서 이 일을 계속해야 할지 모르겠다며 고민을 털어놓았다.

이들의 고민이 지금 자신이 가진 큰 고난이나 시련보다 큰 것 같은가? 아니라고 할 수도 있겠지만 어쨌든 사람은 저마다 크고 작은 고민을 가지고 방황을 겪는다. 무수히 많은 고민들을 만나 내면의 자아와 해결하는 과정이 평범한 우리들의 삶이다. 물론 더 큰 고민거리도 많다. 하지만 뉴스에 나오는 심각한 사회 문제보다 지금 당장 내 앞에 있는 고민들이 훨씬 무겁게 느껴지는 것이 사람이다.

"여러분, 제가 애플사에서 해고당하지 않았더라면 지금과 같은 성공을 이루지 못했을 겁니다. 때로는 인생이 여러분의 뒤통수를 치더라도 결코 믿음을 잃지 마세요."

스티브 잡스의 유명한 스탠퍼드 대학교 졸업식 연설문이다. 맞다. 나는 단 한 번도 인생이라는 녀석이 예고를 하면서 사건을 가져오는 걸 보지 못했다. 그렇기에 살아간다는 건 내가 만난 먼지들을 끊임없이 청소해나가는 일이다. 지금 힘들고, 방황하는 시기라면 모네가 그린 장미 정원을 떠올려보자.

세상 어디에도 쉽게 그려진 명화는 없다. 모네에게도 시력 약화라는 시련이 있었기에 저 작품이 더 눈부시게 빛나 보이는 것처럼, 당신의 고민과 방황도 내일은 하나의 스토리가 될 수 있다.

chapter_08

나는
시크하게 살기로 했다

> 오랜 약속보다 당장의 거절이 낫다.
> **덴마크 격언**

흔히 친구들과 우스갯소리로 이런 말을 자주 한다.

"왜 이래. 너답지 않게?"

"나다운 게 뭔데?"

혹시 이 말에 웃음이 난다면 그 사람은 1990년대에 유행했던 청춘 드라마들을 기억하는 사람일 것이다.

많은 나이는 아니지만 시간이 흐를수록 나답게 살고 싶다는 생각을 자주 한다. 나이가 들수록 하고 싶지 않은 일은 억지로 하고 싶지 않고, 만나고 싶지 않은 사람을 구태여 만나고 싶지 않다. 이왕이면 좋아하는 사람들과 좋아하는 이야기만을 하고 좋아하는 것을 보고 좋아하는 일을 하며 살고 싶다는 생각이 점점 강해진다.

그러기 위해서는 싫어하는 일은 제일 먼저 해치워버린다거나, 만나고 싶지 않은 사람을 정리하는 능력이 필요하다. 나는 그런 일을 잘하는 사람을 시크하다고 표현하고 싶다. 언제부턴가 우리는 '시크chic하다'라는 표현을 자주 사용한다. '멋진, 맵시 나는, 세련된' 이라는 뜻을 가진 말로, 패션계에서 사용하는 용어였지만 이제는 우리 일상에 완전히 자리 잡았다.

그렇다. 자기만의 방식으로 자기만의 삶을 살아가는 사람은 멋지고 세련됐다. 할리우드 영화나 드라마에 자주 등장하는 도도한 커리어 우먼들을 보면 자신이 좋아하는 일만 하면서 성공하고 거절도 세련되게 잘한다.

하지만 현실은 그렇지 못하다. 세상에는 거절하지 못할 일들이 너무나도 많다. 두 번밖에 보지 않았는데 결혼식에 초대하는 누군가도 그렇고, 일상적으로 부탁을 해버릇해서 자신의 부탁이 남에게 피해를 주는지조차 판단하지 못하는 사람들도 많다.

특히 최대한 나 스스로 해결하자주의인 나는 부탁을 잘하는 사람들을 만날 때 너무나 곤혹스럽다. 웃으면서 능글맞게 부탁을 자주 하는 사람을 보면 마음속으로는 그 사람의 입을 때려주고 싶을 정도로 얄밉지만 당연히 그러지 못한다.

나는 거절을 잘 못하는 성격이었다. 많이 고쳐졌지만 여전히 그 성격은 지금도 나를 힘들게 한다. 늘 솔직하고 즐겁게 부탁을 하는 동업자 선배의 성격을 감당하기 어려워 끙끙대다 몇 년 만에 폭발한 적도 있다.

지금 생각해보면 그 언니에게 참 미안하다. 표현하지 않고 싫은 내색 도 하지 않았으면서 그녀가 나의 마음을 알아주기를 바랐으니까. 조용히 가만히 있다가 폭발하면 놀라고 상처받는 것은 내가 아닌 상대방이다. 나라는 사람은 졸지에 이중인격이 돼 버리는 것이다. 이러한 사건은 인간관계에서 거절을 잘하지 못했을 때 생기는 가장 흔한 예이다.

처음부터 거절을 잘하는 사람에게 사람들은 기대를 안 하기 마련이고 그 사람이 우연히 부탁을 들어줬을 때는 무척 고마워하는데, 처음부터 거절을 하지 않고 늘 잘 수용하는 사람이 어느 날 부탁을 거절하면 의아해한다. 결국 나의 인간관계는 내가 길들이는 것이다.

거절을 해야 할 때는 변명을 늘어놓지 않고 미소 지으면서 거절할 용기가 있어야 한다. 그렇다고 해서 상대가 엄청난 충격을 받거나 하는 일은 의외로 없다. 물론 거절하는 습관이 없는 사람이 거절한다는 것이 말처럼 쉽지만은 않지만 조금씩 연습해야 한다. 사람이 하루아침에 바뀌지는 않아도 차츰차츰 변할 수는 있다.

오는 부탁을 거르지 않고 다 들어주다간 내가 피곤해진다. 적당한 수위에서 스스로 규칙을 만들고 부탁을 거절하며 관계도 잘 정리해야 한다. 물론 이 과정에서 관용의 정신과 이해하는 마음이 반드시 동반되어야 한다. 상대방이 생과 사의 갈림길에 있거나, 몹시 간절하게 부탁하는 경우엔 가급적 들어주는 편이 좋다. 하지만 기본적인 단체의 모임이나 특별한 일이 없이 일정하게 만나는 모임의 경우 내가 할 일이 있거나, 더 중요한 일이 있다면 솔직하게 거절하는 편이 나를 위해서도 상대방을 위해서도 좋다. 거절을 못 해 억지로 나가 얼굴을 구기고 있거나 휴대전화만 들여다보거

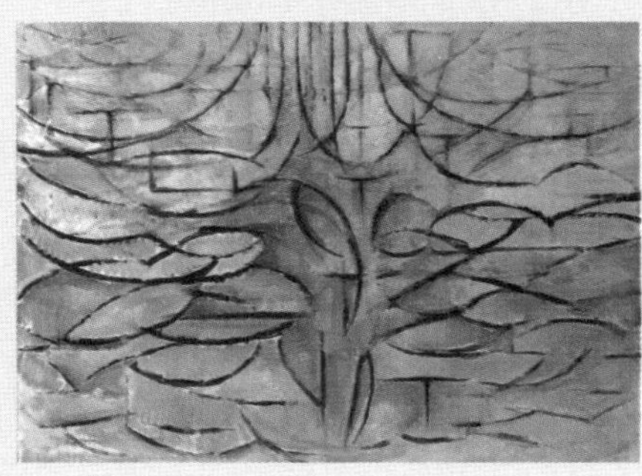

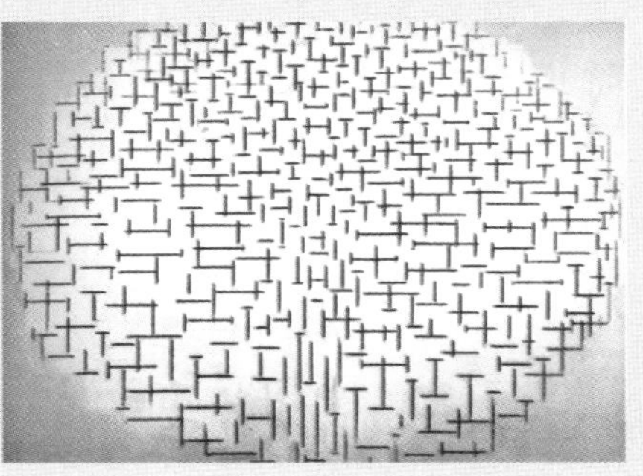

저녁: 붉은 나무 Avond: De rode boom
피에트 몬드리안 | 1908–1910 | 캔버스에 유채 | 70×99cm | 네덜란드 헤이그 시립 미술관

회색 나무 Bloeiende appelboom
피에트 몬드리안 | 1911 | 캔버스에 유채 | 79.7×109.1cm | 네덜란드 헤이그 시립 미술관

검정과 하양의 구성 10번(부두와 대양) Compositie 10 in zwart wit Pier en Oceaan
피에트 몬드리안 | 1915 | 캔버스에 유채 | 네덜란드 오테를로 크뢸러 뮐러 미술관

나 혹은 상대방을 앞에 앉혀놓고 내 일을 하는 것은 더 미안한 일이기 때문이다.

나는 피에트 몬드리안Piet Mondrian, 1872-1944이 그린 나무 연작을 보고 있으면 나 나름대로 거절을 세련되게 했을 때와 같은 기분을 느낀다. 마음 가는 대로 보는 것이 그림이고, 그런 그림들 중에서도 가장 답이 없는 것이 추상화 아닌가?

조금은 복잡했던 나뭇가지가 점차 정리되고 단순해지는 몬드리안의 그림을 보면서 부탁을 거절하지 못해 우왕좌왕하던 나의 지난날과 세련되게 거절하고 싶어 하는 나의 요즘이 떠오른다(정확하게 말하면 아직 나는 세련되게 거절하는 법을 완벽히 구사하지 못하지만). 처음의 나무도 아름답지만 그 나무의 선과 색들이 차츰차츰 정리되는 과정은 또 다른 매력이 있다. 여백이 청소되는 느낌이라고 해야 할까?

몬드리안은 이렇게 이야기했다.

"내 그림 속의 수평선과 수직선들은 어느 것에도 제약받지 않는 자연 그대로의 표현이다."

그의 그림들이 처음부터 이러한 수평과 수직의 선으로 이루어진 것은 아니었다.

몬드리안은 초등학교 교장이자 화가였던 아버지 영향으로 어려서부터 미술교육을 받았고 스무 살 때 암스테르담 국립 아카데미에 들어갔다. 처음에는 풍경화와 정물화를 주로 그렸지만 20세기 초반에 카메라가 대중화되면서, 사물을 있는 그대로 그리는 구

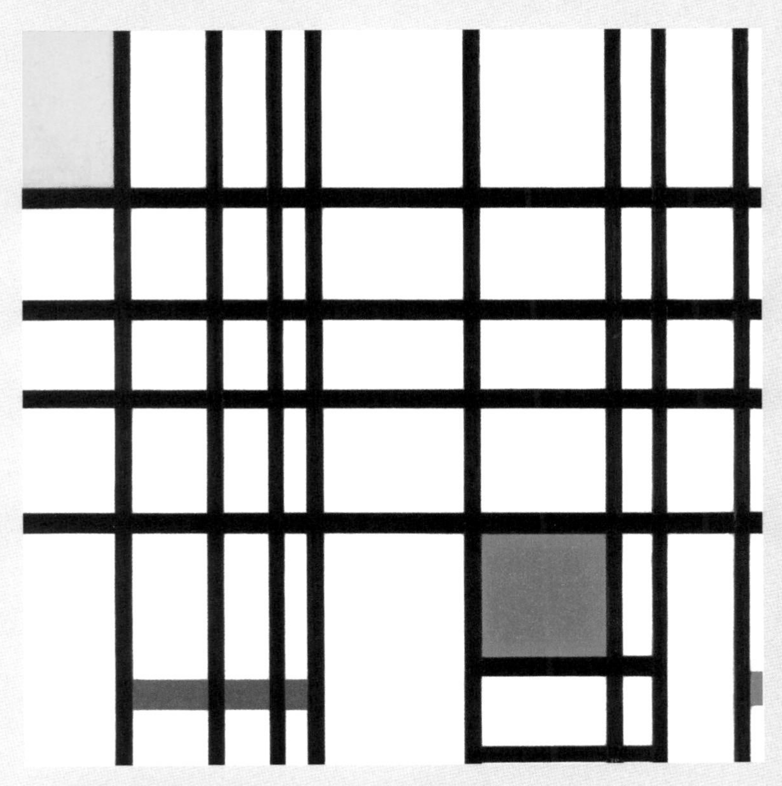

빨강, 노랑, 파랑의 구성 Compositie met rood, geel en blauw
피에트 몬드리안 | 1937–1942 | 캔버스에 유채 | 72.5×69cm | 런던 테이트 미술관

상화에서 벗어나 내면의 세계처럼 사진이 담을 수 없는 것을 표현하는 방법에 대해 고민하기 시작했다. 그는 그림을 단순화화면서 자연의 질서와 사물의 본질을 담고자 했다. 그러한 고민 끝에 그의 작품에는 많은 것이 생략되고 단순화되면서 빨강, 노랑, 파랑과 같은 가장 기본적인 색과 최소한의 선만 남게 되었다.

내가 상대방의 단순한 부탁을 거절했다고 나를 비난하거나 떠나거나 원망하는 사람이라면 어차피 나를 떠날 사람이다. 거절해도 되는 일을 현명하게 거절하고 함께해야 하는 일이나 진심으로 도와주고 싶은 일은 도와준다면 몬드리안의 그림처럼 정말 중요한 본질 같은 관계만 남을 것이다.

거절을 해도 인간관계에 큰 지장이 없고, 거절도 잘하는 방법이 있다는 것을 알게 된 이후로 나는 마음이 동하지 않는 모임이나 부탁은 세련되게 거절하려고 노력한다. 시크하다는 것은 시니컬하다는 뜻이 아니다. 냉소적인 사람처럼 시니컬하게 거절하지 말고, 필요한 상황에 시크하게 거절하자. 한 번이 어렵지 두 번째부터는 그리 어렵지 않다. 시크함도 한 걸음부터다. 몬드리안의 엣지 있는 그림처럼.

chapter_09

삶에도
다이어트가 필요하다

행복해지려면 다른 사람들과 지나치게 관계하지 말아야 한다.

알베르 카뮈(Albert Camus)

조르조 모란디Giorgio Morandi, 1890-1964 이탈리아 볼로냐 출신의 화가인 그는 조금 특이했다. 대부분의 화가들이 새로운 대상을 탐구하기 위해 여행 떠나기를 망설이지 않았던 데 비해 그는 규칙적인 작업을 해야 한다며 여행을 가지 않았고, 화가들의 필수 코스인 미술관 역시 피곤하다며 가지 않았으며, 하나쯤은 있을 법한 개인 작업실도 따로 마련하지 않았다. 친구 화가들이 풍경화, 정물화, 인물화와 같은 다양한 장르에 골고루 관심을 가지는 동안 그는 자신의 그릇들을 배열하여 그린 것이 다였다. 단조로울 것 같은 그의 삶에 참하게 배열된 이 그릇들은 어떤 의미였을까?

그가 살았던 시대가 현재인 것 같은 착각이 들 정도로 그의 그림은 외로워 보이기도 하고 세련돼 보이기도 한다. 수없이 들었다 놓았다를 반복했을 그의 그릇들을 한참 바라보면 삶의 범위가 꼭 다양할 필요는 없겠다는 생각이 든다. 대신 내가 사는 곳을 더 깊숙이 탐구하고, 한 물건을 더 애정 어린 손길로 사용하며 같은 사람들을 여러 번 만나는 것도 의미 있는 삶이 아닐까.

조르조 모란디는 요란한 것을 싫어하는 사람이었다. 인생의 많은 시간을 고향 볼로냐에서만 지냈고, 그곳의 미술 아카데미에서 판화를 가르치면서 큰 우여곡절 없이 비교적 소박한 삶을 살았다. 그나마 사건이라고 한다면 레지스탕스 혐의로 잠깐 투옥된 정도지만 전체적으로 볼 때 그의 삶은 확실히 다른 화가들이 비해 심플했다. 또 그는 큰 전시회도 열지 않고 그림을 주변 사람들에게 저렴한 가격에 주었다. 그래서 그의 작품은 대부분 개인 소장이 많다.

《그림과 그림자》의 저자 김혜리는 그에게 '그릇을 늘어놓는 백만 가지 방법을 고안한 화가'라는 별명을 붙여주었다. 나는 그를 '좁고 깊게 일상을 바라본 화가'라고 부르고 싶다. 그의 작품 속 가지런하게 모인 그릇들은 학창시절 어색하게 줄지어 서서 찍은 단체 사진 같기도 하고 이제 막 모이기 시작한 합창단원들 같기도 하다.

결혼도 하지 않은 채 어머니와 세 누이들과 평생 같이 살았던 그는 침대만 겨우 있는 작은 작업실에서 잔뜩 쌓인 그릇들과 함께 지냈다. 매일 같은 그릇들을 보고, 만지고, 재배치하며 그림으로 옮겼을 그를 떠올리며 집중하는 삶에 대해 곰곰이 생각해본다.

요즘은 온통 시끄럽고 산만한 것이 당연한 일상이 되었다. 집에 있을 때도 우리는 텔레비전을 보며 스마트폰으로 게임을 하고, 은행 업무를 볼 수 있다. 물론 문명의 이기들이 편한 것이 사실이다.

정물 **Natura morta**
조르조 모란디 | 1957 | 캔버스에 유채 | 30×35cm | 스위스 브베 제니슈 미술관

과거로 돌아가 불편하게 살 것인가, 현재에서 산만하게 살 것인가 누군가가 내게 선택하라고 한다면 아마 그냥 지금을 살겠다고 이야기할 것이다. 하지만 산만한 일상의 연속은 주인으로서의 나를 잃어버리게 한다. 누군가가 만나자고 하면 바로 수락하고, 굳이 가지 않아도 되는 모임에 나가며 괴로워한 적이 많았다. 그것은 거절을 잘 못하는 내 성격 때문이기도 했고, '좋은 게 좋은 거지'라며 물 흐르는 대로 따르는 태도 때문이기도 했다. 그러나 나이가 들수록 깊고 넓은 인간관계에는 필요 이상의 에너지와 정성이 든다는 것을 알기 시작하면서, 좁고 깊은 인간관계가 좋아졌다.

우리는 약속을 거절하지 못해 친구들을 만나고, 시끄러운 번화가를 지나 사람 많은 식당에 앉아 한참을 내가 아닌, 우리가 아닌 연예인들의 이야기를 하며 시간을 보낸다. 때로는 그런 날 스트레스가 풀리고, 흥분한 상태로 귀가하기도 하지만, 잡다한 시간들을 보내고 왔다는 생각에 지치고 허무하기도 하다.

그런 날은 나의 일상이 비만이 된 것처럼 느껴진다. 몸에 꼭 필요한 에너지원만을 먹는 것이 아닌, 염분과 지방이 잔뜩 든 음식, 패스트푸드 음식들을 자주 먹으면 콜레스테롤 수치가 높아지고 비만이 되는 것처럼 일상도 마찬가지다. 불필요한 만남, 산만한 일상의 연속이라면 삶도 다이어트를 해야 할 필요가 있다.

좋아하는 취미를 찾고, 꼭 필요한 사람만 좁고 깊게 만나며 이미 지니고 있는 인연을 더욱 소중히 여기는 것, 나는 그것을 '일상 다이어트'라고 부른다. '일상 다이어트'를 하는 것은 불필요한 만

남을 줄이는 것이기도 하고, 내가 좋아하고 원하는 일에 더 집중하는 것이기도 하다.

한 종류의 물건을 수집하거나, 하나의 운동을 꾸준히 하거나 하는 취미 역시 '일상 다이어트'로 우리가 얻은 시간을 또 다른 곳에 할애하는 행동이다. 우표를 끈질기게 수집하건, 스노보드에 빠져 겨울마다 스키장을 가건, 책과 인형 모으기에 집착하건, 꾸준히 한 가지 분야를 연구하건, 삶에 있어 한 분야에 에너지를 모아 표출하는 사람들은 무엇인가를 아끼고 소중히 여길 줄 아는 사람들이고 그것을 하기 위해 다른 시간을 다이어트하여 활용하는 사람들이다.

우연히 찾아온 일상의 다이어트를 즐긴 대표적 인물이 있다. 바로 영국의 물리학자이자 수학자, 천문학자로서 뉴턴역학과 미적분학을 창시한 아이작 뉴턴Isaac Newton이다. 그가 케임브리지 대학을 다니던 무렵, 유럽에 흑사병이 돌아 뉴턴은 2년간 시골에 내려가 있어야 했다. 바로 이 시기에 많은 사색과 관찰을 통해 그는 만유인력의 법칙을 발견할 수 있었다.

"나는 특별한 방법을 갖고 있는 것이 아니라 단지 무엇에 대해 오랫동안 깊이 사고할 뿐이다."

뉴턴이 남긴 말이다. 그처럼 일상의 산만함을 끊고, 무엇인가 한 분야에 대해 오랫동안 고민하고 집중한다면 삶의 변화를 느낄 수 있을 것이다.

소박한 탁자 위에 특별할 것 없이 늘어서 있지만 간결함의 미학을 이룬 조르조 모란디의 그림을 보면 나와 다른 시대 다른 공간에 살았던 그도 '일상 다이어트'를 통해 그릇에 대한 탐구를 오랜 시간 했으리라는 생각이 든다. 그릇에 있어서만큼은 깊고 집중적으로 탐구한 그의 그림들을 보면 질박한 분청사기나 수묵화의 여백이 떠오르기도 한다. 그렇기에 그의 그림은 나에게 깊고 집중된 삶에 대한 많은 조언을 해준다.

풍경화, 인물화, 정물화, 종교화……. 세상에 많은 장르의 미술 중에 나는 정물화를 가장 좋아한다. 정물화는 가치 없어 보이는 소재를 가치 있게 만드는 방법을 알려주기 때문이다. 작은 정물화 한 점에서 우리는 사랑의 방법을 배울 수도 있다.

너에게 의미를 만들어주기.

너를 자세히 기억하기.

보고 또 봐도 닳지 않는 무한한 마음을 주기.

시작하는 연인들이나 오래된 연인들, 모두가 지녀야 할 태도를 그의 그림에서 다시 한 번 느끼면서 나와 함께 나이를 먹어가는 내 오래된 물건들을 꺼내본다. 그리고 내 삶에도 다이어트가 자주 필요하다는 생각을 한다. 불필요한 것들을 자르고 줄이자. 몸의 비만만큼 위험한 것이 일상의 비만이다.

chapter_10

내 안의 '약한 나'에게 안부를 묻고 싶을 때

사람은 자기 자신부터 사랑하는 법을 배워야 한다.

프리드리히 빌헬름 니체(Friedrich Wilhelm Nietzsche)

얼마 전 한 TV 프로그램을 통해 흥미로운 결과를 알아냈다. 한국 어린이들의 장난감에 대한 조사였는데, 소년과 소녀의 장난감 판매 비율 중 어느 쪽이 더 높은가에 대한 흥미로운 질문이 오고갔다.

"작년 한 해 소년과 소녀의 장난감 중 어느 쪽이 더 많이 팔렸을까요?"

사회자가 질문하자 대부분의 사람들이 전부 소년이라고 대답했다. 나 역시 마음속으로 그렇게 생각했다. '장난감' 하면 떠오르는 것들이 '자동차, 총, 로봇'이다 보니 당연히 소년들의 장난감이 잘 판매될 것이라고 생각했다. 결과는 의외였다. 소녀들의 장난감이 14배 이상의 판매량을 보인 것이다. 판매량의 대부분은 바로 '봉제 인형'과 '관절 인형'이었다. 어린 시절 우리가 가지고 놀던 곰인형, 바비, 쥬쥬, 미미 같은 인형들은 여전히 장난감의 세계에서 최고의 인기를 달리고 있었다. 물론 이 조사에서는 인형을 소녀의 장난감으로 구분 지었다는 점이 조금 아쉽다. 요즘 내 주변에는 소년들이 더 인형을 좋아하는데 말이다.

어린이날 선물을 언제 마지막으로 받았나 생각해본다. 초등학교 6학년 때의 일이다. 아버지는 나에게 올해가 어린이로서는 마지막 해니 어린이날 선물을 고르라고 했다. 나는 망설임 없이 문구점에 가서 새로 나온 바비 인형 시리즈를 하나 골라 행복과 아쉬움 사이를 오가며 집에 왔다. 여전히 우리 집 서재 한 칸에는 그때 모은 인형들이 가득하다. 성인이 되면서 몇 번의 이사를 했지만 그때마다 버리지 못한 내 인형들은 이십 년 넘게 서재 서랍에서 유행이 한참 지난 옷을 입고 엉킨 머리를 하고 자기들끼리 부둥켜안고 살아간다.

라섹 수술을 했을 때의 일이다. 수술대에 누우니 떨고 있는 내 심장 소리에 내가 놀랄 정도로 난 두려워하고 있었다. 그때 간호사가 인형을 주었다. 작고 허름한 곰인형이었는데, 신기하게도 그 곰인형을 꼭 안고 안정적인 마음으로 수술을 잘 마칠 수 있었다. 후에 들은 이야기지만 그 병원 수술실에는 곰인형이 늘 인기라고 한다.

우리는 '인형'을 왜 좋아할까? 2010년 호텔 체인점 '트래블로지'가 영국 성인 6천 명을 대상으로 조사를 한 적이 있는데, 영국 사람들의 3분의 1 이상이 곰인형을 안고 잔다고 한다. 이유는 편안하게 잠들 수 있고 스트레스 해소에 큰 도움이 된다는 이유 때문이었다. 이처럼 우리 모두에게는 '의지할 존재'와 '보드라운 존

인형과 함께 있는 남자, 자화상 Self-Portrait with Doll
오스카 코코슈카 | 1920–1922 | 61×80cm | 독일 베를린 국립미술관

재'가 필요하다. 인형들은 어린 시절부터 우리의 불안을 달래주는 역할을 담당했다. 우리는 인형을 통해 거칠어진 마음을 달래고, 현실에서 만나는 좌절들을 극복해왔다.

화가 오스카 코코슈카Oskar Kokoschka, 1886-1980가 그린 자화상에는 같은 인형이 몇 번이나 등장한다. 오스카 코코슈카는 구스타브 말러Gustav Mahler의 부인이기도 했던 알마 말러Alma Mahler와 연인 사이였다. 그는 그녀에게 실연을 당한 뒤 제1차 세계대전에 자진 입대하고, 전쟁 중 머리에 총상을 입게 된다.

그래서일까? 그는 다시 일상으로 돌아와 알마 말러를 닮은 큰 인형을 주문해 그녀로 생각하고 늘 데리고 다녔다. 극장이나 음악회에 갈 때도 두 장의 표를 끊어 인형을 옆자리에 앉히고 공연을 봤다. 그에게 인형은 사랑했던 여인 알마 말러 그 자체였다. 그는 그녀가 떠난 뒤 빈 자리를 인형으로 채우며 마음속 허기를 달랬다. 보고 싶어도 볼 수 없는 그녀 대신에 그녀를 닮은 인형을 사랑할 수밖에 없었던 그의 행동을 많은 사람들은 괴상하다고 비난했다. 하지만 사랑했던 사람을 잃은 슬픔을 인형으로라도 대신할 수밖에 없던 그의 구멍 난 마음은 말러를 닮은 인형만이 메워줄 수 있었다. 오스카 코코슈카가 인형을 가지고 도덕적으로 물의를 일으키거나 타인에게 피해를 끼치지 않은 이상 그의 행동을 비난할 자격은 사실 그 누구에게도 없지 않을까?

화가 루돌프 바커Rudolf Wacker, 1893-1939의 자화상에도 인형이 등장한다. 그는 1차 세계 대전 때 군 생활을 했었고 나치의 문화

인형과 함께한 자화상 **Selbstbildnis mit Puppe**
루돌프 바커 | 1923
픽사티브 병과 인형 **Doll with Fixativ Bottle**
루돌프 바커 | 1929

정책에 공개적으로 반대해 오랜 시간 심문을 받았다. 러시아의 감옥에서 포로로 5년간 투옥 생활을 하다가 풀려났지만 전쟁의 공포는 그의 삶에 큰 영향을 미쳤다. 결국 그는 게슈타포의 지속적인 심문과 집 수색 도중 두 번의 심장 발작을 겪어 마흔여섯에 세상을 떠났다.

그의 작품 속에는 유독 인형이 많이 등장한다. 한국에 많이 알려진 화가가 아니라 그에 대한 자료가 많지는 않지만 작품들을 쭉 살펴보면 마치 인형을 수집하는 사람처럼 여러 정물화에 인형을 등장시킨다. 인형과 함께 있는 루돌프 바커의 자화상을 들여다보면 슬픈 눈동자를 지닌 그와 제일 먼저 눈이 마주친다. 그 시절 그 상처를 보듬어줄 수 없음에 미안하다. 그리고 그의 뒤에 있는 고깔모자를 쓰고 주근깨가 잔뜩 난 인형과 강아지 인형을 보며 안도한다. 다행이다. 그의 곁에 인형이 있어서. 적어도 누군가와 함께인 자화상이라 마음이 놓인다.

오스카 코코슈카, 루돌프 바커. 두 사람 모두 오스트리아 출신 화가라는 공통점이 있다. 그리고 둘 다 세계 대전이 한창일 때 시끄러운 세상 속에서 청년 시절을 보냈다. 세상은 나 혼자 안간힘을 써서 살아간다고 늘 친절하지 않고, 사랑하는 사람에게 사랑을 표현한다고 저절로 사랑이 이루어지지 않는다. 두 화가의 삶은 더욱 그랬을 것이다. 오스카 코코슈카는 자기 뜻대로 안 되는 사랑에 힘겨워했고, 루돌프 바커는 나치의 억압에 시달리며 고통받았다. 나라 안팎으로 자신의 내면에서 매일 시끄러웠던 두 사람에게 인형은 의지하고 소통할 존재였을 것이다. 정서적 상호작용을 해야 할 누군가가 없거나 소통이 서툴 때 우리는 인형을 만난다.

마음이 거미줄처럼 복잡해 어린아이처럼 단순해지고 싶을 때가 자주 찾아온다. 이럴 때는 내 안에 약해진 나에게 안부를 묻고 싶다. 그럴 때마다 나는 인형들을 꺼낸다. 부디 내 안의 소녀가 여전히 건강하기를 바라면서.

chapter_11

인생을 확대하는 그림은 없을까

> 독서만큼 값이 싸면서도
> 오랫동안 즐거움을 누릴 수 있는 것은 없다.
> **미셸 몽테뉴**(Michel Eyquem de Montaigne)

지인 중에 책을 좋아하는 한 남자가 어느 날 이런 이야기를 했다.

"소개팅에 나갔는데 취미나 특기가 무엇이냐고 물어보면, 독서라고 이야기하는 여자들이 너무 많아. 독서는 그냥 누구나 다하는 일상이어야지, 그것이 왜 취미나 특기가 되는지 모르겠어."

그 말을 듣고 슬며시 웃음이 났다. 그의 말도 솔직히 크게 공감이 가지 않은 데다, 좋아하는 가을방학의 〈취미는 사랑〉이라는 노래의 가사말을 바꿔 '취미는 독서'라고 자주 부르는 내가 떠올랐기 때문이다.

그의 말이 틀린 것은 아니다. 2013년 문화체육관광부가 발표한 '국민 독서 실태 조사'에 따르면 우리 국민의 독서량은 1년에 9권 정도이고 성인 10명 중 3명은 1년에 단 한 권의 책도 읽지 않는 책맹冊盲이었다. 독서 시간은 하루 평균 30분 미만이었다.

사람들이 책의 중요성을 알면서도 읽지 못하는 것은 마음의 여유가 없어서다. 당장 책을 읽는다고 해서 취업 준비생이 바로 취업되는 것도 아니고, 직장인의 쥐꼬리만 한 월급이 오르는 것도 아니기 때문이다.

내 주변을 둘러봐도 책을 좋아하는 친구는 많지 않고, 꾸준히 독서하는 습관을 가진 친구는 더 드물다. 자신 있게 손에 꼽을 수 있는 정도이다. 언제부터 독서가 우리에게 일상이 아닌 특기의 영역이 된 것일까? 그렇게 치면 확실히 나의 취미와 특기는 독서가 맞다.

하지만 나도 책을 제대로 읽은 지는 오래되지 않았다. 책 사는 것을 좋아하고 서점 가는 것을 쇼핑만큼 좋아해서 사회생활을 하고 나서부터는 한 달에 10만 원어치씩은 꾸준히 책을 샀지만 늘 읽던 장르의 책만 읽거나 제대로 된 독후감을 쓰지 않아 기억에 묻혀버린 책도 많다. 편식을 하지 않기 위해 다양한 분야의 책을 사려 해도 막상 사고 보면 항상 읽던 좋아하는 스타일인 경우가 부지기수다.

우리 집에는 약 2,000권의 책이 있다. 그러나 솔직하게 고백하자면 내가 살아온 32년 중 한글을 깨친 일곱 살부터 지금까지 25년간 아주 자세히 읽은 책은 500권도 안 될 것 같다.

나는 어릴 때부터 책 읽는 버릇이 좀 이상했다. 한 번에 한 권을 끝까지 읽지 않았고, 읽다가 삼천포로 빠져서 낙서나 메모를 했으며, 마음에 드는 글귀가 나오면 포스트잇을 여기저기 붙이거나 책장을 마구 접었다. 또 나는 화장실에도 책을 두고 침대 옆에도 소파 옆에도 식탁 위에도 마구 놓는다. 그냥 돌아다니다 앉아서 읽고 또 다른 책을 읽는 것이 습관이다.

나의 책 읽는 습관을 보고 한 친구는 기겁을 하며 지저분하고 산만하다고 했다. 그녀는 책을 신성한 신 모시듯 절대로 접거나 줄도 긋지 않는 친구였다. 마음 한편에 내 독서 습관이 잘못되었나 하는 생각이 은근히 들 때쯤 우연히 네이버의 '지식인의 서재' 코너를 보고 꽤 많은 작가들이 나처럼 책을 읽는다는 것을 알았다. 심지어 어느 작가는 구태여 책을 처음부터 끝까지 읽을 필요가 없다고까지 말했다.

얼마나 다행이었는지 모른다. 마치 지금까지 내 모든 행동을 합리화할 수 있는 근거가 생긴 것 같은 기분이었다. 나는 더 본격적으로 책을 지저분하게 읽기 시작했다. 우연히 책을 효율적으로 읽는 법을 알려주는 강의에 참석했는데 내 방법보다 더 적극적으로 읽어도 된다는 말까지 들었다. 그날 이후 나는 더 과감하게 책을 더럽혀가며 읽었다. 마음에 닿는 문장에는 밑줄을 팍팍 긋고, 생각이 떠오르면 메모를 적기도 했다.

책은 내가 모르는 세상과 만나게 해주고, 나를 다른 사람이 되게 하기도 하며, 내가 처해보지 않은 상황에서 문제를 해결하는 능력을 길러준다. 그런 의미에서 책은 내 인생과 의식을 확장시키는 가장 큰 그림이다.

대체 의학 분야에서 많은 베스트셀러를 쓴 작가 디팩 초프라 Deepak Chopra는 책이 사람을 변화시키는 특별한 이유로, "멈춰 서서 돌아볼 기회를 준다"는 점을 꼽았다. 돌아볼 기회를 갖는다는 것은 텔레비전 같은 시각 매체가 득세하는 요즘 세상에서는 아주 귀한 경험이다. 텔레비전은 일단 틀어놓으면 내 의지와는 관계없이 시각 정보가 계속 흘러나와 뇌가 정보를 따라가는 데 급급해진다. 그러나 책은 그렇지 않다. 책은 내 손으로 속도를 조절해가며 읽고 이미지를 그려볼 수 있으며, 잠시 멈춰 하나의 개념을 충분히 소화한 뒤에 다음 정보로 넘어가도 된다. 이러한 성숙한 독서 경험에 삶을 변화시키려는 사람의 의지가 결합되면 진정한 성장을 할 수 있는 것이다.

책을 꾸준히 읽어 마음이나 의식이 확장되고 변화하는 것을 경험해본 사람들은 독서의 즐거움을 안다. 같은 책을 읽어도 사람들이 기억하는 문장이 저마다 다르고, 예전에 읽은 책이더라도 다시 꺼내 읽으면 그때그때 상황마다 다르게 느껴진다. 때로 공감되는 문장이 나오면 가슴이 뭉클해지며 눈물이 나기도 한다. 이쯤 되면 나는 거의 독서 찬양파이다.

결혼 전 내 꿈은 나의 책과 신랑의 책이 합쳐져 우리 집이 작은 서점처럼 되는 것이었다. 애석하게도 내가 택한 남자는 평생에 걸쳐 단 두 권의 책만 수없이 읽은 남자였다. 그가 나에게 장가를 오면서 가져온 책은 단 두 권이었다. 수년 전에 유행한 론다 번Rhonda Byrne의 책 《시크릿The Secret》의 영어판과 한국어판. 미국에 오랜 시간 산 그는 영어판 《시크릿》을 사서 읽은 뒤 완벽히 이해가 가지 않아 한국판 《시크릿》을 사서 읽었고, 그 책이 말하는 우주의 법칙에 반해 10년 가까이 그 법칙을 믿고 살아가는 긍정의 아이콘이었다.

인생은 내 마음대로 되는 것이 아니기에 나는 우리 신혼집 서재의 한가운데에 잘 보이도록 그가 사랑하는 그 책을 꽂아두었다. 수많은 책이 꽂혀 있는 서재에서 자그마한 그 책이 유난히 빛나는 것은 같은 책을 몇 번이고 보던 젊은 날의 남편의 마음이 전해져서일 것이다. 여러 권의 책을 보는 것도 중요하지만 같은 책을 여러 번 보는 것도 자신만의 독서법이니까.

우리의 옛 선조들도 책을 사랑했다. 그들의 독서 사랑은 민화인 '책거리'라고도 불리는 '책가도冊架圖'에서 잘 드러난다. 18~19세기에 유행한 책가도는 책을 쌓아두는 책가, 즉 선반과 함께 그렸다고 하여 붙은 이름이고, 책거리는 책과 함께 아끼는 물건이나 문구용품을 함께 그려 볼거리가 있다는 뜻이다. 가구에 책이 꽂혀 있는 그림이니, 민화의 종류 중 '문방도'에 속한다.

책거리의 탄생에는 조선시대의 르네상스를 일구었던 군주인 정조의 역할이 컸다. 정조의 기획 아래 궁중 화원畫員이 그린 그림이 책거리의 시작이었고 중국에도 이와 비슷한 다보각경多寶各景이 존재했으나 한국의 책거리가 책을 더욱 강조했다는 점에서 차이가 있다. 처음에는 상류층이 향유했었지만 점차 민중에게 확산되면서 유행이 생겨났다. 상류층에서는 대형 병풍 식의 책거리가 보편적이었고 서민들에게는 보다 작은 책거리가 사랑받았다.

책거리가 민간에 확산되면서 그 속에 담긴 내용물 역시 중국의 도자기나 화려한 가구에서 점차 조선만의 도자기와 물건들로 바뀌었다. 옛 선비들은 책을 좋아했지만 지금의 우리처럼 책을 구하기가 쉽지 않았다. 가난한 선비라면 책을 잔뜩 쌓아놓고 마음껏 읽는 것이 가장 큰 소원이었을 것이다. 그런 마음을 담아 가난한 선비나 과거 시험을 앞둔 응시생의 방 한편에 책이 들어간 책거리가 걸렸으리라.

대부분의 책거리와 책가도는 원근법과 시점이 다소 어색하다. 원근법이 제대로 된 그림이라면 뒤로 갈수록 폭이 좁아져야 하는데, 책가도는 반대로 폭이 점점 넓어지는 역원근법에 의해 그려진 것이 많다. 이렇게 뒤로 갈수록 폭이 넓어지는 모습은 마치 책을 읽을수록 세계관이 넓어지고 사고가 확장됨을 표현한 것 같아 흥미롭다. 시점 역시 한쪽에서만 바라보는 것이 아니라 이쪽저쪽 아래에서 위로, 위에서 아래로 다양한 각도에서 바라본, 피카소의 얌전 버전 같은 다시점으로 그려졌는데, 같은 책을 읽어도 다르게 사고하는 우리의 모습을 나타내는 것 같다.

나는 여행을 무척 좋아한다. 3일이라는 틈만 나도 일본으로 도망갔고, 5일이면 필리핀이나 태국, 10일 정도의 여유가 생기면 유럽이나 미국으로 여행을 가곤 했다. 명화만큼 많이 본 것이 공항 풍경이었다. 그렇게 평생 여행을 다닐 줄 알았는데 살다 보니 마음이 바뀌고 상황이 바뀌어, 최근에는 이런저런 복잡한 사정으로 인해 여행을 꽤 못 갔다. 어느 날 책상 정리를 하다 괜스레 더 낡아 보이는 여권 지갑을 발견하고 다시 발가락이 간질간질해졌다.

책거리

작자 미상 | 20세기 | 78×38cm | 8폭 병풍 부분

그때 여행이 뭐 별거 있나, 매일 반복되는 일상으로부터 벗어나면 그것이 여행이지, 하는 생각이 들었다. 한참 잊고 살았다. 공항은 어디든 될 수 있는데, 전철역 구간 구간이 공항이었는데……. 그래서 나는 광화문으로 자주 여행을 떠난다. 서점이라는 나라에 들러 책 도시에 머무르며 또 다른 세계를 만난다. 책은 나에게 가장 위대한 여행이 돼주었다.

"책을 읽을 시간이 없을 만큼 바빠."

"나는 자기 계발서나 에세이는 딱 질색이야."

지인들이 많이 하는 이야기다. 맞다. 우리는 바쁘다. 하지만 자기만의 분야에서 성공한 사람일수록 책을 많이 읽는다. 바쁜 와중에도 책에서 얻는 것이 분명히 있기 때문이다. 그래서 나는 책을 읽을 틈도 없이 바쁘다는 말을 '나는 책에는 구태여 시간을 쏟지 않아'라는 말로 듣는다.

책은 '자 이제 책을 읽어볼까?' 하고 집을 도서관처럼 꾸미고 온갖 다짐 끝에 읽는 것이 아니다. 그냥 부스스 눈을 뜬 아침, 주변에 있는 책을 집어 들고 10분, 15분 읽는 것도 도움이 되고, 누군가를 기다릴 때에도 책을 읽으면 시간이 훌쩍 간다. 특히 출퇴근길 전철은 독서하기에 가장 좋은 곳이다. 그래서 나는 아무리 버스가 빨라도 전철을 탄다. 흔들림이 적어서 메모하기 편하기 때문이다.

장소와 상황에 따라 다른 책을 읽는 것도 좋다. 이를테면 나는 혼자 집에서 집중할 수 있는 깔끔한 시간이 있을 때는 미술 관련 서적을 탐구하며 읽는다. 집중해서 읽을 수 있고 노트북을 활용해 바로바로 작품을 찾아볼 수도 있기 때문이다. 예쁜 문체의 가벼운 산문집은 카페처럼 음악이 흐르는 곳에서 자주 읽는다. 출퇴근길에는 잠깐 읽고 덮어도 흐름에 영향을 적게 받는 짧은 챕터로 이루어진 편집 도서류를 읽고, 3박 4일 이상의 여행을 갈 때는 바빠서 미뤄두었던 소설책을 가지고 간다.

인생을 확대하는 그림은 없을까? 이 질문에 대한 나의 대답은 책거리이다. 책거리를 볼 때마다 나는 이런 생각이 든다. 독서를 하며 의미를 찾아내는 일이 그림을 보는 것처럼 인생을 확대하는 지름길이라고. 책을 사랑하기에 책을 그린 작품을 볼 때 다시금 동기 부여가 된다.

"가슴 속에 만 권의 책이 들어 있어야 그것이 흘러넘쳐서 그림과 글씨가 된다"라고 했던 추사 김정희의 말처럼 내 인생을 확대하고 싶을 때 가장 쉬운 방법은 한 가지, 독서이다.

chapter_12

언제든
다시 시작할 수 있다

이 세상에 위대한 사람은 없다.
단지 평범한 사람들이 일어나 맞서는 위대한 도전이 있을 뿐이다.
윌리엄 프레더릭 핼시(William Frederick Halsey)

미국의 국민 화가로 불리는 모지스 할머니. 그녀의 본명은 애너 메리 로버트슨Anna Mary Robertson, 1860-1961이지만 모두가 그녀를 모지스 할머니Grandma Moses라고 부른다. 그녀는 누군가는 마침표라고 생각하는 나이일지도 모르는 75세경에 그림을 그리기 시작했다(누군가는 78세라고도 하나 정확히 언제인지는 중요하지 않다. 어쨌든 70대에 무엇인가를 시작한다는 자체가 대단히 멋지니까).

모지스 할머니의 그림을 보면서 신이 우리 각자에게 준 '재능의 씨앗'에 대해 생각해본다. 평생토록 자녀들을 키우느라 자신의 재능 돌보기는 뒷전이었던 그녀는 마흔도, 쉰도 아닌, 일흔이 넘어서 주변의 소담스러운 이야기들을 정성스레 그림에 담아낸다.

마을의 봄, 여름, 가을, 겨울. 마을의 남녀노소가 모여 치르는 작은 행사, 큰 행사.

그렇게 그녀는 101세까지 사는 동안 많은 그림을 그려냈다. 사람들은 소박하면서도 따뜻한 그림을 그린 그녀에게 미국의 국민화가라는 별명을 지어준다.

그녀에게는 열 명의 자녀가 있었으나 그중 다섯을 잃었다. 부모를 먼저 떠나보낸 자식의 마음과 자식을 먼저 떠나보낸 부모의 마음 중 어느 마음이 더 아플까 하고 누군가가 묻는다면, 나는 한참을 고민하다가 자식을 먼저 떠나보낸 부모의 심정이라고 이야기할 것이다. 사람이 태어나 세상을 떠나가는 데에는 정해진 순서가 없다고 해도, 흔히 예상할 수 있는 순서는 있다. 그 순서를 거슬러 부모보다 먼저 떠나간 이들을 나는 본 적이 있다. 먼저 떠난 자식을 가슴에 묻고 남은 인생을 너무나도 힘들게 살아가는 부모님들의 표정을 보았을 때, 나는 '끝이 영원히 없는 슬픔도 있을 수 있겠다'라고 생각했다.

〈바느질 모임〉이라는 작품을 보자. 단 한 사람도 같은 포즈가 없다. 식탁 밑에 숨은 강아지, 인형을 자신의 몸 뒤에 숨긴 어린아이까지 그림 속 모든 사람들의 대화가 들리는 기분이다. 그녀가 그려내는 그림 속 아이들은 어쩐지 그녀가 잃은 자녀들의 어린 시절 같고, 그림 속 가족들은 언젠가 다시 만나게 될 그녀 가족들의 시간 같다.

그녀는 평소에 자수 놓는 것이 취미였으나 72세에 남편마저 떠나보내고 관절염이 심해져서 더 이상 바느질을 할 수 없게 되자

바느질 모임 The Quilting Bee
모지스 할머니 | 1950

공허한 시간을 그림으로 채우기 시작했다. 우연히 발견된 재능에, 꾸준함의 시간이 쌓이면 그 어떤 재능보다 애잔하게 아름답다.

어느 날 루이스 칼더Louis Caldor라는 한 미술 애호가가 시골의 작은 구멍가게에 있던 그녀의 그림을 산다. 그 이후 큐레이터인 오토 칼리어Otto Kallir가 그녀의 그림을 뉴욕의 한 화랑에 걸어놓으면서 그녀의 고즈넉하고 소담스러운 그림은 화려한 도시 속에 황량한 마음으로 살아가던 뉴욕 사람들에게 인기를 끌게 된다. 유럽을 비롯한 세계 곳곳에서 모지스 할머니의 전시회가 열렸다. 1949년 해리 트루먼 대통령은 그녀에게 '여성 프레스 클럽상'을 수여했고, 1960년 넬슨 록펠러 뉴욕주지사는 그녀의 100번째 생일을 '모지스 할머니의 날'로 선포했다.

101세의 나이로 세상을 떠난 그녀가 남긴 그림들은 사람들에게 여전히 따뜻한 말을 건넨다. 그녀의 그림들은 나에게 졸업반 같은 기분을 주었다. 지금까지 본 모든 명화들이 이 명화를 만나기 위해 존재했던 것처럼, 그녀의 그림은 소소하지만 특별하게 느껴졌다.

나는 모지스 할머니의 이야기를 듣고 엄마를 떠올렸다. 우리 엄마는 30대 중반부터 당뇨를 가지고 살아왔다. 일반적인 당뇨 환자보다도 당 수치가 훨씬 높아 간호사인 동생은 엄마의 피가 정말 끈적끈적할 것이라고 이야기한다. 의사도 걱정하고 아버지도 걱정했지만 신기하게도 엄마는 자신이 좋아하는 일을 하며 점점 건강해지고 있다.

전라남도 보성의 부유한 집안에서 태어나고 자란 엄마는 외할머니의 열정적인 학구열 덕분에 힘든 시절에 대학교까지 진학했다. 그 옛날에 디자인과를 졸업하고 스물넷이라는 젊은 나이에 오빠의 친구였던 우리 아버지와 결혼했지만, 결혼하자마자 시댁에서 운영하는 사업이 갑자기 타격을 입어 오랜 시간 고생을 했다. 나와 동생을 낳자마자 엄마는 서울로 올라와 빚을 갚기 위해 생활 전선에 뛰어들었다.

예쁜 옷을 보면 그냥 지나치지 못했던, 전라도 광주에서는 내로라하는 멋쟁이였던 엄마는 서울에 올라와 자신의 전공인 미술과는 전혀 다른 일을 하며 처녀 시절엔 생각지도 못했던 초라한 모습으로 살아야 했다. 팬시점이나 보험회사에서 일하는 등 수많은 직업을 가지고 생활을 일구어나가는 동안 엄마는 단 한 번도 우리에게 힘들다고 말한 적이 없었고 아버지나 시댁을 탓한 적도 없었다. 엄마는 늘 큰일이든 작은 일이든 자신이 속한 집단에서 제일 열심히 일했고 반드시 성공했다. 엄마는 누구든지 고난이 오면 즐겁게 받아들여야 한다고 자주 나에게 이야기했다. 또한 힘든 시간에는 반드시 그 스트레스를 이겨내는 에어로빅 같은 또 다른 활동을 하며 삶을 열정적으로 즐겼다.

어릴 적에 나와 동생이 시장에서 길을 잃은 적이 있었는데 몹시 화려하게 꾸민 예쁜 아주머니가 계속 울고 있는 우리에게 엄마의 가게 전화번호를 물어, 엄마가 우리를 찾아오게 해주셨다. 저 멀리서 엄마가 뛰어오는데 엄마의 모습은 영락없이 그 동네에서 가장 촌스러운 아줌마였다.

"저분이 너네 엄마니? 너무 안 꾸미시는 거 아니니?"

예쁜 아주머니가 피식 웃으며 말했다. 그 말에 어린 마음에도 나는 엄마의 처녀 시절 세련됐던 사진 속 모습을 떠올리며 마음이 아팠었다. 나는 그날 우리 엄마를 비웃는 그 아주머니를 보며 나중에 더 나이가 들면 엄마도 다시 꿈을 찾고 더 멋진 아줌마가 되기를 속으로 바랐다.

시간이 흐르고 내가 대학에 들어가면서부터 안정을 찾은 엄마는 다시 자신이 좋아하는 그림을 그렸고, 아이들에게 미술을 가르치는 일을 찾게 되었다. 또 뒤늦게나마 화가의 꿈을 펼쳐보고 싶다며 50세에 다시 그림을 배우기 시작했다. 처음에 누드화를 배우러 갔다 와서는 아버지가 볼까 봐 내 침대 밑에 누드화를 꼭꼭 숨겨 넣으며 "부끄러워서 중요 부위를 못 그렸어!"라고 아쉬워했다. 그다음 주에도 그다음 주에도 엄마는 누드화를 그리며 혼자 얼굴을 붉혔고, 남자 모델의 중요 부위는 늘 흐지부지하게 비워둔 채 미완성작을 가지고 왔다. 자신이 그린 누드 크로키를 나와 함께 사는 친척 동생에게 보여주며 혼자 수줍어했다 자부심을 느꼈다를 반복했다.

그런 엄마가 얼마 전 예술의 전당에서 누드 크로키 전시를 했다. 이제는 다수의 공모전에 출품도 하고, 상도 많이 받고 있다. 나와 가장 가까운 곳에 또 다른 모지스 할머니가 있었다. 나는 나의 엄마가 한국의 모지스 할머니가 될 것이라 확신하고 우리 동네에서 가장 아름다운 할머니가 될 것이라고 믿는다.

오늘도 여전히 2시간이 넘는 긴 거리를 중간에 내려 쉬어가며, 그림을 배우고 돌아오는 엄마지만 늦은 나이에 새로운 도전을 했기에 매일 행복해한다. 그리고 주변에 있는 우리도 모두 엄마의 일상을 보며 덩달아 행복해졌다. "시작하기엔 늦은 때란 없다"라는 말처럼 우리는 언제든 다시 시작할 수 있다.

앙리 루소는 마흔 살이 다 되어 본격적으로 화가의 길을 걸었고, 임마누엘 칸트Immanuel Kant는 '비판 3부작'의 첫 책《순수이성비판》을 57세의 나이에 발표했다. 그 둘은 비교적 운이 좋았던 것이라고? 다른 예를 더 들어보자면, 세공 기술자 구텐베르크Johannes Gutenberg가 인쇄기와 금속활자를 발명한 나이는 61세이고, 코코 샤넬이 15년을 쉬었다가 패션계에 다시 복귀하여 성공한 나이는 71세였다.

나는 그들이 무엇인가를 시작한 나이를 들었을 때 두 번 놀랐다. 한 번은 일흔 살 이후의 삶은 그저 시간만 때우며 살아가는 것이라고 생각했던 나의 어리석음을 깨달아서였고, 또 한 번은 생각보다 많은 사람들이 인생의 젊은 시기인 20대와 30대가 아닌 마흔 이후에 새로운 직업이나 꿈을 찾았다는 사실 때문이었다. 세상에는 늦었다고 생각한 나이에 무엇인가를 다시 시작한 사람들이 수없이 존재한다. 그리고 심지어 정말 이제는 마지막이구나 싶은 순간에마저도 도전한 사람들이 있다. 그들의 도전 덕분에 우리는 그들이 남긴 기록들을 기억하고 용기를 얻는다.

나 하늘로 돌아가리라
아름다운 이 세상 소풍 끝내는 날
가서 아름다웠더라고 말하리라

천상병 시인의 묘비에 적힌 문구이자 그의 시 〈귀천〉의 한 부분이다.

삶은 우리가 하늘로 돌아가기 전 주어진 유한한 시간 속의 소풍이다. 아름다운 소풍을 보낼지 아닐지 여부는 개인의 마음에 달려 있다. 내 삶이 무엇인가를 다시 시작하기에 늦었다고 생각하는 누군가가 있다면 언제든 다시 시작하라고 하고 싶다.

시간은 내 얼굴에 주름을 만들지만 도전하는 마음이 있다면 영혼에는 영원히 주름살이 생기지 않는다는 말을 기억하며.

그림은 위로다

신개정판 1쇄 인쇄일 2021년 01월 15일
신개정판 1쇄 발행일 2021년 01월 25일

지은이 이소영
발행인 이지연
주간 이미숙
책임편집 정윤정
책임디자인 이경진, 권지은
책임마케팅 이한주
경영지원 이지연

발행처 (주)홍익출판미디어그룹
출판등록번호 제 2020-000332 호
출판등록 2020년 12월 07일
주소 서울시 마포구 독막로 18길 12, 2층(상수동)
대표전화 02-323-0421
팩스 02-337-0569
메일 editor@hongikbooks.com

제작처 갑우문화사

파본은 본사나 구입하신 서점에서 교환하여 드립니다.

ISBN 979-11-9729-762-5 (03810)